마

마주
최은미
장편소설
창비

차례

1

나는 다른 사람의 신발에 발을 넣어본 적이 있다.

그때 난 겨울이 2월의 마지막 날에 끝난다고 믿었다.

2월 28일. 가끔은 2월 29일.

아무리 춥거나 눈이 와도 2월이 지나면 그건 겨울이 아니지.

아닌 거야.

그렇게 생각했다.

나는 얼음 위를 걸어본 적이 있다.

오직 겨울에만 볼 수 있다고 니가 말했다.

헤엄을 치거나 배를 타고서는 갈 수 없는 어떤 바위 아래를, 물이 얼면 갈 수 있다고 했다. 얼음 위를 걸어서.

나는 너의 신발에 발을 넣어볼 것을 모른 채, 너를 따라 언 강 위로 올라갔다.

나는 김이 서린 욕실 거울 위에 글자를 써본 적이 있다.

나는 아주 오래 샤워했다.

해변에서 놀다 들어오거나 언 강 위를 걷고 온 날,

샤워기의 뜨거운 물을 맞고 서서 오줌을 쌌나.

김이 사라지면 내 글자도 숨고, 다시 김이 서리면 내 글자도 살아난다.

나는 니가 봤을 거라고 생각한다.

내가 쓴 것을.

아주 오래전에,

나는 이백년쯤의 형량을 받은 적이 있다.

그게 언제쯤이었는지 기억이 안 나서 나는 내 형기가 끝난 건지 아닌지 알지 못한다.

여름마다 선풍기 창살을 세어보긴 한다.

백 하고도 스물한개.

나는 한번도 잘못 센 적이 없다.

닭 튀기는 소리를 빗소리로 착각한 적은 있다.

'절대 뒤집지 마시오'라고 쓰인 택배를 뒤집은 적이 있고,

닥치라는 말을 들어본 적이 있다.

한줄로 서서 흔들리는 다리를 건넜다.

다리 아래로는 호수가 있었고, 다리 건너에는 사과주를 만드는 농장이 있었다.

우리는 먹고 마셨다.

니가 옆에 와 앉았을 때 나는 혀가 풀렸다.

반은 어둡고 반은 밝은 달이 남쪽 하늘에 뜰 때,

짧은 바늘이 6에 갈 때,

나는 답장을 써본 적이 있다.

보내본 적도 있다.

기다린 적은 없다.

*

지금부터 내가 하는 모든 말은 나에게 불리하게 작용할 수 있다.

*

나는 포토라인 앞에 선 적이 있다.

평일이고 대낮이었다. 눈앞에서 플래시가 터지고 마이크를 든 사람들이 나를 에워쌌다. 나는 말린 장미색 원피스를 입었다. 머리카락은 목 뒤에서 하나로 묶었고 아이라인은 그리지 않았다. 마스크는 스탠더드 핏 중형 블랙.

나는 커다란 건물의 회전문을 막 밀고 나온 참이다.

마치 좀 전까지 나와 이야기를 나누고 있었다는 듯, 누군가 마이크를 내밀며 묻는다.

"그래서 어떻게 됐습니까?"

또다른 사람도 묻는다.

"그래서 어떻게 된 거죠?"

나는 눈을 내리뜨고 잠시 생각을 해본다. 얘기를 이어가야 하는 건가? 어떤 얘기인 거지? 그래서 어떻게 된 걸까? 대답을 않는 사이 누군가 외치듯 묻는다.

"당신은 피를 뽑지 않았습니까?"

피. 물론 나는 피를 뽑았다. 내가 회전문을 밀고 나온 저 커다란 건물은 병원이다. 들어가는 길이 아니라 나오는 길이라는 게 중요하다. 나는 성실히 임하겠다는 말을 남기고 건물 안으로 사라질 수 없다. 카메라를 헤치고 걸어나가 차를 타야 하는 것이다.

"한마디만 해주시죠."

마이크들이 서로 어깨를 밀치며 다가온다. 나는 정말로 한마디만 던져주고 저 마이크 원을 뚫기로 한다. 그래서 고개를 들고 솔직하게 말했다.

"피 검사 결과 제게는."

"……"

"잠복결핵균이 있었습니다."

그 말과 동시에 키보드 소리가 귀를 때리기 시작했다. 야외 포토라인인데도 이상하게 그 소리가 들렸다. 수십대의 노트북이 잠복결핵균을 받아 치는 소리가. 곧바로 질문이 쏟아졌다.

"어떻게 잠복결핵균이 있을 수가 있죠?"

"지금까지 숨기고 살았나요?"

"하시는 일이 뭐죠?"

"혹시 헬리코박터균도 있는 거 아닙니까?"

나는 억울한 얼굴로 질문자를 본다.

"헬리코박터균은 없거든요?"

"그건 왜 없죠?"

"칠일 동안이나 약을 먹고 다 없애버렸는걸요?"

"그럼 또 뭐가 있나요?"

또 뭐가 있을까.

"치질?"

"치질이 있습니까? 얼마나 진행됐죠? 3기? 4기?"

나는 이번에도 억울한 얼굴로 말한다.

"전 2기예요."

치질 2기를 받아 치는 소리.

"딱 하나만 더 말씀해주시죠. 최근에 또 어떤 어려움을 겪고 있나요? 불면이나 불안, 중독 증세는 없습니까?"

나는 조금 자포자기한 심정이 된 채로 그들에게 말해준다. 내 증세를, 솔직하게.

"전 사실 스마트폰 중독이에요."

몇몇이 격앙된 목소리로 외친다.

"어떻게 스마트폰 중독일 수가 있죠?"

"부끄럽지 않습니까?"

"하시는 일이 뭐죠?"

병원 앞 포토라인을 회상하다보면 이 모든 게 다 잠복결핵에서 시작된 것만 같은 생각이 든다. 그날 나는 묵비권을 걷어차고 내 변호사를 실망시켰다. 어쩌면 말린 장미색 원피스 때문일 수도 있다. 그 포토라인에 섰을 때 내가 입었던 옷은 거의 전생과도 같은 시절, 이십대 말의 상견례 날에 입었던 옷인 것이다.

"치료를 받기로 결정했나요?"

누군가 물었다.

"스마트폰 중독 말인가요?"

"잠복결핵 말입니다."

"사실 어떻게 해야 할지 잘 모르겠습니다."

나는 조언을 듣고 싶은 표정이 되어 질문자들을 바라봤다.

"당연히 치료를 받아야 하는 거 아닙니까?"

고민할 필요도 없다는 듯 누군가 말했다.

"반년 동안 약만 먹으면 되는 걸로 아는데요?"

다른 누군가도 말했다.

"지금이야 균이 잠복 상태지만 활동성으로 바뀌면 다른 사람을 감염시킬 수도 있는 거 아닙니까?"

"의사는 뭐라고 하던가요?"

나는 그 질문을 기다리고 있었다는 듯 골똘한 표정으로 말했다.

"의사야 아무래도 약을 권하죠. 하지만 사정이 그렇게 간단하지가 않습니다."

"왜죠?"

"사실 저 어렸을 때요……"

나는 목소리를 조금 낮췄다.

"동네에 어떤 아주머니가 계셨어요. 엄마랑 친한 분이었죠."

"엄마요?"

"아, 제 친정엄마요."

"친정엄마라니, 결혼을 하신 겁니까?"

"설마 아이도 있나요?"

"일단 얘기부터 좀 들어봅시다."

누군가 가지를 쳐냈다.

"계속하시죠."

나는 계속했다.

"동네에 어떤 아주머니가 계셨는데요, 우리 할머니보다는 젊고 우리 엄마보다는 나이가 든 분이었죠. 저는 그 분을 만조 아줌마라고 불렀어요. 그 아주머니가 꽤 건강한 분이었는데요, 어느 날 결핵약을 먹고부터 눈앞이 잘 안 보이기 시작한 거예요."

"그게 무슨 말이죠?"

"결핵약 부작용으로 시력 손상이 왔단 말인가요?"

"그래서 어떻게 됐나요?"

나는 침을 한번 삼켰다.

"그래서 어떻게 됐냐면요, 그 아주머니께서, 전 사실 그 아주머니를 좋아했거든요. 근데 그분이 눈이 잘 안 보이니까 어느 날 닭간을 드시는 거예요."

"닭의 간 말인가요?"

"맞아요. 그 아주머니가 닭의 간을 드셨어요."

"현장을 직접 봤나요?"

"그래서 어떻게 됐나요?"

나는 그다음이 기억나지 않았다.

"엄마한테 물어보고 말씀드려도 될까요?"

만조 아줌마에 대해 까맣게 잊고 살아왔다는 것을 나는 그때 병원 회전문 앞에서 깨달았다. 어떻게 그럴 수 있었을까. 어렸을 때 이사를 나온 뒤로 예전 동네 사람들을 거의 못 보긴 했지만 그렇다고 만조 아줌마를 아예 못 만난 건 아니었다. 성인이 된 뒤에 딱 한번, 나는 만조 아줌마를 만난 적이 있다. 내 결혼식 바로 전날 밤이었다.

당시 나는 남자친구와 결혼 전 마지막 데이트를 하고 느지막이 귀가한 참이었다. 현관문을 여는데 안에서 낯설지 않은 목소리가, 오래전에 내가 잘 알고 있었던 것만 같은 목소리가 들려왔다.

"왔어?"

아침에 헤어졌다 만난 것처럼 인사하면서 누군가 내 엄마와 함께 거실에 앉아 있었다. 초등학생 때 이후로 처음 보는 것이었지만 나는 한번에 그녀가 누군지 알아보았다.

"만조 아줌마?"

시간이 더 오래 흐른 뒤 언젠가 엄마는 이런 말을 했다.

"그이가 그렇게 온 게, 그게 보통 성의가 아닌 거야."

만조 아줌마는 내 결혼식을 보기 위해 당일 새벽도 아닌 그 전날에, 한복과 칫솔을 짊어지고 고속버스와 택시를 번갈아 타면서 먼 길을 온 참이었다.

"다 컸네."

내일모레 서른인 나를 보고는 만조 아줌마가 말했다.

"어려서는 겨드랑이를 펄럭대면서 뛰어다니더니."

겨드랑이를 펄럭댔다는 말에 나는 누가 간지럽히기라도 한 것처럼 흐흐흑, 하고 웃었을 것이다. 어려서도 그랬다. 만조 아줌마는 늘 마주치는 동네 어른 중 한명이었지만 옆에 있으면 뭐랄까, 재미가 있었다. 입담이 좋다거나 말을 많이 하는 편이 아니었는데도 나는 만조 아줌마가 하는 말을 듣다가 혼자 웃을 때가 많았고 웃고 나선 생각했다. 만조 아줌마는 말하는 게 웃기다고.

똥과 간 얘기가 들어가는 속담도 만조 아줌마한테서 처음 들었을 것이다(아끼다 똥 된다, 간에 기별도 안 간다). 어느 날은 만조 아줌마네 부부가 우리 집에 와서 둘러앉아 있다가 무슨 말 끝엔가, 아줌마가 자기 남편을 보면서 이렇게 말했다.

"아니지. 아니야. 그건 당신이 날 잡아먹고 싼 똥인 거고."

지나가다 그 말을 듣고 나는 또 흐흐흑, 하고 웃었는데 만조 아줌마도 그런 내 모습을 기억하고 있었다.

"나리 너는 내가 무슨 말만 하면 웃었어. 따지고보면 웃긴 말도 아닌데 말이지."

마치 그 이유 때문에 내 결혼식을 보러 왔다는 듯이 말했지만 사실 만조 아줌마는 내 손님이라기보다는 엄마 손님이었다. 엄마는 가까운 사람도 먼 사람도 모두 '그이'라고 칭하길 좋아했는데, 내 결혼식에 왔던 엄마의 그이들은 여안에서 이사를 나온 뒤인 '대전 시절의 그이'들이 대부분이었다. 가장 먼저 온 하객인 만조 아줌마만이 말하자면 '여안 시절의 그이'였다. 대전의 그이들이 대개 엄마 또래인 것에 비해 나이가 좀 있는 그이.

그날 밤 만조 아줌마는 우리 집에서 잤다. 그날 밤이라고 말하고보니 새삼스러운 기분이 든다. 결혼식 전날 밤. 내 전생의 마지막 날이자 현생이 시작되기 직전의 밤. 나는 남자친구와(그는 내 마지막 남친이자 현 남편이다) 문자메시지를 주고받은 뒤 불을 끄고 침대에 누웠다. 신부 메이크업이 이른 아침으로 잡혀 있었기 때문에 일찍 잠드는 게 좋았지만 잠이 잘 오지 않았다. 거실에서는 만조 아줌마와 내 엄마가 이불을 펴고 앉아서 티브이를 보다가 두런두런 이야기를 나누다가 간간이 웃기도 하는 소리가 들렸다.

잠깐씩 심각한 얘기를 하는 것처럼도 보였는데, 화장실에 다녀오다 옆에 가보면 만조 아줌마와 엄마는 역대 인현왕후 중 누가 제일이었냐는 얘기를 하고 있었다. 아마도 엄마는 이혜숙이 인현왕후였을 때가 최고였다고 했고(이때 장희빈은 이미숙, 숙종은 유인촌이었다), 아마도 만조 아줌마는 박순애만 한 인현왕후가 없었다고 했다(장희빈—전인화, 숙종—강석우). 내가 기억하는 인현왕후는 김원희 때부터였다(장희빈—정선경, 숙종—임호). 박하선이 연기했던 인현왕후도 기억이 나는데 이때는 내가 이미 현생으로 넘어온 뒤였기 때문에 결혼식 전날 밤과는 시간차가 좀 있다.

닭간에 대해 물어보려고 전화를 했다가 나는 엄마한테 그 얘기부터 묻게 됐다.

"만조 아줌마가 얘기한 게 이혜숙 인현왕후였나? 박순애 인현왕후였나?"

엄마의 기억은 달랐다. 엄마와 만조 아줌마는 그날 밤 사극 얘기를 한 적이 없다고 한다. 내가 화장실에 다녀오면서 합류할 때 둘은 한창 티브이를 보고 있었고, 그날 밤

티브이에선 이혜숙도 박순애도 아닌, 박순천 배우가 누군가의 엄마로 나오는 특집극이 재방송되었다는 것이다. 박순천 배우라니. 박순천 배우가 엄마로 나오는 특집극이라니. 그렇다면 극 중에서 그녀는 분명 울고 있었을 게 아닌가.

"그럼 나도 울었겠네?"

"울었지."

드라마에서 박순천 배우가 울기 시작하면 나는 가슴이 미어져서 같이 울지 않을 도리가 없었다. 늘 그랬다.

"그럼 만조 아줌마도 울었어?"

"그이도 울었지."

엄마는 그날 밤을, 만조 아줌마와 엄마와 내가 거실 이불 위에 나란히 앉아 함께 눈물을 흘렸던 밤으로 기억하고 있었다.

그렇다면 다음 날은 어땠나.

결혼식 당일의 만조 아줌마 모습은 이상하리만치 희미하다. 내가 기억하는 만조 아줌마의 마지막 모습은 식 당일 오전, 엄마가 혼주 메이크업을 받는 동안 광택이 반지르르한 양단 한복을 입고 그 옆에 앉아 꾸벅꾸벅 졸던 모습이었다. 하객들이 오기 시작하면서 엄마는 곧 중일회의 그이들에게 둘러싸였고(중일회는 내가 중학교 1학년

일 때 엄마가 가입한 모임이다), 나는 폐백 시간이 길어지는 데다 신혼여행 캐리어에 들어 있는 비치원피스에 마음이 설레서 정신을 차릴 수가 없었다. 만조 아줌마가 식사는 하고 갔는지, 한복은 갈아입고 버스를 탔는지 하나도 알지 못했다. 궁금해하지도 않았다. 그날로부터 십여년이 지나도록 한번도 엄마한테 만조 아줌마 소식을 먼저 물은 적이 없었다. 신기할 정도로 잊고 지냈던 것이다.

만조 아줌마에 대한 기억이 줄줄이 올라온 것도, 만조 아줌마에 대해 먼저 묻게 된 것도 모두 2020년 여름, 병원 회전문을 밀고 나온 뒤부터였다.

*

닭의 간은 철분 함유량이 많고 단백질과 각종 비타민, 무기질이 풍부하다. 특히 비타민A의 함유량은 거의 독보적인데 당근의 여덟배이며 소의 간보다도 높다. 예부터 간 기능이 안 좋거나 시력에 이상이 있는 사람들 사이에서 명약 대우를 받았다. 닭의 간은 기름에 튀겨 먹기도 하고 물에 삶아 먹기도 하며 야채와 함께 볶아 먹기도 한다. 갈아서도 먹고 사시미로도 먹는다. 얼마나 고소한지 한번 맛보면 소나 돼지의 간은 쳐다보기도 싫어진다. 닭의 간은 간 중의 간이다.

이것이 내가 병원에서 돌아와 닭간을 검색해 추린 내용이다. 호흡기내과 의사는 내게 질병관리청의 '결핵바로알기'라는 사이트에 들어가보라고 일러주었지만 나는 미룰 수 있을 때까지 숙제를 미루려는 아이처럼 오직 닭간만을 검색했다. 내 결혼식을 보러 왔을 때 만조 아줌마가 특별히 눈을 불편해한 기억이 없는 걸 보면 만조 아줌마는 아마도 오래전 닭간의 효능을 봤을 것이다.

학교에 들어가고 시간이 좀 흐른 열살에서 열한살 무렵이었을 것이다. 방학을 하면 엄마는 일주일에 한번 정도 나를 만조 아줌마한테 맡겼다. 나는 만조 아줌마가 딱히 편하지도, 그렇다고 불편하지도 않았지만 그날 하루의 내 안위가 만조 아줌마에게 달려 있다는 건 알았기 때문에 아줌마가 가는 곳을 군말 없이 잘 따라다녔다. 만조 아줌마의 동선은 단순했다. 아줌마네 집과 동네의 과수원, 버스를 타고 좀더 이동하는 날은 여안시장, 그리고 시장에서 멀지 않은 호수였다.

지금은 호수를 따라 둘레길이 조성되었지만 그땐 낚시하는 사람들만 모이는 외진 흙길이었다. 만조 아줌마와 둘이 호수에 갈 땐 여름이거나 겨울이었으므로 늘 덥거나 추웠다. 호수 위로 가지를 드러낸 수몰 나무에 잎이 무성하면 여름이었고 수면에 무늬를 그리면서 얼음이 얼면 겨울이었다. 만조 아줌마는 산책을 하는 것 같지도, 특별히 볼일이 있는 것 같지도 않은 걸음으로 호수 주위를 하릴없이 걷다가는 내가 지쳐할 즈음이 되면 상을 주겠다는 표정을 짓고는 시장으로 넘어갔다.

시장에 가면 만조 아줌마는 제일 먼저 파래향이 나는 센베이과자와 검은깨가 박힌 생강과자 봉지를 내 양손에 쥐여줬다. 시장에는 커다란 파라솔들을 이고 있는 꽃 좌판이 있었고 빨간 고무대야에 담긴 갯가재가 있었다. 국숫집 앞 공터에는 갓 뽑아낸 국수 가닥들이 흰 빨래처럼 널려 있었다. 만조 아줌마가 자주 들르는 민물고기 좌판터에는 붕어와 메기와 장어와 새우가 크기별로 대야에 담겨 있었다. 모두 호수에서 잡아올린 것들이었다.

"얘가 그 비탈과수원집 딸?"

만조 아줌마가 고개를 끄덕이면 시장 아줌마들은 내 얼굴을 쓱 훑고는 말했다.

"참하게도 생겼네."

만조 아줌마 뒤에 서서 오도독오도독 과자를 씹어 먹고 있으면 이렇게 덧붙였다.

"천상 여자네, 천상 여자야."

만조 아줌마는 과연 그러냐고 묻는 듯이 나를 물끄러

미 돌아봤고, 그러면 나는 센베이과자에 대한 보답이라도 하듯 활짝 웃었다. 지금도 그렇지만 어렸을 때 나는 웃으면 눈꼬리가 처지는 반달눈에 흔히들 강아지 상이라고 하는 얼굴이었다. 마음먹고 웃으면 거의 예외 없이 호감을 샀다. 안 웃으면 참해 보이고, 웃으면 참한 데다 귀엽기까지 한 얼굴이 되는 것이다. 내 외모에 대한 그런 반응들은 성인이 된 뒤에도 놀랍도록 일관되게 이어졌다. 나는 그냥 서 있기만 해도 여자답다는 말을 들었고 아무리 귀엽게 보이고 싶지 않아도 이미 생긴 게 귀여워서 어쩔 수 없이 귀여워지곤 했다. 그 때문에 겪은 오해와 억측에 대해서라면 몇시간이고 얘기할 수 있지만 그렇다고 사는 게 더 불편했느냐 하면 꼭 그렇진 않았다. '여자여자'하면서도 '애기애기'하다는 건 많은 경우 프리패스처럼 통했다. 내가 강아지처럼 웃고 나면 공기의 흐름은 부드럽게 바뀌었고 사람들은 적어도 부뚜막에 냉큼 올라가진 않겠구나 하는 얼굴로 나를 좋아하기 시작했다. 만조 아줌마를 따라 간 시장에서도 나는 어렵지 않게 프리패스를 얻었고 그것은 내게 시장 풍경과 만조 아줌마를 관찰할 수 있는 여유를 주었다.

모종 좌판이 나와 있으면 만조 아줌마는 꼭 당조고추 모종을 샀다. 사과밭에 나갈 때 쓰기 좋은 알록달록한 그늘막 치마모자도 늘 신경 써서 골랐다. 시장 사람들은 그 자리에 없는 제3자의 근황을 종종 만조 아줌마한테 물었다. 그 양반은 잘 있나? 요새 뭘 하나? 그러면 만조 아줌마는 말했다.

"뭘 하긴 뭘 하겠어. 소금 먹었으니 물 먹겠지."

그 말이 이상하게 웃겨서 나도 모르게 흐흐흑, 웃고 나면 만조 아줌마는 내가 강아지처럼 웃을 때와는 또다른 표정으로 쳐다보고는 다음 좌판으로 걸어갔다. 시장에서 갓난아기들을 보게 되면 만조 아줌마는 항상 춥겠다는 말을 했다. 얼마나 추울까. 오늘도 춥겠네. 추운데 왜 반팔을 입혔어.

나는 이해가 안 가서 만조 아줌마한테 물었다.

"날씨가 이렇게 푹푹 찌는데 쟤들이 왜 추워요?"

그러면 만조 아줌마는 말했다.

"원래 자기가 태어난 해에는 솔개미 그늘 아래서도 춥다고 했어."

나는 아마도 물었을 것이다.

"그럼 죽는 해에도 추워요?"

땀이 조금씩 식고 있었으므로 이제 시장에서의 마지막 코스가 남아 있었다.

"눈물은 나겠지."

만조 아줌마는 그렇게 말했을 것이다.

“사람이 딱 죽을 것 같을 땐 다른 건 모르겠고 그냥 눈물이 난다.”

그 말을 들으면서 나는 그곳, 여안시장 한복판에 서 있었다. 한 가게에 오래 머물지도 않고 특별히 긴 말을 하지도 않으면서 시장 구석구석을 살피는 만조 아줌마와 함께. 그렇게 돌아다니다 시장을 나오기 직전에 마지막으로 들르는 곳이 바로 닭집이었다.

*

만조 아줌마가 닭집 주인한테 닭간을 받는 걸 직접 본 기억은 없다. 하지만 만조 아줌마와 내가 저만치에서 보이기 시작하면 닭집 주인은 묻지도 않고 생닭을 손질하기 시작했기 때문에 만조 아줌마가 어딘가에서 닭간을 꾸준히 공수해다 먹었다면 바로 그곳이었을 가능성이 충분하다. 닭집의 상징이자 중심인 통나무 도마 앞에 서면 나는 그때부터 얼어붙은 듯한 집중력이 생겼기 때문에 만조 아줌마도 누구도 눈에 들어오지 않았다. 숨도 안 쉬고 서서 투박한 칼이 생닭을 토막 내는 것을, 튀김솥에서 기름이 끓는 것을, 튀김옷을 입은 닭이 솥으로 미끄러져 들어가는 것을 지켜보았다. 조금만 더 인내심을 가지고 기다리면 나는 내 눈앞에서 갓 튀겨낸, 염지하지 않은 생닭의 그 생생한 풍미를 맛볼 수 있었다.

그리고 그때에, 내가 플라스틱 테이블에 앉아 닭을 먹는 틈을 타 만조 아줌마는 생간을 건네받아 품에 넣는 것이다. 자신의 진짜 만찬은 집에서야 가능하다는 듯이, 만조 아줌마는 나와 함께 앉아 닭을 먹지 않았다. 집으로 돌아가는 발걸음은 나올 때보다 조금 빨랐다. 버스에서 내려 전봇대와 비닐하우스를 따라 걷다보면 저쪽 비탈 위에서 사과밭이 시작됐고 밭을 따라 걷다보면 우리 집 조금 못 미쳐서 아줌마네 집이 먼저 나왔다.

만조 아줌마네 집.

호수에서 시작해 푸릇푸릇한 모종 좌판과 닭집을 경유하는 그 외출의 기억은 마치 한곳에 이르기 위한 여정이었다는 듯 만조 아줌마네 집으로 이어진다. 이상한 것은 시장에서의 기억은 여름인 데 반해 만조 아줌마네 집에서의 기억은 주로 겨울이라는 것이다. 집을 나설 때는 분명 한여름이었는데 점심 지나 오후 늦게 돌아와보니 눈 쌓인 겨울이 되어 있는 것처럼. 시장 앞에서 버스에 오를 때까지도 반팔에 닭기름이 밴 손으로 센베이과자 봉지를 들고 있던 나는 버스에서 내린 뒤엔 털목도리를 둘둘 말고 한

겨울 사과밭을 걷고 있다. 겨울 전지 작업을 끝낸 나무 아래엔 아직 다 수거하지 않은 잔가지들이 흩어져 있어서 걸을 때마다 따닥따닥 가지 부러지는 소리가 났다.

겨울 사과밭은 쨍하고, 차갑고, 나를 늘 어리둥절하게 했다. 맨 가지 그대로 하얗게 줄지어 선 사과나무를 보고 있으면 불과 두세달 전만 해도 저곳에 붉게 익은 사과가 매달려 있었다는 걸 믿을 수 없었다.

그 많던 사과는 어디로 갔을까.

나는 그게 다 만조 아줌마네 집으로 간 거라고 생각했다. 그 무렵 만조 아줌마 아들은 군대에 가 있었고 만조 아줌마 남편은 호수의 낚시터에 나가 있었다. 엄마는 저녁식사 시간이 되기 전엔 나를 데리러 왔기 때문에 시장에서 돌아오면 만조 아줌마네 집에서 머물 수 있는 시간은 한시간 남짓이었다.

그 방은 만조 아줌마네 집 제일 안쪽에 있었다. 다가가면 다가갈수록 냄새가 짙게 느껴지던 방. 그것은 달콤하고도 달콤한 것이 손 쓸 수도 없이 상해가는 것 같은 냄새였다. 복숭아나 배에서는 나지 않는, 오직 사과가 썩어갈 때만 날 것 같은 냄새. 사과가 내뿜는 향이 분명한데도 과수원을 오가며 자라온 나에게조차 그 냄새는 낯설었다.

만조 아줌마는 시장에서 돌아오면 아이를 재워놓고 나

갔다 온 사람처럼 그 방 문부터 열었다. 다른 방보다 조금 서늘했던 그 방에는 우리 집 된장 항아리와 비슷하게 생긴 항아리들이 듬성듬성 서 있었다. 하지만 그 안에 있는 건 된장도 간장도 아니었다. 항아리 안에서 기포를 만들며 보글보글 삭고 있는 것은 다름 아닌 사과였다. 만조 아줌마가 항아리 뚜껑을 열고 면포를 걷어내면 코를 톡 쏘는 고릿고릿한 냄새가 순식간에 방을 장악했다.

나는 일부러 "윽" 소리를 내면서 코를 싸쥐었지만 그렇다고 방을 나가진 않았다. 그것은 코를 막고 도망치고 싶은 냄새였지만 동시에 코를 박고 킁킁거리고 싶은 냄새이기도 했던 것이다.

"취할라, 나리야. 이건 냄새만 맡아도 취하는 거야."

만조 아줌마는 기다란 주걱으로 항아리 벽을 훑치면서 내게 손을 휘휘 내저었다.

처음에 나는 생각했다. 그해 가을에 수확한 온 동네 사과들이 겨우내 만조 아줌마의 항아리 방에서 끓고 있는 거라고. 하지만 그 방에 몇번 더 들어가본 뒤에는 각각의 항아리들이 전부 다른 시기의 사과를 품고 있다는 걸 알게 됐다. 엄마가 나를 서너 계절만 더 만조 아줌마한테 맡겼어도 나는 만조 아줌마가 항아리마다 해놓은 표지를 읽어낼 수 있었을지도 모른다. 그때 내가 다섯살만 더 많았어도 냄새만으로 숙성 정도를 가늠해 항아리 간의 시간 간격을 해석해낼 수 있었을지도 모른다. 그때 낮이 두시간만 더 길었어도, 나는 이 모든 걸 좀더 빨리 떠올렸을지도 모른다.

"엄마도 알고 있었어?"

그날 이후로 나는 하루에 두번씩도 엄마한테 전화를 했다. 그러니까 잠복결핵 판정을 받은 날 이후로 말이다.

"뭘."

"만조 아줌마가 사과 발효시키고 있었던 거."

엄마는 잠시 말이 없었다.

"그럴 수도 있었겠지."

딸려오는 기억들 때문에 며칠째 잔잔한 흥분에 감겨 있는 나와 달리 엄마는 다소 무심한 목소리로 말했다.

"그이야 일당을 사과로 받아 갈 때도 많았으니까."

만조 아줌마는 주로 팀을 짜서 움직였는데, 바쁜 철이 되면 동네 과수원들이 서로 대기를 걸어놓으려고 할 만큼 만조 아줌마 팀은 손이 빨랐다. 꽃을 따주고 열매를 솎아내는 적화와 적과는 어느 작업보다도 경험과 숙련이 필요한 일이었다. 어디를 얼마만큼, 언제 잘라주느냐에 따라 그해의 사과 질이 달라졌고 만조 아줌마 팀은 여안 일대에서 과수원 일을 누구보다 능숙하게 해내는 팀이었다.

그늘막 치마모자를 맵시 있게 둘러쓰고 사다리 위로 훌쩍 몸을 올린 그녀들의 손놀림은 신중하고도 단호했다. 적과 가위를 한번 손에 잡고 나면 웬만해선 서로 농담도 하지 않았다.

적과 때와 달리 밭이 시끄러워지는 건 사과에 봉지를 씌울 때였는데 그맘때엔 사과밭에 잘못 들어가면 빠져나오기가 힘들었다. 사과나무의 빽빽한 이파리에 상체를 묻은 아줌마들이 여기저기서 나를 불렀던 것이다. 나리야, 사다리 좀 잡아라, 사다리! 나리야, 봉지 좀 올려라, 나한테 와서! 나리야, 목 탄다, 물 좀 던져올려라!

새참 돗자리 위로 오가던 얘기 중에서 들어도 들어도 재미있던 것은 아줌마들이 초보 며느리이던 시절, 시어머니 몰래 장에 가서 술약을 사오던 이야기였다. 농번기 철이 다가오면 막걸리를 빚기 위해 고두밥을 찌기 시작했는데, 스트레스 중에 제일 큰 것이 술 만드는 스트레스였다. 김치 담그고 장 담그는 것과는 차원이 다른 변수들이 생겨서 시어머니한테 말을 듣지 않는 날이 없었다는 것이다. 장에서 팔던 술약은 말하자면 효모였는데 오직 누룩 발효만을 신봉하던 고지식한 시어머니의 눈을 속이고자 며느리들 사이에서 통용되던 방법이었다. 하지만 아무리 세심하게 애를 써도 날이 더워지면 술은 식초가 되기 일

쏘였다. 과수원 아줌마들은 일을 하다가도 쉬다가도 툭하면 식초를 소환했다.

까딱하면 식초 되겠어.

세상에, 식초 될 뻔했네.

너 그러다 식초 된다.

비탈과수원으로 통할 만큼 우리 집 사과밭은 반 이상이 산비탈에 걸쳐 있었다. 경사진 땅에 사다리를 놓고 몇 단씩 올라가 봉지 작업을 하는 아줌마들을 보면 매번 조마조마할 수밖에 없었다. 만조 아줌마 팀이 아니면 일손 구하기도 힘들어서 비탈은 아빠의 근심거리이기도 했다. 더 늦기 전에 평탄화 작업을 해야 하나 철마다 고민을 비치면 만조 아줌마는 고개를 저었다.

"이만한 데 없어. 나무들 서 있는 키가 다르니 햇빛 골고루 들지, 경사가 져서 물도 잘 빠지지, 산비탈 아래라 밤만 되면 기온이 뚝 떨어지지. 씹었을 때 아삭한 소리가 제대로 나는 건 이 동네에서 나리네 비탈사과뿐이야."

이웃해 산다는 심리적 가까움 때문인지 내 부모는 부근의 어떤 과수원보다도 만조 아줌마에게 많은 걸 의지했다. 남한테 신세를 지거나 폐가 되는 걸 어지간히 싫어했던 아빠도 만조 아줌마한테만은 조언도 구하고 부탁도 했다. 내 눈에 과수원에서의 대장은 누가 뭐래도 만조 아줌마였다. 어느 농가에 언제 갈지를 결정할 수 있는 사람도 만조 아줌마였고 팀에 누구를 넣고 누구를 뺄지 정할 수 있는 사람도 만조 아줌마였다.

만조 아줌마는 봄과 초여름과 가을에 과수원을 돌며 바짝 일하고 한여름과 한겨울엔 밭일을 하지 않았다. 방학 때 마주치는 만조 아줌마는 봄가을 밭일에 기를 다 내준 것처럼 한결은 더 늙어 보였다. 과일 운반상자 사이를 오가며 나무와 사람들을 살피던 바쁜 걸음 대신 너털너털 걸어다녔다. 그렇게 혼자서, 간혹은 나를 데리고 만조 아줌마가 여름과 겨울마다 만나던 사람들이 있었다.

"그럼 엄마는 몰랐단 말이야?"

"그러니까 뭐."

"그거 말이야."

"그거 뭐, 그이 술항아리?"

엄마가 대놓고 술항아리라고 해서 나는 조금 놀라고 말았다. 내가 초등학생이던 그때는 자가 양조가 허용되기 전이었다. 집에서 몰래 빚어 먹는다고 해도 대개는 탁주였고 과일주라고 해도 매실이나 돌배에 술을 부어 담금주로 만들어 먹는 정도였다. 알코올 첨가 없이 과일 자체를 발효시켜 술을 만들어내는 집은 거의 없었다. 아마도 만조 아줌마네만 빼고.

"그이는 상처 난 사과는 가져가지도 않았어. 새벽부터 온 동네 밭을 돌면서 그 고생을 하고는 품삯 반을 최상품 사과로 받아갔는데, 그럼 뭐 그걸로 사과청을 만들었겠니?"

"그럼 엄마는 알고 있었단 말이야?"

"뭘."

무언가를 계속 튕겨내는 듯한 목소리였다.

나는 뭔가를 더 묻고 싶었지만 뭘 물어야 할지 모른 채로 전화를 끊었다.

*

엄마와 통화한 날 밤, 결혼식 날에 대한 기억 하나가 더 떠올랐다.

결혼 당일 새벽녘이었을 것이다. 엄마는 방에 들어가서 자는지 보이지 않았고 만조 아줌마 혼자 깨서 어둑한 거실에 앉아 있었다. 내가 욕실에 들어가 씻고 나왔을 때도 만조 아줌마는 그 자세 그대로 앉아 우리 집 거실 어딘가를 바라보고 있었다. 그 집에서 우리 가족이 겪은 시간을 짐작해보고 싶다는 듯이.

대전 그 집은 우리가 여안을 떠나온 뒤 내내 살아온 집이었다. 내 부모의 불화와 무언가를 삼키듯 보낸 내 십대가, 아빠의 투병과 엄마의 분투가 고여 있었다. 만조 아줌마는 몇시간 뒤 결혼을 하는 나에게 잘 살라거나 행복하라는 말은 하지 않았다. 욕실에서 나오는 나를 올려다보면서 딱 한마디를 했다.

"니 신랑은 이름이 뭐니?"

나는 수건으로 얼굴을 닦으며 만조 아줌마를 봤다.

"종수예요, 아줌마. 오종수."

*

병원 예약일이 다가오자 오종수는 내가 약을 먹어야 한다고 말했다. 꼭 먹어야 한다고. 결핵약을. 내가 닭간과 발효 항아리 생각에 빠져 숙제를 미루는 동안 오종수는 이미 결핵바로알기에 들어가본 것 같았다.

"언제든 발병할 수 있대, 자기야."

내 남편 오종수. 그의 얼굴에 걱정이 가득했다.

"언제든은 아닐 거야, 자기야."

내 말에 오종수가 휴대폰 화면을 내밀었다.

"여기 봐. 결핵은 면역 기능과 깊은 상관관계를 갖는다고 적혀 있잖아. 마지막 이 문장 이거 딱 자기 얘기야. 정신적 스트레스와 과로, 영양 불균형, 습관적 음주. 자기는 면역력이 언제든 떨어질 수 있는 최적의 상황 속에 있잖아."

"자기는 정말, 나를 잘 알고 있네."

그렇게 말하고 나는 개수대 물을 틀었다. 오종수가 소리 없이 옆에 와 섰다.

"자기가 아프면 은채랑 나도 아파."

"알아."

"내가 만약에 잠복결핵이라면 말이야, 난 당신이랑 은채를 위해서 바로 약을 먹을 거야."

내가 별말이 없자 오종수가 직장 동료의 처형 얘기를 했다.

"걔네 처형이 원래는 잔병도 없는 체질이었대. 근데 마흔 넘고 나서부터 여기저기 안 아픈 데가 없기 시작했다는 거야. 종합병원의 온갖 과들을 전전해도 이유도 안 나오고."

"의사도 모르는 이유가 있겠지"

"아니야. 아무도 이유를 못 찾았대. 그러다 혹시나 해서, 정말 혹시나 해서 결핵 검사를 했는데 몸속에 비활동성 결핵균이 있다고 나온 거야. 자기처럼."

"그래?"

"걔네 처형이 정말 맨날 피곤하고, 맨날 기력 없고, 맨날 골골댔는데, 그게 다 결핵균 때문이었던 거지."

"이게 다 결핵균 때문인 거군."

"그렇지. 결핵균이 개네 처형을 갉아먹고 있었던 거야."

"슬프다, 자기야."

내가 행주를 짜자 오종수도 휴대폰 화면을 껐다. 뒤로 와서 내 어깨를 주물주물하더니 오종수가 진짜 궁금하다는 듯 물었다.

"근데 자기는 누구한테서 옮은 거야?"

*

그건 내가 호흡기내과 의사한테 묻고 싶었던 말이기도 했다.

폐 CT 판독 결과를 들려주면서 의사가 내게 말했다.

"어렸을 때 결핵을 앓은 적이 있나요? 이건 오래전에 결핵이 한번 지나간 폐 모양이에요."

나는 고개를 저었다.

"전혀요. 전 결핵을 앓은 적이 없어요."

의사가 고개를 끄덕였다.

"그럴 수 있어요. 자신도 모르게 지나갈 수 있습니다."

그러고 나서 의사는 잠시 말이 없는 채로 폐 사진만을 바라봤다. 모니터 아래쪽 상자에 천식 흡입기가 몇개 담겨 있었다. 그 옆의 손소독제, 탁상달력, 텀블러, 뒤쪽의 오렌지색 클리어파일을 돌아 시선이 다시 모니터 앞으로 왔을 때 나는 의사가 나와 같은 마스크를 쓰고 있는 걸 알아보았다. 순간 울컥하는 마음이 들었다. 이 진료실 의자에 앉기까지 뚫어야 했던 수많은 관문이 떠올랐던 것이다. 호흡기 감염병 대유행 시기에 호흡기 증상으로 진료를 받는다는 건 반복되는 심문과 검사, 거부와 대기의 긴 벽을 지나야 하는 일이었다.

"피 검사는 결핵 항체 보는 검사였어요. 환자분한텐 항체가 있고, 그건 얘네들이 환자분 안에 이미 있다는 뜻이에요. 환자분 면역력 덕분에 얘네가 억제되어 있는 거고요."

특별히 어딘가를 가리키지 않은 채로 의사가 '얘네'라고 말할 때마다 나는 움찔하고 놀랐다. 문맥상 얘네는 아마도 결핵균이겠지만 왠지 '라바'처럼 생긴 어떤 걸 떠올려야 할 것만 같았다.

"저는 지금까지 별 증상이 없었어요, 선생님. 폐활량이 안 좋긴 했지만 그건 운동 부족 때문이었고요. 감기만 걸리면 기침을 했지만 그건 다들 그러잖아요? 건강검진에서도 추가 검사를 권고받은 적이 없어요."

말 그대로였다. 2020년 초여름, 기정병원 호흡기내과의 송미림 의사한테 진료를 받기 전까지 나는 내가 결핵 보균자일 거라고는 단 한번도 생각해본 적이 없었다. 흉부 엑스레이 사진을 보고 송미림 의사가 폐 CT를 찍자고 했을 때 내가 걱정했던 건 암이었다. 그래, 암에 걸릴 때도 됐지. 아직도 안 걸린 게 더 이상한 거야.

증상이 나타난 건 자가격리가 끝나고 얼마 뒤였다. 2주가 지났을 뿐인데 격리를 끝내고 집 밖으로 나오니 계절이 바뀌어 있었다. 같은 날 자가격리에 들어갔던 취미반 클래스 수강생 중에 추가 확진자는 나오지 않았다. 그러니 아마 그들도 그즈음 집 밖으로 나왔을 것이다. 코로나 19 확진 판정을 받고 다른 지역으로 이송된 수미만이 아직 병상에 있었다.

상가로 걸어가는데 땀이 배어났다. 길가마다 장미가 선명했다. 사람들은 모두 반팔 반바지를 입고 있었고 과일가게 앞을 지날 때는 벌써 진한 참외 냄새가 났다. 새경프라자 304호 나리공방, 오직 그곳에만 지난봄이 고여 있었다.

환기부터 해야 했지만 왜 그런지 창문을 열 수가 없었다. 미처 마무리하지 못한 격리 전의 수업 흔적들을 보면서 나는 테이블을 붙잡고 앉았다. 왁스 찌꺼기 하나도 그냥 버릴 수 없는 그곳은 열평짜리 나의 가게, 내 일터였다. 홈 공방을 정리하고 밖으로 나와 마련한 나의 첫 상가 공방이었고 커튼 하나 거울 하나 내 손을 타지 않은 게 없는, 이나리의 색깔이 그대로 담긴 공간이었다. 상가 진출 한달차에 내가 고스란히 코로나19 팬데믹을 맞았던 곳. 예고 없이 찾아왔던 2020년 봄의 여파가 공방 곳곳에 남아 있는 채로 날이 더워지고 있었다.

문득 가슴이 갑갑하다는 느낌이 들었다. 환기 때문인가 싶어 서둘러 공방 창문을 열었지만 시원하지 않았다. 숨을 세게 들이쉬자 가슴 안쪽에서 낯선 통증이 느껴졌다. 천천히 내뱉은 뒤 다시 들이쉬어보았다. 들숨이 3분의 2 지점에서 멈추는 느낌이 들었다. 가만히 앉아 있는데도 뛰었을 때처럼 숨이 밭은 느낌. 호흡을 마저 하기 위해 숨을 한껏 더 들이쉬자 흉곽 전체에 통증이 느껴졌다. 분명하고도 생생한 감각이었다. 숨 쉬는 게 불편해지자 나는 내 호흡을 초마다 의식할 수밖에 없었고 아무것에도 집중할 수가 없었다.

"결핵이 지나갔기 때문에 아무래도 폐가 정상인보다 안 좋을 수밖에 없어요."

송미림 의사가 말했다.

"하지만요, 선생님."

모두가 신종 호흡기 바이러스로 정신이 없는 때에 생각지도 못한 결핵 얘기를 듣고 있자니 그 익숙한 병명이 오히려 더 비현실적으로 느껴졌다.

"제 주위엔 결핵에 걸린 사람이 없었어요. 가족들 중에도 없었고 학교 친구들이나 선생님 중에도 없었어요. 동네 사람들 중에도 없었고요. 정말 아무도 없었어요. 만조 아줌마만 빼고요."

의사의 눈에 장난기 어린 웃음이 서렸다 사라졌다.

"결핵바로알기엔 들어가보셨죠?"

누군가를 특정하는 건 큰 의미가 없다고, 의사는 그 말을 하고 싶은 건지도 몰랐다. 결핵바로알기에 따르면 결핵은 공기와 비말을 통해 전파되는 대표적인 호흡기 감염병이었다. 내가 숨을 쉬고, 머물고, 먹고, 얘기를 나눈 어느 곳에서도 나는 감염될 수가 있었다. 2020년을 지나면서는 더욱이 그걸 모를 수 없었다. 그럼에도 나는 만조 아줌마에 대한 생각을 떨칠 수가 없었다.

"결핵 치료는 정말……"

의사가 말했다.

"너무너무 힘들어요. 약 먹는 게 정말이지 쉽지 않아요."

한 호흡을 쉬고 의사가 쐐기를 박듯 말했다.

"얘네가 진짜, 너무 독해요."

이번 얘네는 결핵약인 걸까, 결핵균인 걸까.

만조 아줌마의 결핵약 얘기는 다행히 내 기억 속에만 있던 것은 아니었다. 엄마도 그걸 기억하고 있었다.

"심했지."

전화기 너머에서 엄마가 말했다.

"그이가 과수원 일을 못한 게 결핵약 먹을 때뿐이었어. 눈이 얼마나 안 보였는지 한걸음을 디디면 눈앞에 검은 벽이 탁 막아서고, 또 한걸음을 디디면 저쪽으로 검은 천이 차르륵 쏟아지고, 부엌 끝에 있는 냉장고가 안 보인다고 했으니까."

나는 그게 곧 내게 닥칠 미래이기라도 한 것처럼 입을 다물지 못한 채 전화를 끊었었다.

"선생님, 전 이제 어떻게 하면 좋죠?"

나는 처분을 내려주길 바라는 심정으로 의사를 봤다. 병원 앞 포토라인에선 내 다음 얘기를 궁금해하는 사람들이 진을 치고 있었고 집에선 오종수가 기다리고 있었다. 만조 아줌마가 내 인생에 다시 등장하고 있었다.

나는 숨을 죽인 채 의사를 바라봤다.

그때였다. 모니터를 보고 있던 송미림 의사가 내 쪽으로 의자를 확 돌리더니 물었다.

"무슨 일 하세요?"

기습이라도 당한 것처럼 나는 그 질문에 몹시 당황하고 말았다. 당황한 나 자신에게 다시 당황을 했고, 대답을 못한 채로 우물쭈물 몇초가 지나자 스스로에게 모욕을 당한 기분이 들었다.

“아, 집단시설 종사자인지를 여쭤본 거예요. 어린이집이나 학교, 요양원 등이요.”

그제야 나는 몇주 전 코로나19 진단 검사 때도 그 질문을 거쳤었다는 걸 떠올렸다. 그때 내가 어떤 대답을 했었는지도.

“집단시설 종사자는 아니지만, 불특정 다수를 상대하긴 해요.”

의사는 모니터를 조금 더 바라봤고, 매듭을 짓자는 듯 말했다.

“객담 검사를 진행해보기로 하죠. 그 결과까지 보고 얘기하는 게 좋겠어요. 나가셔서 안내에 따라 가래 뱉고 가세요.”

진료실 의자에서 일어서며 나는 조심스럽게 말했다.

“전 가래가 없어요, 선생님.”

송미림 의사가 나를 봤다.

“최대한 끌어올려보세요. 최대한.”

*

나는 가능하면 송미림 의사가 원하는 걸 주고 싶었다.

그들이 말한 대로 '하기도 심부'에서 무언가를 끌어올려 보고 싶었다. 하지만 가슴을 최대한 부풀리며 후두부에 힘을 줘봐도 나오는 것은 침밖에 없었다. 나는 그들이 이렇게 말할 거라고 생각했다.

'아, 정말로 가래가 없으시군요. 어쩔 수 없네요. 일단 집으로 돌아가세요.'

하지만 그들은 나를 집으로 보내는 대신 객담유도실이라는 곳으로 데리고 갔다. 탁자 하나와 세면대 하나, 이름을 알 수 없는 물품이 놓인 선반이 전부인 곳이었다. 탁자 위엔 깔때기 같은 흡입 마스크가 달린 네뷸라이저가 있었고 그 옆으로 '객담 검사용 고주의 약물'이라고 쓰인 커다란 주사기가 있었다.

방 풍경을 보자 내가 어떤 상황에 처했는지 짐작이 갔다. 그곳은 나 같은 사람들, 혼자서 가래를 못 뱉는 사람들의 기관지로 무언가를 주입하는 곳이었다. 주입해서 가래를 강제로 끌어내려는 것이었다.

집에서 차로 십분 거리에 있는 기정병원, 그곳을 십년이 넘도록 여러 이유로 드나들었지만 이런 곳이 있을 거라곤 생각도 하지 못했다. 나는 그 방으로 들어가고 싶지 않았다. 생각해보면 들어갈 이유가 없었다. 내겐 잠깐의 호흡 불편이 있었을 뿐이다. 호흡 곤란도 아닌 호흡 불편.

그것도 딱 한번이었다. 평소엔 아무렇지도 않았다. 나는 그냥 이대로 살겠다고 외치고 싶었다. 당장 그곳을 뛰쳐나와 오종수와 오은채가 있는 내 집으로 가고 싶었다. 향기로운 초들이 있는 내 공방으로 가고 싶었다. 객담유도실만 아니라면 어디라도 가고 싶었다.

하지만 나는 45밀리리터 용량의 객담통 세개와 함께 그 방에 혼자 남겨졌다. 나를 두고 나가기 전 간호사가 말했다. 배를 치라고. 배를 세게 치면서 끌어올려야 한다고 했다. 나는 약물이 분사되는 흡입 마스크를 입에 대고 앉아서 기체를 한참 들이마시고, 배를 쳤다. 배를 치면서 있는 힘을 다해 기침을 했다. 다시 기체를 흡입하고, 배를 치고, 기침을 했다. 각 통에 최소 5밀리리터의 객담을 담기 전까지 나는 그 방을 나갈 수 없었다.

주사기 몸통처럼 투명하고 길쭉한 객담통을 보면서 나는 송미림 의사의 진료실을 떠올렸다. 피 뽑는 것처럼 간단한 일이라도 된다는 듯 "가래 뱉고 가세요" 하고 말하던 얄미운 목소리를 떠올렸다. 객담유도실 벽면에 붙은 '낙상주의'라는 글자를 멍하니 쳐다봤고, '뉴욕 맨해튼 52번가 하수구 밑에 사는 작은 벌레', 빨간 라바와 노란 라바를 생각했다. 나는 벌레가 싫었다. 벌레 중에서도 라바들 같은 애벌레를 특히 싫어했다.

애니메이션 「라바」가 처음 방영된 게 2011년이었으니 생각해보면 라바를 싫어한 지도 근 십년이었다. 사람에 따라 노란 라바는 좋아하고 빨간 라바만 싫어한다거나 그 반대인 경우도 있겠지만 나는 빨간 라바와 노란 라바 둘 다 싫었다. 생긴 것부터 하는 짓까지 다 싫었다. 콧구멍도 싫었다.

언젠가 공방 손님한테 그런 얘기를 들은 적이 있었다. 「라바」의 모든 등장인물을 한명의 성우가 연기한다고. 주인공 애벌레인 옐로우와 레드는 물론이고 쇠똥구리 브라운, 장수풍뎅이 블랙, 똥파리 블루, 달팽이 레인보우…… 이 모두를 단 한명의 성우가 맡아서 한다는 것이었다. 「라바」에는 대사가 없었다. 그들이 구르고 먹고 웃고 놀라고 곤경에 빠지는 효과음 같은 소리들만이 있을 뿐이었다.

나는 얼굴도 이름도 모르는, 얼굴이나 이름을 전혀 알고 싶지 않은 한 성우를 떠올렸다. 더빙실에 혼자 앉아 크억, 헤엑, 웃, 냐앗, 허으, 끄헤헤헤, 이런 소리만을 내고 있는 사람을. 그러자 갑자기 슬퍼졌고 이 성우의 안티 팬까페가 있는지 당장 검색해보고 싶다는 생각이 들었다. 그러는 사이 목 끝으로 뭔가 덩어리 같은 것이 걸리는 느낌이 들었다. 느껴지지조차 않던 가래가 기도를 타고 정말로 모여들고 있었던 것이다.

만조 아줌마도 이런 방에 갇힌 적이 있었을까? 평소에 가래가 많았다면 기관지를 자극하는 약물 같은 건 흡입하지 않았을 것이다. 만조 아줌마는 「라바」를 본 적이 있을까? 손주가 있다면 봤을 수도 있다. 나는 만조 아줌마 인생에 손주라는 존재가 있는지 어떤지 알지 못했지만 「라바」를 봤다면 만조 아줌마가 이런 말을 했을 거라는 생각은 들었다.

"걔들이 털도 없이 귀여운 척을 하네."

언젠가 만조 아줌마가 뭔가를 보고 그렇게 말한 적이 있었기 때문이다. 그때 나는 물었다.

"아줌마, 털이 있어야 귀여울 수 있는 건가요?"

이렇게 물었을 수도 있다. 털이 없다면 안 귀여워도 되나요?

만조 아줌마는 말했다.

"그렇고말고. 자고로 털이 부얼부얼해야 어디 가서 귀엽다는 명함이라도 내미는 거지."

나는 사춘기를 겪으면서 만조 아줌마의 그 말을 몇번쯤은 떠올렸을 것이다. 그러니까 그 무렵, 나는 만조 아줌마를 몇번쯤은 그리워했던 건지도 모른다.

여안에서 이사를 나온 뒤 우리 가족은 누가 뭐라고 하지도 않았는데 서로 알아서 만조 아줌마에 대한 언급을 줄여갔다. 분위기가 가장 안 좋았던 건 만조 아줌마가 농축산신문에 나왔을 때였다. '이달의 영농인' 유의 크지 않은 꼭지였다. 거기에서 만조 아줌마는 내 엄마 아빠한테 하던 말을 똑같이 하고 있었다.

'나무들 서 있는 키가 달라서 햇빛이 골고루 들어요. 경사가 져서 물도 잘 빠지고 산비탈 아래라 밤만 되면 기온이 뚝 떨어지지요. 사과는 이렇게 일교차가 큰 데서 자라야 씹었을 때 아삭한 맛이 제대로 나요.'

내 부모는 그 신문을 접어 신발장 하단에 넣어놓았다. 나는 엄마 아빠가 깨어 있을 땐 그쪽을 쳐다보지도 못하고 있다가 그들이 잠들면 신발장을 열어 신문을 펼쳐보곤 했다.

기사 상단엔 그늘막 치마모자를 쓴 만조 아줌마가 수확 직전의 사과를 바라보는 사진이 있었다. 나는 만조 아줌마가 쓰고 있는 알록달록한 꽃무늬 모자가 나와 함께 시장에 갔을 때 고른 모자라는 걸 알아볼 수 있었다. 노란색 사과 운반상자가 밭고랑을 따라 줄지어 놓인 것도 보였다. 나무들을 따라 길게 깔아놓은 반짝이 비닐이 비탈의 경사 각도로 빛을 반사시켜 사과와 이파리의 색깔을 더 두드러지게 했다. 만조 아줌마는 가을 사과밭 속에 서 있었다.

나는 설명할 수 없는 쓰라림으로 가슴이 헤집어진 채 신문을 다시 접어 신발장 하단에 넣어놓았고, 그런 날 밤엔 대전의 내 방 천장 아래에서 여안의 밤낮을 다시 겪었다. 스프링클러가 지루하게 돌아가는 한낮의 사과밭을 보았고 잘라낸 사과나무 가지를 소각하는 매캐한 저녁 연기를 맡았다. 틈만 나면 밭에다 부스럭거리는 것들을 파묻던 나를 보기도 했다.

잠을 설치고 학교에 가면 하루 종일 정신이 멍했다. 대전이라는 곳에도, 막 시작된 중학교 생활에도 마음을 붙이지 못한 채 곤두서 있었지만 가까이 있는 애들도 내 상태를 알아차리지 못했다. 쉬는 시간이 되면 짝이 몸을 꼬며 기지개를 켜다가 팔을 뻗어 내 볼을 쥐고 흔들었다. 이런 말과 함께.

"으이구, 귀여워어어어."

뭔가 보들보들한 것을 만져야만 직성이 풀린다는 표정을 한 여자애들이 내 주위엔 너무 많았다. 내 볼따구니를 잡아당기기 위해 옆 반에서 오는 애도 있었다.

"건들지 마."

그래도 애들은 안 들었다.

"건들지 말라고."

그래도 안 들었다.

"건들지 좀 말라고!"

소리를 지르면 다음 날 나는 호박씨를 까는 애가 되어 있거나 '척'을 하는 애가 되어 있었다.

나는 진심으로 바랐다. 세상의 모든 귀여움은 털이 부얼부얼한 것들이 독차지하기를. 오직 그것들한테만 귀여울 자격이 주어지기를. 나는 반 애들이 끈질기게 휴지를 빌리러 오는 애들 중 한명이기도 했다. 휴지가 필요하면 애들은 당연하다는 듯 이나리를 찾았다.

"야, 휴지 있냐."

"나 큰 거 싸야 되는데 휴지 좀."

"나 생리 터졌는데 휴지 좀."

내가 휴지걸이도 아니고, 나한테 휴지를 맡겨놓은 것도 아니고. 나는 한동안 진지하게 고민했다. 애들은 왜 내가 당연히 휴지를 가지고 다닐 거라고 생각하는 걸까. 내가 부산하게 귀여운 게 아니라 참하고 차분하게 귀여워서? 여자여자한 모범생이어서? 문제는 내가 그들의 예상에 맞게 정말로 휴지와 손수건을 늘 구비해 다닌다는 것이었다.

내가 여자여자하기 때문에 휴지를 갖고 다니는 것인지, 휴지를 갖고 다니기 때문에 여자여자해진 것인지 알 수가 없었다.

대학에 가서도 궁금증은 풀리지 않았다. 대학 내내 나는 C컬이 살짝 들어간 긴 생머리를 유지했고 흰 컨버스에 무릎을 덮는 스커트를 즐겨 입었다. 귓불엔 작디작은 귀걸이가 별처럼 박혀 있었고 늘 말린 장미색 메이크업을 유지한 채 수업을 듣고 과제를 하고 아르바이트를 했다.

어느 날은 버스에서 처음 보는 남자한테 며느리를 제안받았다(실화다). 나이 많은 남자가 내 어깨를 두드리더니 호의가 가득한 얼굴로 말했다.

"이봐 학생, 인상이 너무 좋네. 나한테 결혼 안 한 아들이 하나 있는데, 내가 우리 아들을 좀 소개시켜줘도 될까?"

내가 정중하게 사양하자 남자가 말했다.

"어느 집 며느리가 될지 그 집은 참 복도 많네. 공부 열심히 하게, 학생."

내가 다가가보고도 싶었던 학교 내 모 단체의 여학우들은 이런 나에게 어떤 틈도 내주지 않았다. 그들은 마치 내가 타도해야 할 여성성의 재현물 그 자체인 것처럼 대했다.

'나는 어디서부터 어디까지 잘못된 존재인 거지?'

이런 생각이 들게 하는 데 있어서 그들은 거의 내 엄마 급이었다. 물론 그들이 나를 밀어내기만 했던 것은 아니다. 몇몇 애들은 내게 보이는 것과 다른 면이 있길 기대하며 다가오기도 했다. 내게 의외의 모습이 있다면 충분히 받아줄 용의가 있다는 듯이. 하지만 내게 그들이 바라는 반전 따윈 없었다.

내가 마음 붙일 곳은 남자들밖에 없었다. 남자와 있으면 나는 비난받는다는 느낌도 들지 않았고 주눅 드는 느낌도 없었다. 그런 느낌은커녕 그들은 나한테 안달이라는 걸 하기까지 했다. 남자들은 나를 꽤 좋아했는데, 여학우들의 말대로 내가 남자들의 판타지를 머리끝부터 발끝까지 구현하고 다녀서인지 어쩐지는 알 수 없었다.

나는 늘 친밀감에 목이 말라 있었고 누군가 나한테 조급과 불안을 느끼는 순간이 짜릿해 죽을 것 같았다. 나는 그 짜릿함에 중독 수준으로 빠져든 채 짧고 자극적인 연애를 반복했다. 개중에는 연애 기간 내내 다정하고 사려 깊었던 놈도 있었고 씹새끼였던 놈도 있었다. 하지만 어떤 놈이든 내게 반전을 바랐다는 점에서 결국은 여학우들과 마찬가지의 피곤함을 주었을 뿐이었다.

이십대 후반이 되었을 때 나는 피곤이 극에 달해 있었다. 모든 종류의 인간관계에 진저리를 치면서도 나도 모르는 나를 알아봐줄 누군가를 계속 갈구했다. 오종수를 만난 건 그 무렵이었다. 오종수가 꼭 그 누군가인 것은 아니었지만 적어도 오종수는 내가 만나온 사람들 중 나를 가장 덜 피곤하게 했다.

오종수와 결혼을 하지 않았다면 나는 기정시에 살고 있지 않았을 것이다. 기정시에 살지 않았다면 기정병원 3층의 객담유도실에서 혼자 기체를 흡입하고 있지도 않았을 것이다. 기정시에서 오종수와 아이를 낳아 키우지 않았다면, 나처럼 신혼 초부터 기정시에 살아온 수미를 만나지도 않았을 것이다.

수미.

생각이 거기까지 미쳤을 때 객담통 세개엔 어느새 내가 채워야 할 최소한의 용량이 채워져 있었다. 헌혈을 하고 난 것처럼 어지러운 느낌이 들었고 무엇보다 기도가 쓰라렸다. 나는 통을 든 채로 비틀거리며 걸어가 객담유도실 출입문을 열었다. 모니터 앞에 앉아 있던 간호사가 내 객담통을 보더니 말했다.

“어우, 잘하셨어요.”

2

공방 출입문을 열면 제일 먼저 자개모빌 소리가 들린다. 동그란 자개 조각들이 부딪치며 빛을 튕겨내는 소리로 공방은 깨어난다. 밤새 가라앉아 있던 왁스향들이 눅눅함을 걷어내고 부풀어오르며 공방의 사물들을 함께 깨운다.

앞치마와 팔 토시가 걸린 행어. 소형 블루투스 스피커. 막 건조가 시작된 CP비누들과 각기 다른 라벨을 붙이고 서 있는 향료와 염료들. 서랍에는 내가 만든 비누 레시피가 포개져 있고 창가엔 나리공방만의 캔들 몰드가 모여 있다.

내 보물 1호 히트 건.

바퀴가 잘 도는 3단 트롤리.

포토존 옆에 세워놓은 전신거울.

나는 작업용 앞치마를 찾아 매고 거울 앞에 선다. 내 안

색을 살피는 것으로 일과를 시작한다. 테이블에 흰 비닐 시트를 새로 깔고 분무기에 에탄올을 채운다. 창문을 연다.

기정병원에 다녀온 뒤부터 나는 꼬박꼬박 공방에 나갔다. 세제를 풀어 바닥 청소를 하고 손님들이 앉던 테이블을 작업 공간으로 세팅했다. 객담 배양 검사로 균을 확인하는 데에 걸리는 시간은 8주. 8주면 수미가 완치되고도 남을 시간일 것이고 사과밭에선 사과가 주먹만 해지고도 남을 시간일 것이다. 내 객담에선 균이 나올 수도 있고 나오지 않을 수도 있다.

당분간은 클래스를 여는 대신 주문 제작 위주로 일을 이어나갈 생각이었다. 전신거울 앞에 서서 안색을 살피고 나면 나는 라바와 닭간으로 예열을 시작했다. 내게 닥쳐올지도 모를 부작용에 대비라도 하듯 「라바」를 첫 시즌부터 정주행했고 여기저기서 닭간 레시피를 긁어모았다.

6월 마지막 주에 은채는 초등학교 졸업사진을 찍었다. 일주일에 한번 하는 등교 수업은 짝수번호와 홀수번호의 등교일이 달라서 은채는 1학기가 거의 다 지난 지금도 홀수번호 아이들과 만나지 못했다. 졸업사진도 짝수번호 아이들하고만 찍을 수 있었다. 졸업사진을 찍긴 했지만 겨울에 학교에 모여 졸업식을 할 수 있을지는 알 수 없었다. 어떤 여름과 가을이 오게 될지, 어떤 겨울이 기다리고 있을지, 전혀 예견할 수 없었다.

감정이 요동치지 않게 일상을 평온하게 유지하고 싶었다. 적어도 8주 동안은, 적어도 수미가 퇴원을 해 동네로 돌아오기 전까지는, 아무것에도 영향을 받고 싶지 않았다. 엄마한테 불쑥 전화를 해 만조 아줌마 얘기를 묻는 것도 당분간은 자제할 생각이었다.

클래스 연기 공지를 한 뒤부터 나는 초 하나하나를 공들여 완성하는 데에 기력을 집중했다. 공방은 내 개인 작업실과도 같아져서, 나는 세상에 하나밖에 없는 색감의 캔들을 뽑아내겠다는 의욕에 사로잡혀 조색 테스트로 하루를 다 보내기도 했다. 판매 공지도 수시로 올렸다.

'주문 문의는 디엠이나 프로필링크 타고 카카오톡 오픈채팅으로 해주세요.'

'나리공방 캔들은 스마트스토어에서도 구입하실 수 있습니다. 스토어찜 하시면 천원 할인쿠폰을 드려요!'

코로나19로 집에 머무는 시간이 길어지면서 사람들은 실내에 놓아둘 수 있는 소품을 이전보다 더 많이 찾았다. 배송 주문이 많은 날은 뽁뽁이 포장지에 둘러싸여 종일 택배 작업을 했다. 송장 작업까지 끝나고 나면 손에 잡히는 아무 용기에나 맥주를 따라 혼자 벌컥벌컥 들이켰다. 그리고 그 모든 작업 과정을 찍어 하루도 빠짐없이 공방 인스타그램에 올렸다.

수미가 보라고.

어느 격리 병동에 있든 나는 수미가 매일매일 나리공방의 인스타그램에 들어올 거라는 걸 알고 있었다.

*

낮에 블라인드를 반쯤 내리고 공방에 앉아 있으면 건물 밖에서 배달 오토바이들이 지나다니는 소리가 들렸다. 공방 출입구 쪽 상가 복도는 어두웠고 창가 쪽 번화가에는 늘 크고 작은 소음들이 깔려 있었다. 창가에 말려둔 몰드를 걷어 오다 기정로를 내려다보면 맞은편 상가건물 1층의 휴대폰 대리점 앞에서 행사 입간판들이 흔들리는 게 보였다. 블라인드를 끝까지 내려 풍경을 차단하고 실내로 몸을 돌리면 기정로의 소리들은 잦아들고 오래 고여 있던 공방의 소리들이 살아났다. 누군가 테이블에서 일어나려고 의자를 빼는 소리 같은 것들. 유리막대가 종이컵 바닥을 긁는 소리. 비누 커팅기가 움직이는 소리. 심지에 불을 붙이려고 캔들라이터를 켜는 딱, 소리.

손소독제를 짜 넣고서 몇몇이 동시에 손바닥을 비비는 소리도 있다. 그건 2020년 봄의 소리다. 코로나19 확산세가 심해지면서 잡혀 있던 클래스와 출강이 모두 취소될 때 수미와 함께 공방에 왔던 여자들이 있었다. 나한테 와서 자신들의 재난지원금을 썼던 나의 취미반 수강생들.

별선씨는 비누에 스누피 도장 찍는 걸 좋아했다. 별주씨는 내가 스타벅스 아이스 음료 컵을 붓 헹굼통으로 쓰는 걸 보고 올 때마다 재활용할 투명 컵들을 들고 왔다. 별은씨가 자몽청을 담아 나눠주었던 보르미올리 유리병에는 아직 자몽향이 남아 있었다. 나는 거기에 캔들을 만들었다. 병을 히트 건으로 데우고 그 안에 나무 심지를 심었다. 왁스를 비커에 담아 투명하게 녹인 다음 유리병 안으로 천천히 부어 넣었다. 그러고는 병의 형태 그대로 왁스가 굳기를 기다렸다. 내가 가장 좋아하는 시간이었다. 무엇을 하며 기다리든 일단 기다리면, 시간이 흐르는 것이 확실하다면, 심지를 품은 액체는 반드시 초가 되었다.

나는 완성된 자몽캔들을 출입문과 가장 가까운 진열대에 올려두었다. 같은 층의 네일숍이나 미용실에 들렀다가 복도를 몇걸음 더 걸어들어와 공방 문을 열고 들어오는 사람들이 있었다. 작업에 집중을 하고 있다가도 자개모빌 소리가 들리면 나는 깜짝깜짝 놀랐고, 그때마다 지난봄 내 공방에 찾아왔던 이들을 떠올릴 수밖에 없었다.

재난의 시간 일부를 이곳에서 보내고 갔던 이들을 나

는 전부 기억하고 있었다. 안전한 장소에 대한 내 손님들의 열망과 불안을 기억했고 손님들을 원하는 동시에 손님들을 의심하던 나 자신을 기억했다. 보고를 하듯 매일 서로의 동선을 공유하던 취미반 그녀들의 안전 강박이 안심되는 동시에 숨 막혔고, 공방 창턱에 서서 밖을 내다보던 수미의 분노와 적의를 너무 알 것 같아서 알은체하고 싶지 않았다.

그리고 그날 밤의 서하를 기억하고 있었다. 내 공방에 와서 울던 아이. 수미의 딸. 수미가 코로나19 확진 판정을 받기 직전인 그날 밤을 동네 사람들은 여전히 얘기했다. 그것은 아직 식지 않은 화제였다. 이태원클럽발 유행이 잦아들고 사람들이 다시 밖으로 나오기 시작하던 5월 중순 화요일 저녁, 한 영어학원의 줌 수업 화면으로 누군가의 집이 노출되었다. 평소에 잘 켜지 않던 줌 카메라를 켜고 음 소거 기능을 끈 채 자신의 집을 외부로 송출한 사람은 기정중학교 1학년 김서하였다.

카메라는 한뼘 정도 열린 서하의 방문을 그저 비추고 있었지만 방문 밖의 소리는 그 수업을 듣고 있는 모두에게 고스란히 들려왔다. 나를 부르는 소리에 은채 방으로 달려갔을 때, 나는 은채의 수업 화면 안에서 들려오는 소리가 옆 단지 11동 8층에서 수미가 실시간으로 내고 있는 소리라는 걸 실감할 수가 없었다.

하지만 그것은 수미였다. 어린 서하와 은채를 데리고 함께 야외수영장을 찾아다니던 그 수미가 맞았다. 아이들이 크는 동안 비슷비슷하게 마흔 고비를 넘어왔던 수미. 12인승 스타렉스에 아이들을 태우고 다니던 학원 차량 기사 수미. 술에 취하면 자신처럼 엉망인 여자는 아이를 어떻게 키워야 하는 거냐고 중얼거리던 수미였고 사랑하는 남자와 함께 사는 건 어떤 기분이냐고 묻던 수미였다. 자신에게 총이 있다면 누군가를 죽이지 않고는 견디지 못할 거라고 말하던 수미. 김서하의 엄마.

그 수미가 자신의 거실을 깨부수고 있었다. 소리만 들어도 알 수 있었다. 그 안에서 무언가가 속수무책으로 망가지고 있다는 걸. 깨지기 쉬운 것들이 기어코 깨지고 있다는 걸. 다른 것은 생각할 겨를이 없었다. 나는 은채의 휴대폰과 줌 채팅창을 동원해 서하에게 지금 바로 밖으로 나오라고 말했다. 일단 엄마와 떨어져야 한다고. 무조건 뛰어나오라고.

수미네 아파트 앞에서 서하를 태우고 공방으로 가는 동안 심장이 미친 듯이 뛰었다. 공방 의자에 앉히고 진정을 시키는 동안에도 서하는 시선을 마주치지 않은 채 내게 계속 등을 보이고 있었다. 뭐라도 하고 싶었지만 주먹을 꽉 쥔 채 부들부들 떠는 서하의 등을 보고 있자 이상하게 선뜻 안아줄 수가 없었다. 어깨에 손을 얹는 것도 어렵게 느껴졌다. 불을 켜지 말아달라는 말에 불을 켜지 않았지만 그래서인지 서하의 등이 내뿜는 감정이 그대로 공방을 채우는 게 느껴졌다. 입술을 깨문 채 무릎 위로 눈물을 뚝뚝 떨구다가, 바닥 어딘가를 노려보며 부들거리고 있는 저 아이는 더이상 은채와 함께 미끄럼틀을 타며 뛰어다니던 그 어린아이가 아니었다. 그건 어쩌면 내가 모른 척하고 싶었던 사실이었다. 아이들이 이제 다른 단계로 건너가고 있다는 사실을 나는 그날 공방 의자에 앉아 있는 서하를 보면서 비로소 실감했다.

그렇게 앉아 있는 동안 기정로의 조명과 소음이 컴컴한 공방 창문으로 새어들어왔고, 어느 순간 나도 알고 서하도 아는 목소리가 들려왔다. 새경프라자 앞에서 공방 창문을 올려다보면서 수미가 울고 있었다. 울면서 서하를 부르고 있었다. 그곳은 기정의 로데오 거리라 불리는 번화가였다. 양꼬치집과 포차에서 나온 사람들이 수미를 힐끔거리며 지나갔다. 화단에 걸터앉은 사람들이 바닥으로 침을 뱉었다. 거기에 서서 수미가 고개를 젖힌 채 흐느적거리고 있었다. 나는 수미가 그 순간에 가장 보고 싶어하는 사람이 서하일 것을 알고 있었지만 문을 열어주지 않았다. 연락을 받고 온 별주씨와 별선씨와 별은씨가 수미를 부축해 가고 나서야 나는 공방 창문에서 떨어져 서하의 등을 쓸어줄 수가 있었다.

수미가 코로나19 확진 판정을 받은 건 그 이틀 뒤였다. 기정시 67번 확진자가 되어 인근 시의 시립병원으로 이송될 때까지 수미는 서하를 제대로 보지 못했다.

*

화분 모양의 세라믹 용기에 선인장캔들을 만들 때 나는 수강생들한테 이 말을 꼭 했다. 선인장캔들은 용기 빼고 다 태울 수 있어요. 선인장은 물론이고요, 화분 위에 깔린 이 모래알갱이들도 다 왁스예요. 전부 태울 수 있어요.

수강생들이 캔들을 다 완성해 포토존으로 가기 전, 나는 마스킹테이프가 담긴 트레이를 테이블 위로 꺼내놓았다. 캔들을 태우지 않고 방향제나 인테리어 소품으로 놓아둘 사람들한테는 심지 끝에 마스킹테이프를 깃발처럼 붙여주면서 수업을 마무리지었다. 어떤 용도로 쓰든 그들이 만든 것은 기본적으로 초였으므로 나는 마지막 순간에 수강생들한테 꼭 의견을 물었다. 태울 것인지 태우지 않을 것인지.

지난봄 취미반 수업 중에도 나는 그녀들에게 물었을 것이다. "마스킹테이프 붙여드릴까요?" 하고.

별주씨와 별선씨와 별은씨가 트레이 위로 상체를 숙이고 마스킹테이프를 고르던 기억이 난다. 그 옆에는 수미가 서 있다. 아무것도 안 고르고 그냥 서 있다. 곧이어 이런 장면이 이어진다. 별주씨와 별선씨와 별은씨 옆에 서 있던 수미가 나리샘, 하면서 내게로 걸어온다.

"나리샘."

수미는 평소와 달리 취미반 수업 중엔 나를 꼬박꼬박 샘이라고 불렀다. 나는 수미한테 그렇게 불리는 게 너무 웃기고 신나서 그녀들과 함께하는 취미반 수업 중엔 유난히 재료를 헤프게 제공하곤 했다.

"나리샘, 왜 나한테는 마스킹테이프 안 물어보는데?"

그러면서 수미가 이쪽으로 막 걸어온다.

"응? 내 초엔 붙여줄 건데 말 건데?"

그러면서 수미가 나한테로 걸어오는 것이다. 나는 도망가는 척 뒷걸음질을 치다가 무언가를 쏟거나 넘어뜨리거나, 어쩌면 창문을 열었는지도 모른다. 길 건너 맞은편 건물의 3층엔 우리가 아이들을 데리고 눈꽃빙수를 먹던 빙수 까페가 있었다. 공방 창문을 열면 같은 눈높이로 까페의 창가 테이블이 건너다보였다. 은채가 3학년, 서하가 4학년 즈음이었을 때 아이들이 가장 좋아하던 코스가 다이소와 빙수 까페였다. 수미와 나는 아이들을 다이소에 풀어놓고 각자 볼일을 보다가 어느 정도 시간이 지나면 아이들을 근처의 빙수 까페로 데리고 갔다. 넷이 같이 빙수를 먹고, 한낮의 열기가 좀 수그러들면 발물놀이터가 있는 중앙공원을 지나 집으로 걸어가는 게 아이와 둘이 있게 되는 주말에 수미와 내가 오후의 몇시간을 보내는 방식이었다.

수미가 내 공방에 서하를 처음 보낸 건 아이들이 그보다 서너살 더 어렸을 때였다. 서하가 초등학교에 막 들어간 때였을 것이다. 나는 거실에 8인용 테이블을 놓고 홈 공방을 운영했고 주로 아동 손님이 많았다. 초등학교 저학년은 하교 시간이 빨랐고 부모가 둘 다 일을 하는 아이들은 수업이 끝나면 돌봄교실로 가거나 학원과 학습지 교습센터를 돌며 오후 시간을 보냈다. 학원과 학원 사이에 시간이 빌 때, 아이가 학원에서 또다른 학원으로 바로 가는 것이 안타까울 때 엄마들은 내 공방으로 아이들을 보냈다. 그렇게 초등 저학년에서 중학년 사이의 아이들이 학교 가방과 학원 가방을 들고 내 집에 들러 초를 만들거나 석고에 색칠을 하다 갔다. 서하도 처음엔 그렇게 온 아이들 중 하나였다.

수미와 가까워지게 된 건 수미가 그때 은채가 다니던 미술학원의 차량 기사 일을 하고 있었기 때문일까. 어쨌든 수미도 나도 일 속에서 서로의 아이를 일정 시간 돌보고 있었던 것이다. 수미는 중소 학원 운영자들이 어떻게든 오래 잡아두고 싶어하는 '여자 기사님'이었다. 차량 승하차 도우미를 따로 두기 싫은 학원들은 운전과 승하차 보조 둘 다 해주길 바라는 마음으로 여자 기사를 찾았다. 수미는 원장들 사이에서 입소문이 좋았다.

오후 첫 타임 차량 운행이 끝난 시간에 수미가 가끔 내 집에 들를 때가 있었다. 공방에 왔던 아이들은 거의 빠지고 저녁 차량 운행은 시작되기 전인 시간이었다. 수미가 들르면 나는 서하가 오늘은 뭘 만들었는지, 무슨 얘기를 했고 기분은 어때 보였는지, 수미가 궁금해할 만한 얘기를 들려주었다. 수미는 수업 테이블 한쪽에 앉아 방향제 같은 걸 만들다 가기도 했고 많이 피곤한 날에는 은채 침대에 잠깐씩 누워 새우잠을 자기도 했다. 알람을 오분 단위로 연이어 맞춰놓고서.

시간에 맞춰 학원 차가 도착하지 않으면 차를 기다리던 아이들은 각자 엄마한테 전화를 했고, 그러면 그 엄마들은 일을 하다 말고 불안해하며 다시 수미한테 전화를 했다. 수미는 정확한 차량 시간과 아이들 승하차 안전 둘

다에 신경을 쓰느라 늘 곤두서 있었다.

나리야, 나 좀 깨워줘.

알람을 맞춰놓고도 수미는 말했다.

나리야, 이십분 있다 나 좀 꼭 깨워줘.

나 좀 꼭.

수미가 잘 하는 말이었다.

나리야.

나 좀 꼭.

별주씨와 별은씨와 별선씨가 마스킹테이프를 고르던 때는 봄이었지만 이제는 여름이다. 빙수 까페의 폴딩 창문이 군데군데 접힌 채로 열려 있는 게 보였다. 에어컨을 켠 실내에서 집단감염이 생긴 뒤로 냉방 중이어도 창문을 열어놓는 곳이 많았다. 나는 공방 창가에 우두커니 서서 몇년 전과 키가 다르지 않은 가로수를 쳐다보았다. 창가 테이블에 앉아서 빙수 하나를 같이 먹고 있는 아이와 여자가 보였다. 그들을 무심코 건너다보다가 나는 중얼거렸다.

"매미가 들어갔어."

다시 한번 중얼거렸다.

"방금 매미가 들어갔는데."

내 말이 들리기라도 한 듯 아이가 자리에서 벌떡 일어나며 창턱을 가리키는 게 보였다. 아마도 이렇게 외치고 있겠지. 엄마, 매미가 들어왔어! 매미! 여자가 깜짝 놀란 듯 자리에서 일어났고 곧이어 직원이 총채를 들고 걸어왔다. 총채로 창턱을 살살 쓸어가던 직원이 공간을 넓히려는 듯 폴딩 창문의 손잡이를 확 잡아당겼다. 창문이 더 열렸다. 아이는 시합을 응원하는 것처럼 자리에서 방방 뛰고 밑에서 행사 홍보를 하던 휴대폰 대리점 직원이 위를 올려다보았다. 나는 숨을 내쉬며 다시 중얼거렸다.

"매미가 나갔어."

테이블에 다시 앉아 빙수를 먹는 아이와 여자를 보다가 나는 창에서 몸을 돌렸다. 햇빛에 익었던 눈 때문에 실내의 사물이 잡히지 않았다. 하지만 이것만은 기억할 수 있었다. 나는 그날 수미의 초 심지에 끝까지 마스킹테이프를 붙여주지 않았다.

*

놀이터에서 경쟁률이 제일 높은 건 언제나 그네였다. 초등 고학년생 아이들이 그네를 차지하고 앉아 휴대폰을 보고 있으면 꼬마애들이 다음 차례를 잡기 위해 주위를 빙빙 도는 게 늦은 오후의 놀이터 풍경이었다. 서하가 공방에 오래 남아 있게 되는 날은 은채와 함께 놀이터로 내

보내곤 했는데 수업이 비는 짬에 나가보면 둘도 그네 주위를 맴돌고 있을 때가 많았다.

나는 은채한테 말하곤 했다.

"은채야, 언니들이 그네를 타고 있으면 일단 미끄럼틀이나 시소를 타면서 놀아. 그러다 자리가 나면 후다닥 달려가서 잡으면 되지."

하지만 은채는 그러지 않았다. 고학년 애들이 그네에서 물러날 때까지 옆에서 턱을 괴고 기다렸다. 언니들을 뚫어져라 쳐다보면서. 바로 양보하지 않으면 큰 잘못을 저지르고 있는 듯한 기분이 들게 할 만한 그런 눈망울로 말이다. 은채는 흔히 말하는 외탁이었다. 밋밋한 오종수보다는 귀염 상인 나를 빼다 박았다고 할 수 있었다.

은채의 눈망울을 슬쩍슬쩍 쳐다보면서 조금씩 흔들리기 시작하던 고학년 아이들은 서하가 은채 옆으로 와서 같이 쳐다보기 시작하면 더 버티지 못했다. 그중 마음이 약한 애가 "야, 가자"라고 하는 단계까지 가게 되는 것이다. 서하는 얼핏 보면 수미와도 수미의 남편과도 크게 닮지 않았는데, 여덟살인 그때도 입을 꽉 다물고 눈을 정면으로 뜨면 다부져 보이는 데가 있었다.

은채는 턱을 괴고, 서하는 팔짱을 끼고, 그네에 앉아 있는 고학년 언니들을 쳐다본다. 놀이터는 변한 게 아무것도 없었다. 아이들이 그렇게나 타고 싶어하던 그네도, 구름다리도 다 그 자리에 그대로 있었다. 아이들이 뽀로로 주스를 올려두던 정자 바닥의 낙서들도 그대로였고 봄마다 아이들을 세우고 사진을 찍어주던 철쭉 화단도 그대로였다. 은채와 서하가 열세살, 열네살이 되었다는 것만 빼면 다 똑같았다. 아이들이 더이상 그곳에 없다는 것만 빼면 다 그대로였다.

되돌아오지 않는 시간이 고여 있는 장소들을 나는 여전히 매일 지나다녔다. 놀이터를 지나고, 은채가 처음 자전거 보조바퀴를 떼던 축구장을 지나고, 한때는 은채 키 높이와 같았던 부엉이 조각상을 지나 공방에 갔다. 이젠 은채가 쳐다보지도 않고 지나치는 동네 벤치에서, 네살의 은채가 나를 오래 기다린 적이 있다. 벤치에 도착해 조그마한 은채를 안아올렸을 때 은채가 두 팔로 내 목을 감으며 말했다.

"엄마, 어둑어둑해."

나는 얼굴을 떼고 은채를 봤을 것이다.

"너는 어둑어둑이란 말을 대체 어떻게 아는 거야?"

그러니까 나는 그런 것들을 잊을 수 없다. 마음이 새까매져 뛰어가던 몇분간의 시간과 나를 기다리던 내 딸의 체온. 10월 저녁의 서늘함과 아이가 말하던 어둑어둑이라는 말의 어감 같은 것들.

나는 여전히 그 벤치 앞을 일상적으로 지나다니지만 순간적으로 촉발된 작은 감정 하나로 그 앞에서 무너져내릴 수도 있다. 은채의 구름빵 헬륨 풍선이 날아가 걸려버렸던 맞은편 건물 옥상을 보다가 누구도 납득하지 못하는 순간에 눈물을 쏟아버릴 수도 있다. 한밤중에 맨발로 뛰쳐나가 옥상 문을 두드릴 수도 있다.

휴대폰이 '과거의 오늘' 사진들을 보내오는 것이 때때로 내겐 좋지 않았다. 잘 묻어두고 살던 지뢰가 '팔년 전 오늘'에서 터질지 '십일년 전 오늘'에서 터질지 알 수 없었다.

은채 학교에서 졸업사진 샘플을 보내왔을 때 나는 어쩌면 나도 모르게 안심했는지도 모른다. 거기엔 은채의 현재 모습만이 있었으니까.

나는 저녁내 은채와 거실에 앉아 졸업앨범에 넣을 사진들을 골랐다. 활짝 웃는 사진으로 해, 내가 말하면 너무 못생겨 보여, 은채가 고개를 젓고, 그러고 있다보니 수미와 서하도 일년 전에 이 과정을 거쳤을 거라는 생각이 들었다. 수미와 서하도 이랬겠지. 수미 눈엔 다 예뻐 보이고 서하 눈엔 다 못생겨 보였겠지. 그러다 나는 문득 동작을 멈추고 베란다 창을 봤다. 뿌옇게 맴돌기만 하던 것이 무엇이었는지 그제야 알아차린 사람처럼.

수미는 음압병동 1인실에 하루 종일 혼자 있었다. 한달이 훌쩍 넘도록. 그런 수미에게 수미의 휴대폰이 육년 전, 팔년 전을 던져준다면. 십년 전, 십이년 전을 재생해준다면.

어느 때보다도 서하의 마음을 다치게 한 채로 수미는 서하와 떨어져 격리된 상태였다. 서하도 수미도 서로 마음을 어루만질 수 있는 시간을 갖지 못한 채였다. 아무리 서하가 보고 싶어도 격리실 문을 부수지 않는 한 수미는 지금 서하를 만날 수 없었다. 그런 채로 지난 시간이 가득 저장된 휴대폰만을 쥐고 있다면. 그런 상태라면.

내가 짐작하는 것보다 훨씬 더 격렬한 폭풍이 수미한테 찾아올 수도 있었다.

나는 뭔가 마음의 준비를 하고 싶었지만 어떤 준비를 해야 하는지 가늠조차 하지 못한 채로 여름의 한중간을 지나고 있었다.

*

여름 축제들은 하나둘 취소되었다. 치악산 복숭아축제도 취소되었고 화강 다슬기축제도 취소되었다. 기정시 인근 농원들에서 여름방학 기간마다 운영하던 여러 체험 프로그램들도 문을 닫았다. 농장이나 화원 체험 프로그램과 함께 들어가 있던 비누 만들기 수업 의뢰도 끊기면서 내 가장 즐거운 출장 수업 중 하나였던 농원 출장도 중지됐다.

어딘가에서 집단감염이 나올 때마다 '코로나19 장기화가 이어지고 있습니다'로 시작하는 가정통신문이 도착했고 육개월 차로 접어든 코로나19에 대한 진단 기사들이 쏟아졌다. 길을 걷다가 사람들이 들어찬 식당이 보이면 나만 이렇게 조심하면서 사나 싶은 생각이 울컥 올라왔고 눈을 감으면 중대본 긴급재난문자의 까만 삼각형이 빙글빙글 떠다녔다.

장기 입원자가 된 수미의 PCR 검사는 여전히 양성으로 나오고 있었다.

내 객담은 균 배양실에 들어가 있었다. 객담에서 균이 나온다면 나는 만조 아줌마를 대놓고 원망해볼 생각이었다. 어쩌면 역학조사를 위해 여안으로 찾아갈지도 몰랐다.

엄마는 면회가 전면 금지된 요양원의 노인들한테 내내 감정이입을 했다.

은채는 앞머리에 헤어롤을 말고 앉아 온라인 수업을 들었다.

'별석이 얼굴 보여주세요.'

'별윤이 얼굴 좀 보여주세요.'

줌 카메라를 천장으로 돌려놓는 아이들 때문에 수업 시작 때마다 담임이 하는 말이었다.

나는 상가 같은 층의 엘사네일 사장과 가끔 배달음식을 나눠 먹게 되었는데 네일숍 문을 열고 들어갈 때마다 은채의 담임선생님 같은 말투로 외쳤다.

"사장님, 얼굴 보여주세요!"

엘사네일 사장도 똑같이 따라하다보니 '얼굴 보여주세요'는 '안녕하세요'나 '계세요'를 대체하는 인사말처럼 되었다.

"나리 사장님, 얼굴 보여주세요!"

나는 새경프라자 사람들에게 미안함을 갖고 있었다. 지난봄 긴급재난문자에 새경프라자가 이름을 올린 게 나리 공방 때문이었으니까.

5.8~5.22 기정로 새경프라자 3층 방문자는 유증상 시 가까운 보건소, 선별진료소에서 코로나19 검사 바랍니다.

공방 바로 옆의 엘사네일은 그 재난문자 이후로 한동안 손님이 눈에 띄게 줄었다. 그래도 네일숍이나 공방은 다른 업종에 비해 타격이 덜한 편이어서 예약 문의가 꾸준히 들어왔다. 홈 공방 때부터의 단골들이 수업 요청을 하거나 원데이클래스 예약문의가 오면 나는 마스크를 단

단히 쓰고 1인 클래스에 한해 수업을 진행하기 시작했다. 홈 공방을 하면서 모아두었던 돈으로 그간의 임대료 적자를 감당하고 있었기 때문에 클래스를 무작정 미룰 수도 없었다.

마음 같아선 기정로 로데오 거리로 나가 전단지를 돌리고 싶기도 했다. 안녕하세요. 나리공방이에요. 새경프라자 3층이에요. 캔들, 비누, 방향제, 직접 만들어 가실 수도 있고 구입해 가실 수도 있어요.

*

공방을 상가로 이전하면서 새로 생긴 것 중 하나가 나리공방의 로고였다. 동글동글한 서체의 '나리공방'이라는 상호 위로 간단한 그림이 스케치되어 있었는데 꽁지머리의 여자가 초 하나를 들고 탁자에 앉아 있는 그림이었다. 노란 니트에 회청색 앞치마를 입고 있는 여자의 이마엔 마치 고양이 수염처럼 앞머리 네가닥이 내려와 있었는데, 그건 누가 봐도 이나리를 그린 것이었다. 나리공방의 그 나리. 물론 내 앞머리는 네가닥보다는 좀 많지만 약간 좁은 이마에 처진 반달눈, 이름만 불러도 강아지처럼 달려올 것 같은 표정은 과연 나라고 할 수 있었다. 간단한

선 몇개로 누가 봐도 이나리인 인상을 담아내다니 놀라울 따름이었다.

상가 이전 준비가 한창이던 지난 1월이었다. 은채 생일 파티가 끝나고 며칠 뒤였을 것이다.

'이모, 대박 나세요.'

그 말과 함께 서하가 카톡으로 이미지를 하나 보내왔다. 보자마자 나는 그걸 나리공방의 로고로 삼고 싶다고 서하한테 연락을 했고 지금 서하의 그림은 나리공방의 SNS와 판매 페이지뿐 아니라 공방의 포장상자와 안내 엽서에도 빠짐없이 들어가 있다.

나는 그림에 담긴 디테일들을 보면서 나리공방을 오갔던 서하의 초등학생 시절과 그때 서하에게 남았을 인상들을 짐작해보곤 했다. 나리가 탁자에 앉아 두 손으로 모아 쥐고 있는 캔들은 올리브색이었다. 탁자 위엔 미니 전자저울과 쓰러진 종이컵, 엎질러진 오일이 그려져 있었고(아이들 수업 땐 툭하면 뭔가가 엎질러지곤 했다) 나리의 머리 주위론 꽃 이파리 몇개가 흩뿌려져 있었는데 자세히 보니 그것은 사탕이었다(아이들이 오는 오후 시간에 나는 늘 사탕바구니를 꺼내놓았다). 아이들이 선생님, 귀걸이 너무 예뻐요, 하면 나는 며칠 동안 그 귀걸이만 했고 선생님, 옷 너무 예뻐요, 하면 또 그 옷만 내리 입었다.

어깨에 닿을락 말락 한 중단발을 하나로 묶고서 수업을 했고 말을 하다 숨이 차면 후, 하고 앞머리로 입김을 뿜어 올리는 약간 연극적인 버릇이 있었다.

무심히 그렸을 수도 있는 그림의 디테일들이 그래서인지 내겐 하나하나 특별하게 다가왔다. 서하는 아마도 노란 니트를 입고 있는 나를 좋아했을 것이다. 나는 언젠가 올리브색을 좋아한다고 말했을 것이고. 하지만 내가 서하에게 사과 얘기를 한 적이 있었을까?

그림에서 가장 내 눈을 끈 것은 '나리공방' 글자 옆에 그려진 사과 한알이었다. 그것은 새싹이나 하트처럼 흔히 쓰이는 이미지일 수도 있었지만 나는 서하가 거기에 새싹도 하트도 아닌, 하다못해 촛불 이미지도 아닌 사과를 그려넣은 것에 대해서, 올리브색 캔들이나 회청색 앞치마 못지않게 왠지 그게 나리가 좋아하는 것을 나타내주는 표지 같다는 생각을 했다.

여름내 그 사과에 의미부여를 한 건 병원에 다녀온 뒤부터 나를 감질나게 감싸고 있는 만조 아줌마에 대한 생각 때문이었는지도 몰랐다.

*

포장상자의 로고를 보다 오랜만에 서하의 카톡 프로필을 열어보았다. 프로필 창 상단에 디데이가 몇개 설정되어 있었다.

내가 태어난 지 D+4626. 방탄소년단 데뷔 D+2580. 아미 된 지 D+1215.

그 숫자들을 보고 있는데 오래전 과수원에서 만조 아줌마가 옆 사다리의 누군가한테 하던 말이 떠올랐다.

"백년을 다 살아야 삼만육천일이야."

그러곤 한바탕 웃음소리.

다행히 나는 나의 디데이를 세고 싶은 마음은 없다.

*

엘사네일 사장은 나리공방을 좋아했다. 매니큐어 냄새로 머리가 아파오면 공방에 잠깐씩 들러 향초에 코를 대다 갔다. 엘사 사장의 손은 겨울왕국에서 날아온 것 같은 네일아트로 빛났고 팔에는 근육도 있었다. 아이라인도 정말 잘 그렸다. 상가 진출 몇개월차에 불과한 나와 달리 기정로에 가게를 오픈한 지 삼년이 넘었고 나보다 젊은 나이였는데도 나와 스스럼없이 말을 섞어주었다. 덕분에 나는 엘사 사장한테 꽤 여러가지를 주워들을 수 있었다. 새경프라자 임대인이 더 착한지 현대프라자 임대인이 더 착한지 그런 중요한 얘기들 말이다.

매출 적자 때문에 옆 골목 와인바에서 죽을 팔기 시작했다거나 올해 토마토값이 미쳤다거나 뒷 건물 엠커피 사장이 신천지라는 것도 엘사 사장이 해준 얘기였다.

안 그래도 공방에선 너무 많은 것들이 내려다보였다.

초등생 아이 둘이 건물 앞에 자전거를 묶어놓고 간다. 술에 취한 듯 보이는 남자가 흐느적거리며 다가가 자전거 체인락을 잡고 흔든다. 그러면 나는 당장 뛰어내려가야 했다.

강아지 까페 입간판이 쓰러져 있다. 한시간이 지나도 그대로 있다. 두시간이 지나도 그대로 있다. 강아지 까페에 전화를 해도 받지 않는다. 그러면 나는 입간판을 세우러 나가야만 했다.

아침 열한시도 안 된 시간, 은채와 친하게 지내던 별찬이가 로데오 골목을 걸어간다. 나는 별찬이 엄마한테 톡을 보낸다. 뭐? 이 새끼가 온라인 수업을 째? 자기야, 그 새끼 어디로 들어가는지 좀 봐줘. 그러면 나는 별찬이를 놓칠세라 재빠르게 뛰어내려갔다.

어느 오후엔 서하가 지나가는 걸 보았다. 큰 키에 마른 체형이 수미의 뒷모습과 꼭 같았다. 서하는 기정중학교 체육복을 입고 아이보리색 백팩을 메고 중앙공원 쪽으로 걸어갔다. 휴대폰을 보면서 천천히 걷고 있는 서하를 보자 나도 문득 걷고 싶어져 산책 삼아 따라 걸었다. 이름을 불러도 왠지 서하에겐 들리지 않을 것 같다는 생각을 하면서 그냥 걸었다. 서하는 중앙공원을 지나고 발물놀이터를 지나 횡단보도를 건넜다. 그리고 한 건물로 들어갔다. 나는 보도 이쪽에 서서 서하가 들어간 건물을 건너다보았다.

그곳은 아이들이 지난 몇년간 내내 드나들던 건물이었다. 2층부터 6층까지 초등 중등 대상 학원들이 모여 있었고 7층부터 9층까지는 요양원이었다. 평일 늦은 오후에 요양원은 늘 조용했다. 아이들을 태운 어학원 버스들만이 건물 앞 갓길을 채웠다. 버스가 서면 무전기를 든 승하차 보조 교사들이 건물 입구를 오가며 아이들을 줄 세워 들여보냈다. 수미 또한 일하면서 자주 드나들던 건물이었다. 은채 또한 저 안에서 수업을 듣고 있을 시간이었다.

기정로 중앙프라자. 코로나19 방역지침에 따르면 내 눈앞에 있는 저 건물은 취약시설과 집합금지시설 밀집 건물이었다.

나는 횡단보도를 건너 중앙프라자 앞으로 걸어갔다. 건

물 출입구 옆에는 검은 철제 의자 두개가 나란히 놓여 있었다. 아이들이 한차례 들어가고 나면 예닐곱명의 승하차 보조 교사들이 그 의자에 번갈아 앉아가며 휴식을 취했다.

초등생들이 등원을 마쳤을 시간이라 건물 앞은 한산했다. 보조 교사들의 의자는 비어 있었다. 나는 터벅터벅 걸어가 빈 의자 한곳에 앉아보았다. 엉덩이가 서늘하게 배겨와 등을 기대고 앉았다. 그렇게 앉아서 신호대기 중인 차들과 걸어가는 사람들을 쳐다보았다. 땀이 식도록 쳐다보았다.

완치된 뒤 돌아오면 수미는 제일 먼저 일자리를 잃게 될 것이다. 확진된 학습지 교사들도 완치 뒤에 원래의 지국으로 복귀하지 못하고 있었다. 수년을 같이 일해오며 신뢰를 쌓아온 사람들과 더이상 함께할 수 없는 것이다. 수미가 어떤 마음의 변화를 겪든 일자리를 잃는다는 건 수미의 선택 폭을 아주 많이 제한할 수 있었다.

나는 차들이 헤드라이트를 켤 때까지 철제 의자에 앉아 있다가 다시 길을 건넜다.

*

화요일에 손님이 왔다.

이름은 박*희.

박별희 손님은 블로그를 통해 예약을 했고 가장 기본적인 원통형 필라캔들을 만들어 갔다.

말이 별로 없었다.

목요일 손님은 홍*기.

홍별기 손님은 취미액티비티앱을 통해 예약을 했고 마카롱캔들 네개를 만들어 갔다.

「아따맘마」의 오동동을 좋아한다고 했다.

금요일 손님은 이*형.

이별형 손님은 전화로 예약을 했고 모기 기피 오일을 넣은 석고방향제를 만들어 갔다.

나에게 마라탕 맛집을 추천해주었다.

*

전화로 제작 주문을 한 손님도 있었다.

주문자는 김*하.

김별하 손님은 진로이즈백 굿즈로 나온 두꺼비 소주잔에 초를 만들어달라고 했다.

가을에 찾으러 오겠다고 했다.

*

어느 날은 예약을 하지 않은 손님이 왔다. 지나가다 그냥 들러보았다고 했다. 나는 그냥 들른 손님에게 샘플비누를 하나 주었다. 만들고 남은 비누 자투리를 얇게 잘라 소포장을 해두었다가 종종 수강생들한테 나누어주던 것이었다. 내가 샘플비누를 만들어두는 경우는 딱 하나, 모유비누를 만든 뒤였다.

물론 내 모유는 아니다. 아기 목욕비누로 쓰고 싶다며 자신의 유축 모유를 가지고 와 비누를 의뢰한 여자들 것이었다. 모유비누는 아기 아토피에도 좋았고 성인 세안용으로도 그만이었다. 어떤 세안용품과도 비교가 되지 않을 만큼 촉촉하고 쫀쫀했다. 하지만 호불호가 심하게 갈렸다.

한동안 나한테 사람들은 모유비누로 세수를 할 수 있는 사람과 할 수 없는 사람으로 나뉘었다. 나는 클래스를 진행하는 동안 수강생들을 면밀히 관찰하면서 있다/없다에 혼자 내기를 걸곤 했다. 저 수강생은 모유비누로 세수를 할 수 있다/할 수 없다. 그러곤 수업이 끝날 즈음 증정품처럼 샘플비누를 슬그머니 내밀었다.

"이게 모유로 만든 비누인데요, 한번 써보시겠어요?"

어떤 수강생들은 이 귀한 걸 줘서 너무 고맙다며 좋아했고 어떤 수강생들은 눈앞에서 바로 사양했다. 모유비누 자투리를 모아 세수를 하고 있으면 오종수는 그런 나를 보고 기겁을 했다.

"자기 몸에서 나온 것도 아니고, 남의 몸에서 나온 걸로 어떻게 몸을 씻어? 그게 가능해?"

나는 가능했다. 생각보다 비위가 좋은가보았다.

수미는 어떤 편이었냐 하면 기겁이나 질색까지는 아니어도 찝찝하다는 걸 굳이 감추지 않았다. 나는 곤충을 싫어하는 친구의 눈앞에 곤충을 흔드는 아이처럼 그런 수미한테 모유비누를 끈질기게 권했다. 그러다 권유를 멈추게 된 날이 있었다. 그날도 나는 거품망에 넣은 모유비누로 거품을 잔뜩 내며 세안을 한 참이었다. 보습, 탄력, 재생, 진정…… 마스크팩에 쓰인 문구를 다 집어넣은 것처럼 피부가 뭔가로 차오르는 느낌이어서 나는 좀 들떠 있었는지도 모른다. 그곳은 아직 홈 공방이던 내 집의 거실이었고 은채와 서하가 놀이터에서 곧 돌아올 참인 저녁 무렵이었다.

나는 반 장난처럼 수미한테 또 모유비누 얘기를 꺼내며 말했다.

"건성 피부에는 말이야."

그러면서 별생각 없이 수미의 볼로 손등을 가져갔다. 그때였을 것이다. 내 손등이 수미의 볼에 아주 잠깐 닿았을 때. 그때 수미가 순간적으로 보였던 반응을 나는 그후로도 오래 기억했다. 눈앞에서 손등을 탁 쳐내거나 얼굴을 돌려버렸다면 못 알아챌 수도 있었을까.

나는 감각을 죽이고 사는 여자들을 알고 있었다. 살다 보니 죽었지만 다시 살릴 엄두를 못 내는 것들. 다시 살릴 의욕도 기력도 없는 것들. 언젠가부터 접어두고 사는 것들. 잊고 사는 것들. '생기'라고 말해지는 것들.

수미는 어쩌면 알고 있었는지도 모른다. 죽이고 사는 감각 하나가 깨어나 무언가가 열리면 그동안 아무렇지 않은 듯 견뎌온 것들을 더는 견디지 못할 수도 있다. 그것이 깨어나 삶에서 다시 무언가를 바라게 된다면 겨우 살아내고 있던 하루가 뒤집힐 수도 있다. 그래서, 생각만 해도 두렵고 피곤해서, '그냥 산다' '이렇게 살다 죽겠지' 생각하면서. '사는 낙이 하나도 없다'는 말을 입에 달고서. 나는 그런 여자들을 알고 있었다. 기진맥진한 채 아이한테 이런 말을 하는 여자들.

'니가 아니면 이게 다, 무슨 의미니?'

*

수미가 격리되었던 그 여름에 그러니까 나는 어떤 두려움에 대해 생각하고 있었다. 내 집 거실에서 수미와 잠깐 닿았던 때에 대해서. 내 손을 쳐내지도, 몸을 틀지도 않은 채 서 있었지만 거부와 경계가 분명했던 수미의 눈빛, 수미의 호흡에 대해서.

수미는 어쩌면 알았을 것이다. 뜻하지 않게 촉발된 자극으로 도미노 조각 하나가 넘어져버리면 자신이 어디로든 돌진해버릴 수 있는 사람이라는 걸. 감각 하나가 열려버린 뒤의 수미는 앞도 뒤도 안 보고 자신의 마음으로 직행하게 될지도 몰랐다.

나는 그것이 두려웠다. 수미가 무언가를 더는 견디지 않게 될 것이 두려웠다. 그러면 나도 내가 있는 곳을 볼 수밖에 없을 테니까. 다들 그렇게 산다는 말로 치워두었던 것들을 발견하게 될 테니까. 그만큼 수미와 서하는 나와 은채의 일상 가까이에 있었다.

*

내 차 조수석에 수미가 앉아 있다.

내가 운전하는 차에 몇번 타본 수미가 어디서도 들을 수 없는 운전 팁을 알려주겠다고 한 참이다. 나는 운전석에 앉아 고개를 끄덕인다. 수미가 운전에 대해 알려주는 말이라면 나는 무조건 고개를 끄덕인다.

이 특별한 야매 연수를 마치고 나면 나는 수미를 태우고 꽃시장에 갈 예정이다. 차에 꽃을 실어올 생각에 신이 나서 나는 더 빠르게 고개를 끄덕인다. 마치 수미의 말을 모두 이해한 듯이.

몇시간 동안 내게 운전 팁을 전수한 끝에 수미가 조수석에 머리를 기댄다. 약간의 한숨과 함께.

"우리 나리……"

수미가 말한다.

"감도 없고, 겁도 없고."

*

"너 지금 마음이 콩밭에 가 있지?"

수미는 조수석에 앉으면 그런 말도 한다.

나는 수미를 빤히 쳐다본다.

"아니, 꽃집에 가 있는데?"

*

이것은 내 현생 때의 일이다.

감도 없고 겁도 없는 내가 감도 없고 겁도 없이 어떤 마을에 살던 때의 이야기다.

그이는 내가 현생 때 만난 사람.

기다란 버스도 운전할 수 있는 사람이다.

매콤한 멸치김밥을 세상에서 제일 맛있게 쌀 수 있는 사람이고 중학생 때까지 학교 대표 탁구선수였던 사람이다.

나와는 아직 오타를 트지 않은 사이.

처음부터 '네'를 'sp'로 보내는 일 따위는 없었다.

독하고 새콤한 것들, 새콤하고 차가운 것들을 좋아한다.

브랜디와 탄산수. 라임과 얼음.

그리고 겨울.

겨울에는 한단에 칠천원인 스카비오사가 제철이다.

가브리엘라 장미와 튤립도 실어올 수 있다.

여름에는 작약과 수국. 맨드라미와 캐모마일.

나는 너에게 호수에 가자고 말했다.

세상에서 가장 짧았던 가을에, 그 겨울이 오기 전에,

그래서 우리는 양조장이 있는 과수원에 갔다.

하지만 아직은 가을도 겨울도 오기 전이다.

여름이다.

제라늄이 탐스러운 여름.

과꽃이 흐드러지는 여름.

나는 실어온 모든 꽃들을 말린다.

다발로도 말리고 꽃잎을 뜯어서도 말린다.

그것들은 압화캔들 재료가 되고 왁스태블릿에 쓰이고 젤캔들 홀더에도 들어간다. 부케캔들과 프로포즈캔들을 장식하고 시나몬캔들 속 시나몬스틱의 들러리가 되기도 한다.

내 공방엔 마른 꽃이 가득하다.

*

코로나19가 시작된 이후로는 꽃시장에 가지 않았다. 꽃시장 대신 공항으로 갔다. 영종대교를 건너 텅텅 빈 공항으로 들어갔다. 1터미널 입국장 꽃집으로 가면 꽃집 주인이 곧 버릴 예정인 꽃들을 건네주었다. 일주일 동안 내가 공항 꽃집을 방문한 유일한 손님일 때도 있었다. 처음에는 제값을 주고 가져왔지만 주인은 차차 반값만 받았고, 그러다간 그냥 가져가라고 했다. 공항 꽃집 주인은 팬데믹 속에서 속수무책으로 꽃들을 버리고 있었다. 나는 그

꽃들을 나리공방으로 실어 왔다.

*

운이 좋으면 꽃을 싣고 돌아오는 길에 길가에 핀 천일홍을 볼 수도 있었다. 어느 해 여름 나는 갓길에 차를 세우고 천일홍을 한줌 꺾었다. 보라색 공깃돌 같은 천일홍을 여름내 정성스레 말렸고, 그걸로 천일홍캔들을 만들었다. 천일홍캔들은 나리공방의 플라워캔들 중 단연코 최고라고 자부할 수 있는 캔들이었다.

천일홍은 또한 나를 여안의 여름으로 데려가기도 한다. 비탈을 따라 천일홍이 필 무렵이면 사과밭에 잡초가 무성하게 올라왔고 창고에 있던 예초기가 밖으로 나왔다. 과수원 사람들은 여름이 되면 새벽같이 예초기를 들고 나가 풀 깎는 작업을 했다.

이른 아침 사과밭에 나가면 예초기가 훑고 간 자리마다 잘려나간 풀들이 수북이 흩어져 있었다. 그리고 밭엔 냄새가 가득 차 있었다. 예초기가 막 풀을 베어냈을 때의 그 냄새가 내겐 곧 여름을 알리는 냄새였다.

여름은 홍로가 아직 파랄 때였고 오후 세시의 새참이 잠깐 뜸해지는 때였다. 마을 여자들 중 가장 덩치가 좋은 엄마가 사과밭 한쪽에서 자라는 가지와 깻잎 같은 것들을 미워하는 때.

오이와 호박과 상추와 고추로 이어지는 그 야채들은 모두 할머니가 심은 것이었는데 할머니는 돌아가시기 두 달 전까지도 그것들을 직접 돌봤다. 할머니가 돌아가시고 난 뒤에도 오이와 호박과 가지들은 때가 되면 주렁주렁 열렸다. 사려면 다 돈인 것들. 아빠는 종일 사과밭에 매달렸으므로 야채밭을 거두는 것은 자연스럽게 엄마 몫이 되었는데 엄마는 어느 한해에 그것들을 따지 않고 모두 방치했다.

그게 엄마가 나를 만조 아줌마한테 맡기기 시작한 해였는지 맡기기를 그만둔 해였는지는 조금 헷갈린다. 엄마는 소위 말하는 건강체가 아니었다. 보기엔 쌀가마니 하나는 거뜬히 둘러멜 것처럼 튼실해 보였지만 어딘가가 늘 안 좋았다. 그렇다고 특별히 병명이 있는 것도 아니었다. 그냥 몸이 너무 안 좋았다.

누가 봐도 여리여리한 사람이 아프다고 하는 것과 밥 두그릇은 먹고 나온 것 같은 사람이 아프다고 하는 것은 꽤 큰 차이가 있었다. 엄마는 두시간 이상은 과수원 밭일을 버티지 못했는데 엄마가 그럴 수 있는 사람이라는 걸 누구도 납득하거나 상상하려 하지 않았다.

어쨌든 과수원 주인 여자가 밭일을 못한다는 건 그만큼의 일당을 날리는 일이었다. 엄마는 밭에 나가는 대신 일꾼들을 위해 아침과 점심과 저녁, 오전 새참과 오후 새참을 맡았지만 밥을 차리고 치우다 하루가 다 가도 동네에서 엄마가 제 몫을 하고 있다고 생각하는 사람은 아무도 없었다.

내 엄마 김상숙. 여안 시절의 엄마를 떠올리면 이런 모습이 떠오른다. 엄마보다 몸집이 작고 열살 이상은 많은 여자들(만조 아줌마와 그 팀원들)이 새벽부터 과수원 일을 하고 새참을 먹으러 들어오면 엄마가 둔한 몸으로 슬리퍼를 직직 끌고 걸어가 끙, 하고 국수 육수통을 내려놓는다. 살만 빼도 훨씬 좋아질 것이라는 말에 피식 하고 바람 빠지는 소리를 낸다.

그리고 내 얘기를 한다.

엄마는 사람들과 둘러 앉아 있을 때면 나를 옆에 앉혀두길 좋아했다. 마치 내가 당신이 정상임을 증명해주는 유일한 표지인 것처럼.

"나리 애는요, 정글에 데려다놔도 전갈이랑 친구할 애예요."

못 말리겠다는 듯, 어디서 이런 애가 나왔냐는 듯, 뚱뚱한 엄마가 웃으며 손을 내젓는다. 예쁘장하고 참하고 귀여운 나는 그런 엄마 옆에 앉아 보조개가 폭 패도록 웃는다. 사방이 환해지도록.

만조 아줌마는 그런 엄마 옆에서 초 치는 걸 좋아했다. 초를 쳤다는 건 사실 엄마의 표현일 뿐 생각해보면 만조 아줌마는 매번 진지했다.

"농전 가라, 나리야."

만조 아줌마는 잊을 만하면 나한테 그 말을 했다. 툭, 지나가듯이. 하지만 빈말이라고는 느껴지지 않는 표정으로. 그 말은 매번 엄마를 자극했다. 여안에 있는 유일한 대학인 농업전문대학교. 농전을 가라는 말은 여안에서 사실 욕이었다. 말을 안 듣거나 공부를 안 하는 애들은 어려서부터 가장 흔하게 이런 말을 들었다.

'저, 저, 저, 농전 갈 놈.'

선생님들이 여안 아이들에게 하는 가장 효과적인 악담은 이런 것이었다.

'너 그러다 농전 간다.'

그건 '너 그러다 식초 된다'와 거의 동급이라고 할 수 있었다. 농전에 가라는 건 농부가 되거나 농부의 아내가 되라는 말이나 다름없었다. 손가락이 굽고 다리가 굽고 허리가 굽도록 해도 해도 끝나지 않는 일 속으로 들어가라는 말이었다. 자외선에 찌들대로 찌들어서 뭘 찍어 발라도 빛이 안 나는 그런 삶을 살라는 말이었다. '쎄가 빠지게' 일해도 남는 건 골병과 빚뿐인 삶. 하늘에 운을 맡기는 삶. 기후가 지랄을 할 때마다 생계를 위협받는 삶.

엄마는 주기적으로 아빠한테 싸움을 걸었다. 밭 좀 어떻게 하라고. 제발 좀 다 팔아버리라고. 지긋지긋하다고. 하지만 굼뜨고 둔한 데다 밭일도 잘 못하는 엄마가 그런 말을 하면 좀처럼 설득력이 없었다. 엄마는 말끝에 나를 자주 소환했다.

"나리 말이야."

나리.

"나리 쟤, 여안에 있으면 죽도 밥도 안 돼."

아빠에게 그 말이 얼마만큼 가닿았는지는 잘 모르겠다. 결과적으로 나는 여안에 계속 있지도 않았고 죽도 밥도 안 되지 않았다. 농전에도 가지 않았다. 나는 교대에 갔다! 그리고 지금은 공방을 한다. 초와 비누를 만든다. 엄마 말에 따르면 '양잿물을 만지면서 산다'.

홈 공방을 하던 때 엄마는 내 집에 오는 걸 내켜하지 않았다.

"니네 집은 어떻게 앉을 데가 없니."

엄마가 낙심하며 훑던 그곳은 오종수와 이나리와 오은채가 사는 집이었다. 소파가 한참 전에 사라진 거실은 수업용 대형 테이블이 차지하고 있고 싱크대엔 그릇 대신 비커와 캔들 컨테이너가 들어차 있는 곳. 냉장고 야채 칸에선 다른 여자들이 짜놓고 간 모유가 튀어나오고 베란다엔 그 흔한 화분 하나 없이 비누 건조대만이 늘어서 있었다. 어찌 되었든 그건 여안을 탈출하면서 엄마가 그렸을 딸의 미래와는 들어맞지 않는 것일 수 있었다.

대전으로 가 중일회에 들어갈 즈음 엄마는 실제로 살이 많이 빠졌는데 그래서인지 여안을 떠나서인지 여안 시절만큼 아프다는 소리를 달고 살진 않았다. 수완이 좋다는 평판을 들으며 당신의 적성은 농사가 아니라 장사라는 걸 증명하기도 했다. 그리고 지금은 임영웅을 좋아한다. 임영웅 팬까페 '영웅시대'의 초기 멤버이며 코로나19 때문에 「미스터트롯」 멤버들이 행사를 못 뛰는 것을 매일매일 안타까워한다. 엄마 또래의 여자들이 임영웅 또래의 남자들한테 내보이는 호의는 너무도 너그럽고 무조건적이어서 나는 엄마가 임영웅의 엄마가 아니라 내 엄마라는 게 의아할 정도이다.

하지만 내게도 박순천 엄마가 있다.

「근심과 슬픔으로 무너지는 박순천 — '기막힌 유산' 119화」

「자책하며 오열하는 박순천, 친딸 못 알아봐 — '내 사

위의 여자' 51화」
「박순천 "저는 그냥 엄마이고만 싶어요" — 드라마 '빠스껫 볼' 제작발표회」

박순천 배우가 실제 딸과 함께 출연한 다큐도 있지만 그건 한번도 보지 않았다. 나는 오직 박순천 배우가 나오는 드라마만을 본다. 제목이 기억나지 않는 오래전 드라마에서 그녀는 연기 변신을 시도한 적이 있지만 팬 입장에서 솔직히 그리 반가운 선택은 아니었다. 나는 박순천 배우가 연기 변신을 하지 않았으면 좋겠다. 언제까지나 그 모습 그대로셨으면 좋겠고 늘 건강하셨으면 좋겠고 하시는 일이 다 잘되셨으면 좋겠다.

*

생각해보면 그것들은 한꺼번에 왔다.

일이 그렇게 되려고 그랬나 싶은 것들.

내가 살금살금 숨죽이며 보내고 있던 2020년 여름에 그 조짐들이 한꺼번에 몰려온 것만 같은 그런 느낌.

나는 욕실에서 머리를 감고 나오는 은채를 보다가 무심코 이런 생각을 했다.

'내가 은채만 할 때였는데.'

하지만 은채만 할 때 무엇이 어쨌단 말인가.

내가 지금의 은채보다 한살 어린 열두살이었을 때, 그 삼십년 전 무렵에 나는 학교에 가고 방학을 하고 개학을 하고, 그리고 여안을 떠났다. 1989년이었다.

그 무렵이 감질나게 올라오던 와중에 잊을 만하면 숨이 가빠왔다. 한번으로 그칠 줄 알았던 호흡 불편은 사라지지 않고 불쑥불쑥 찾아왔다. 원데이클래스를 마치고 나면 나는 마스크를 벗어 던진 채 기정맘까페에 질문을 올렸다.

'잠복결핵이면 원래 숨이 가쁜가요?'

'전 아무것도 아닌데도 숨이 가빠요.'

'마스크 때문이죠.'

객담 배양 검사 결과가 웹 발신 문자로 오고 나서야 나는 8월도 하순으로 접어들었다는 것을 알아차렸다. 음성이었다. 눈을 씻고 다시 봐도 음성이었다. 내가 하기도 심부에서 힘들게 끌어올린 가래에선 어떤 균도 검출되지 않았다…… 나는 결핵 보균자이긴 하지만 치료를 하지 않아도 타인에게 해를 끼치지 않는다…… 심신이 요동치지만 않는다면. 면역력이 널을 뛰지만 않는다면.

그때까지도 나는 '딴산'이라는 지명을 떠올리지 못하고 있었다. 만조 아줌마의 발효 항아리와 여안의 비탈밭을 여름내 떠올리면서도 여안을 전부 떠올리지는 못했던 것이다.

하지만 엄마가 무엇을 계기로 나를 만조 아줌마한테 보내지 않았는지는 기억할 수 있었다. 그 무렵 여안엔 낯선 사람들이 자주 돌아다녔다. 마을 어른들은 갑자기 싸웠다가 갑자기 화해했고 계속 화를 내고 있었지만 이상하게 기운이 넘쳤다. 그게 수세(水稅) 때문이라는 걸 마을에 사는 누구나 알았다.

수세를 받으러 다니는 농지개량조합 직원들을 마을 어른들은 물도둑놈이라고 불렀다. 수세 독촉 고지서를 든 수감이 마을에 나타나면 쳐다보아서도 안 됐고 말을 붙여서도 안 됐다. 사과농사는 물 농사라고, 물이 제일 중요하다고, 만조 아줌마가 늘상 하던 말이 그 말이었기 때문에 나는 만조 아줌마가 수세 문제에 얼마나 촉각을 곤두세우고 있는지 분위기만으로도 알 수가 있었다.

큰 가뭄이 오지 않는 이상 어른들이 특별히 물 걱정을 했던 기억은 없다. 마을 과수 농가들은 자체적으로 수리계를 만들어 이미 농업용수를 무리 없이 쓰고 있었다. 하지만 언젠가부터 농지개량조합이 일대를 조합 구역에 편입시키면서 물세를 납부하라는 고지서가 조합비라는 명목으로 날아오기 시작했던 것이다. 수세 문제는 쌀농사를 짓던 사람들에게도 마찬가지여서 한두해 전 전라도를 시작으로 번져갔던 수세 거부 움직임이 그 무렵엔 여안을 휩쓸고 있었다. 학교에 산불조심 포스터를 제출해야 하면 나는 동네 곳곳에 붙은 수세 거부 포스터를 흉내 내 그리곤 했다. 아이들은 가요를 개사해 붙인 수세 타령을 너도 나도 흥얼거리며 다녔다.

여안을 떠나던 그해 여름방학을 앞둔 무렵이었다. 점심시간에 나는 짝꿍 남자애와 말다툼을 꽤 크게 했다. 이유는 기억나지 않지만 속이 답답했던 건 기억난다. 수세 타령의 가사가 '시름겨운' 농부 살림인지 '쪼들리는' 농부 살림인지 그런 걸로 싸웠을 수도 있다. 아니면 '니가 수감한테 하드 얻어먹었다면서' 같은 민감한 문제였을 수도 있다. 그냥 지우개나 색연필 문제였을 수도 있다. 내가 볼 땐 너무도 뻔한 것이었는데 짝꿍 남자애는 말도 안 되게 우겼다. 말발로 안 되니까 우기기만 했다. 우기면서 깐죽대기까지 했다. 한대 치고 싶은 걸 겨우 참으면서 나는 외쳤다.

"야."

"왜."

나는 그애를 한번 훑었고, 만조 아줌마가 했던 말을 그대로 흉내 내 말했다.

"낫으로 좆을 가려."

그 이후부터였다. 엄마는 더이상 내가 만조 아줌마와 하루를 보내도록 두지 않았다. 며칠 뒤면 여름방학이었고 나는 여름내 네다섯번은 만조 아줌마를 따라다닐 수 있었는데, 몇년간 누리던 그 방학 외출을 더는 할 수 없게 된 것이다.

나는 만조 아줌마가 쥐여주는 찐덕하고 맛난 것들을 들고 시장과 호수를 돌아다니는 대신 집에서 혼자 라면을 끓여 먹었다. 여름내 똥과 간과 좆에 대해 생각하며 몰래 물이 끓기를 기다리곤 했다. 만조 아줌마와 시간을 보낼 수 없게 되고 나서야 나는 만조 아줌마가 손에 쥐여주던 것들이 내게 어떤 식으로 스며들어 있었는지를 알게 되었다. 생각보다 큰 상실감이었다.

얼마 뒤 만조 아줌마는 우리 집으로 와 내 부모와 오래 얘기를 나누다 갔다. 객담 배양 검사 음성 통보를 받은 날 공방에 있다가, 나는 불현듯 그때를 떠올렸다. 여안에서 보내는 마지막 여름인 줄 몰랐지만 마지막 여름이 되었던 그해 여름엔 사과나무 아래로 개망초며 갖가지 풀들이 웃자라 올라와 있었다. 초여름부터 예초기가 고장 나 있었기 때문이었다.

만조 아줌마가 와서 민들레 얘기를 했다. 사과나무 아

래에 민들레를 빼곡히 심어놓으면 다른 잡초들이 올라오지 않을 거라고 했다. 민들레는 아무리 자라도 키가 커지지 않는 데다 꽃을 여러번 피우고 이파리는 뜯어서 무쳐 먹을 수도 있다고. 잡초 제거 효과가 더 클지 꽃을 피우느라 사과나무의 영양분을 가져가는 게 더 클지 반반이지만 그래도 해보면 어떻겠느냐고. 나는 만조 아줌마가 어느 때보다도 간곡하게 민들레 얘기를 하고 돌아갔던 것을 기억하고 있었다.

공방 창문을 열고 중앙공원 쪽을 내려다보고 있다가 나는 무언가를 발견한 사람처럼 테이블로 걸어갔다. 휴대폰을 집어들었다. 그리고 '비탈사과'와 '민들레'를 같이 검색하기 시작했다. 테이블 앞에 선 채로 검색하고 또 검색하다가 이런 해시태그와 함께 올라와 있는 사진들을 보았다.

#비탈사과밭민들레 #비탈사과민들레밭 #여안야외촬영명소

사과나무꽃이 줄지어 만개한 나무들 아래로 민들레가 샛노랗게 깔려 있었다. 어떻게 봐도 익숙한 경사였다. 비탈 전체에 노란 융단이 깔린 것 같은 그곳은 내가 아는 그 밭이 맞았다. 아빠는 민들레보단 예초기를 믿은 채 과수원을 떠났으니 민들레를 심은 사람은 아마도 만조 아줌마일 것이다.

사람들이 올린 사진 중 가장 최근의 것은 2020년 봄 사진이었다. 어디에도 만조 아줌마의 모습은 보이지 않았지만 사과꽃과 민들레꽃이 함께 피어 있는 불과 몇달 전의 사진을 보고 나서야 나는 삼십년 전의 만조 아줌마가 나처럼 지금을 계속 살고 있는 사람이라는 것을 실감했다.

*

만조 아줌마도 2020년 여름을 살고 있다.

만조 아줌마도 지금을 겪고 있다.

나는 그 당연한 사실에 가볍지 않은 충격을 받았다.

그때 수미의 메시지를 받았다. 비탈사과밭 민들레 사진 위로 수미한테서 카톡이 왔다는 알림이 떴다. 수미라니. 나는 믿기지가 않아 메시지 창을 닫았다가 다시 열었다. 격리된 뒤로 수미에게서 먼저 메시지가 온 게 처음이었던 것이다.

두어주 전, 수미한테 다녀온다는 서하 편에 더치커피를 보낸 적이 있었다. 얼굴을 마주 볼 수 있는 면회는 당연히 안 됐고 수미 가족들이 수미에게 필요한 것들을 종종 병원에 전해주고 온다고 했다. 퇴원 시 폐기할 수 있는 이불, 퇴원 시 폐기할 수 있는 슬리퍼, 퇴원 시 폐기할 수 있는 티셔츠와 속옷. 완치 뒤 밖으로 나올 땐 그곳에서 쓰던 것을 모두 두고 나와야 했기 때문에 버려도 상관없는 것들만 반입할 수가 있었다.

'커피 잘 마셨어.'

그 말과 함께 사진 두장이 와 있었다. 병실 사진 하나와 병실 창밖을 찍은 사진 하나였다. 혈압기와 소독키트 등이 놓인 선반 옆으로 벽 한면을 채우고 선 커다란 음압기가 보였다. 의료원 로고가 찍힌 침대 커버와 소형 냉장고, 라디에이터 위에 빨아 널어놓은 타월 몇개.

창밖을 찍은 두번째 사진을 보다가 나는 병실 창틀에서 시선을 멈췄다. 낡은 나무 창틀 사방에 선명하게 못이 박혀 있었다. 못이라니. 못 박힌 창틀 사진에 숨이 갑갑해와서 나는 공방 창문을 열고 잠시 심호흡을 했다.

굳게 닫힌 병실 창 너머로 작은 공터가 보였다. 벤치 몇개와 나무 몇그루, 병원 어디에나 하나씩 조성되어 있을 법한 크지 않은 뜰이었다. 아마도 그건 두달이 훌쩍 넘는 기간 동안 수미가 본 유일한 바깥 풍경일 것이었다. 그 뜰 벤치 중 하나에 어떤 여자아이가 앉아 있었다. 앉아서 책인지 휴대폰인지 모를 손안의 것을 내려다보고 있었다.

나는 공방 창문을 닫고, 휴대폰을 내려놨다.

그리고 무얼 했던가.

그날 본 사진들의 잔상을 안은 채 새경프라자를 나와 집으로 갔다.

밤이 왔고, 잠을 청했다.

*

하지만 나는 금세 잠들지 못했다. 내내 뒤척였을 수도 있고 아주 잠깐만 잠들었을 수도 있다. 민들레가 깔린 비탈밭을 본 데다 창틀에 못이 박힌 비현실적인 병동 사진을 받았고, 누구인지 구별도 안 되는 여자아이가 어른거리는 와중이었다. 잠을 자야 한다고 생각할수록 몸은 가라앉았고 그럴수록 신경은 각성상태로 깨어났다.

그렇게 다음 날이 되었다.

일이 그렇게 되어버린 바로 그 당일 말이다.

나는 제시간에 공방에 나갔다. 머리가 무거웠지만 평소의 루틴대로 「라바」를 한편 봤고 커피를 내리며 닭간 레시피를 검색했다. 예약된 클래스와 그날 발송할 상품을 점검했다. 그렇게 하루를 시작했고 오전을 무사히 보냈다.

오후가 되었을 때 나는 은채한테 학원에 가기 전 공방에 잠깐 들르라고 했다. 특별히 할 말이 있었던 건 아니었다. 유난히 그런 날이 있었다. 은채가 학교에 가자마자 은채가 보고 싶어지는 날. 은채를 집에 두고 나오자마자 은채가 보고 싶어지는 날. 나는 오랜만에 은채한테 초코라떼나 한잔 사줘야겠다고 생각했다.

하지만 내 마음과 달리 근처 까페에 가서 초코라떼를 시키고 앉을 때까지 은채는 내내 뚱한 표정이었다. 마음에 안 들었다. 코로나19가 시작된 이후로 은채가 내 마음에 든 날은 손에 꼽을 정도였다. 학교 수업이 온라인 수업으로 대체되면서 집에만 있는 날이 길어질수록 은채는 밖으로 나갈 생각을 하지 않았다.

"답답하지 않아? 지윤이 만나서 놀이터에서라도 잠깐 놀고 와."

그러면 은채는 말했다.

"싫어, 코로나 걸려."

"엄마랑 공원이라도 잠깐 걷고 올까?"

"싫어, 코로나 걸려."

집에서 휴대폰과 함께 퍼지기 위한 핑계인지 정말로 코로나19 감염이 두려운 건지 알 수가 없었다. 사람이 아무도 없는 둘레길에서 잠시 마스크를 내리면 은채는 외쳤다.

"엄마, 마스크 좀 제대로 써! 저기 사람들 오잖아!"

내가 마스크 때문에 비난 받는 게 싫은 건지 그냥 내가 싫은 건지 이것도 알 수가 없었다. 앞서 가는 은채를 보면서 나는 오종수한테 묻곤 했다.

"자기야, 은채 왜 저래?"

"열세살이잖아."

"아니야, 코로나 때문인 것 같아."

"열세살에 코로나를 맞아서인 거겠지."

나는 은채의 하루 휴대폰 사용 시간을 두시간으로 제한해놓았다. 은채가 등교하지 않고 화상수업을 하는 날은 공방에 앉아서 집에 있는 은채의 오전과 점심과 오후를 끊임없이 점검했다. 학교에서 집으로 넘어온 방역 책임을 다하기 위해 은채와 두배로 부딪쳤다. 오종수는 신경 쓰지 않는 일에 내가 나를 갈아 넣는 그만큼 은채가 그에 대한 보답을 해야 하는 건 당연했다. 어느 날 은채가 말했다.

"엄마가 집에 있으면 쉬는 게 눈치가 보여."

열세살이 되었기 때문인지 코로나19 때문인지 은채는 이런저런 앱 설치 승인 요청을 수시로 보냈다. 초코라떼를 앞에 두고 뚱한 표정으로 앉은 은채가 그날 깔고 싶어한 앱은 스마트폰을 안 할수록 캐시가 쌓인다는 앱이었다. 내가 승인해줄 만한 앱을 찾아 머리를 굴리고 온 듯했다.

"십오분을 안 하면 1캐시가 쌓여 엄마. 많이 쌓이면 그걸로 베스킨라빈스 아이스크림을 사 먹을 수 있어."

나는 이마에 여드름이 돋기 시작한 은채를 가만히 쳐

다보았다. 그래, 그렇겠지. 은채가 베스킨라빈스 아이스크림 중에 제일 좋아하는 건 '엄마는 외계인'이지. 나는 은채가 휴대폰에 나를 '엄마'가 아닌 '엌마'로 저장해놨다는 걸 알고 있었다. 은채의 휴대폰에는 내가 이렇게 뜰 것이다.

'엌마님이 메시지를 보냈습니다.'

'엌마님이 선물을 보냈습니다.'

'엌마님의 부재중전화 1통.'

다행인 것은 나만 '엌마'인 게 아니라 오종수 또한 '앜바'로 저장되어 있다는 것이었다. 오종수는 아무 의미 없는 말장난일 뿐이라고 그저 재미있어했지만 나는 그다지 재미있지가 않았다.

캐시가 쌓인다는 앱 얘기를 한 뒤 은채는 빨대를 입에 대고 초코라떼를 한모금 쪽 빨아 먹었다. 나는 '엄마' '아빠'한테 알록달록한 손편지를 쓰는 아이였던 은채를 멍하니 쳐다보았다. 말없이 쳐다보기만 하자 은채가 내 눈을 슬쩍 피하는 게 보였다.

살짝만 웃어도 눈꼬리가 처지는 순한 저 얼굴. 하얗고 동글동글한 얼굴. 어딜 가도 쉽게 환영받는 얼굴. 은채의 얼굴을 보고 있으면 나는 은채가 나와 다른 사람이라는 걸 쉽게 잊곤 했다.

그 순간 어쩌면 내 눈빛이 이글거렸는지도 모른다. 눈을 피했다 다시 나를 쳐다보는 은채를 보자 갑자기 혼을 내고 싶은 욕구가 올라왔다. 불쑥 치고 올라오는 너무도 선명한 욕구였다. 그냥 혼을 내는 게 아니라 정신줄을 휘어잡고 눈물을 쏙 빼놓고 싶었다.

은채는 혼발이 잘 듣는 아이였다. 혼발이 잘 들면 주기적으로 혼을 내고 싶어진다. 나 때문에 울게 하고 싶어진다. 오직 내가 달래야만 그칠 수 있는 상태로 만들고 싶어진다. 아이만이 줄 수 있는 전능감을 딱 한번만 더 맛보고 싶어진다. 은채가 사춘기스러운 표정과 행동을 보일수록 이 욕구는 점점 거세졌다.

뭔가 좋지 않다는 느낌이 들었다. 이런 곳에서 이런 욕구가 올라오는 것은 좋지 않다. 은채가 지금보다 어렸다면 순간적으로 공포를 느꼈을 수도 있다. 앱과 아이스크림 얘기를 했을 뿐인데 엄마의 눈빛이 갑자기 이글거리는 것이다.

"서하는 잘 지낸대?"

그래서 나는 올라오는 뭔가를 누르며 최대한 부드러운 목소리로 대화를 돌렸다. 눈빛은 이글거리더라도 말투만은 상냥해보려고 하면서. 하지만 그다지 좋은 선택이 아니었다. 은채를 통해 수미의 퇴원 소식을 듣게 되었던 것이다.

손에 들고 있던 텀블러를 테이블 위에 내려놨다. 지난 저녁에 온 수미의 메시지를 떠올렸다. 커피를 잘 먹었다는 말과 병실 사진뿐 다른 말은 전혀 없었던 것을 떠올렸다.

그래,

그럴 수 있다,

라고 생각하려 해보았다.

퇴원 소식을 바로 알리기 부담스러웠을 수도 있다.

어쩌면 수미도 알았을 수 있다.

'치부가 다 까발려진 저 여자가 동네로 돌아왔을 때, 우린 어떤 표정을 지어야 하지?'

동네에 이런 분위기가 깔려 있는 걸 수미도 짐작했을 수 있다.

그래도 나한테는.

적어도 나한테는.

그 순간 내 눈빛은 좀 전보다 더 이글거렸는지도 모른다. 은채가 딴청을 피우려는 것처럼 벽에 걸린 까페 메뉴판으로 고개를 돌렸다. 메뉴판 글씨를 읽으려는지 눈을 가늘게 뜨더니 웅얼거리다 말다 했다. 나는 자리에서 벌떡 일어나 양손으로 은채의 어깨를 움켜쥐었다.

"은채야, 저 글씨가 안 보여?"

은채가 고개를 끄덕였다.

그로부터 십여분 뒤 안과 대기실에 앉아 있기까지 은채와 내가 나눈 대화는 이렇다.

“저게 왜 안 보여? 언제부터 안 보였어?”

“저번 겨울에 왔을 때도 안 보였어.”

“안 보이면 얘기를 해야지! 왜 얘기 안 했어?”

“얘기했는데.”

“언제?”

“계속 얘기했는데. 과학실 칠판 글씨도 안 보인다고 작년에도 얘기했는데. 나랑 시력 비슷하게 나온 수빈이도 안경 맞췄다고, 그것도 작년에 얘기했어.”

그러니까 열달의 시간이 있었다. 열달 전 나는 은채 학교에서 건강검진 결과서를 받았고 은채의 시력이 안 좋으니 안과검진을 권고한다는 소견을 읽었다. 해야 할 일들을 적어놓은 빽빽한 슬래시 안에 분명히 ‘은채 안과’라고 적어놓았다. 그랬는데, 열달은 지나갔고 그사이 나빠진 은채의 시력은 되돌릴 수가 없었다.

은채를 학원 앞까지 바래다주고 중앙공원을 걸어나오는 동안 나는 이제 얼굴 전체가 이글거리기 시작했는지도 모른다. 상가 계약과 공방 이전, 아이들의 등교 중지와 줌 화면 속의 수미 집, 코로나19 폭탄에 날아온 수많은 파편들을 맞기까지 지난 열달이 주마등처럼 달려들었다. 자책과 원망과 이 모든 상황에 대한 혼란에 숨이 갑갑해져오는 채로 나는 기정로로 걸어갔다. 새경프라자 앞에 거의 다다랐을 때였다. 누군가 나를 부르는 소리가 들렸다.

"사장님, 나리 사장님!"

그 소리를 듣지 않고 그냥 공방으로 올라갔어야 했는지도 모른다. 하지만 나는 나를 부르는 사람들한테로 갔다. 그날 밤 내가 기정로의 유명인사가 될 줄은 꿈에도 모른 채 그쪽으로 걸어갔다. 새경프라자와 현대프라자 사이에 한 무리의 상가 사람들이 모여 있었다. 중계차가 보였다. 엘사 사장도 보이고 엠커피 사장도 보이고 휴대폰 대리점 사람들도 보이고 아무튼 기정로의 여러 사람들이 보였다.

"여기, 이 공방 사장님이 할 말이 많으실 거예요. 우리 중에서 제일 먼저 확진자 손님이 나왔거든요."

누군가 말했고 기자로 보이는 사람이 이쪽으로 걸어왔다. 쓸 만한 인터뷰를 이미 다 땄기 때문인지 전혀 못 땄기 때문인지 기자는 땀에 절어 있었다. 소상공인이신데, 코로나에 얼마나 힘드시고, 기자는 그런 말들을 하기 시작했고 나는 아 맞다, 나 소상공인이지, 그런 생각을 하며 멍하게 서 있었다. 기자가 말했다. 이게 뉴스라서요, 너무 길게는 말고 십초 정도로만 좀 부탁드릴게요.

카메라가 바짝 다가왔다. 머리를 한번 쓸어넘긴 기자가 마이크를 만지자 웅성거리던 사람들이 갑자기 조용해졌다.

나는 침을 삼켰다.

기자가 나를 봤다.

그리고 물었다.

"뭐가 제일 힘드세요?"

나는 기정로 로데오 거리 한중간에 서 있었다. 조명이 내 정수리로 내리꽂히고 있었다. 그 현장에 있는 모든 사람들이 내가 무슨 말을 하나 들으려고 귀를 세우고 있었다.

카운트다운은 시작되었다.

10

9

뭐가 힘드세요?

나는 숨을 죽인 채 기자를 바라봤다.

8

7

엘사 사장이 나한테 눈짓을 했다. 어서 말하라고, 한마디만 하라고, 뭐가 힘든지 한 말씀 해드리라고. 기정로 상가 곳곳에서 사람들이 이쪽을 내려다보고 있었다. 저 멀리 꼭대기 층에선 안과 의사가 나를 내려다보고 있었다.

6

많이 바쁘신가봐요, 어머니.

5

커피 잘 마셨어.

4

창문이 열리지 않는다.

그것이 온다.

3

나는 얼어버린다.

나는 가빠온다.

나는 그걸 먹는다.

2

감도 없이

겁도 없이

그러다 마침내

1

일이 그렇게 되어버린다.

그것이 와버린다.

나는 본능적으로 알아차린다. 나는 이전까지 그것을 겪어본 적이 한번도 없지만 그냥 알아버린다. 몇분 지나지 않아 내가 곧 숨을 쉴 수 없을 거라는 걸. 그것이, 손끝과 발끝에서 그 느낌이 왔다. '불편'하고는 차원이 다른 느낌이. 그것은 '곤란'이었다. 호흡이 곤란해지고 있었다. 호흡 곤란이었다.

0

나는 가슴을 쥐어뜯으며 숨을 몰아쉬기 시작했다.

정말로 숨이 쉬어지지 않았다. 그것은 실제 상황이었다. 숨이 쉬어지지 않는다는 건 통증이 미리 전해주는 경고도 없이 죽음과 바로 직결될 수 있는 상황이라는 뜻이었다. 주위는 급작스레 얼어붙었다. 나는 나를 둘러싼 사람들 사이에서 삼초간의 망설임을 알아챘다. '호흡 곤란'은 코로나19의 대표적인 증상 중 하나였다. 내가 전염체가 아니라는 법이 없었고 조만간 그들의 사업장이 재난문자에 등장하지 말라는 법이 없었다.

손끝과 발끝에서 빠르게 피가 빠져나가는 느낌이 들었다. 멀어지는 형상과 다가오는 형상이 뒤섞였다. 누군가 내 팔을 잡는 느낌이 들었다. 누군가의 다급한 목소리도 들렸다. 일분인지 십분인지 알 수 없는 시간이 지났고, 이제 곧 죽는다는 생각이 덮쳐왔을 때 로데오 거리로 119 구급차가 도착했다. 흰 방호복을 입은 여자 구급대원 한명과 남자 구급대원 한명이 뛰어왔다.

기정병원 응급실에 도착하기까지의 오분 남짓한 시간 동안, 나는 구급차 안에서 이런 말을 들은 것 같다.

"울지 마세요. 울면 호흡이 더 힘들어져요."

천천히, 깊게 숨을 내쉬라고 말하면서 구급대원이 내 손을 잡았다. 같은 증상의 사람을 많이 태워본 것처럼, 산소를 과하게 마시지 않게 하기 위해서 계속 말을 걸었다. 도움이 필요한 특별한 상황이 있는지를 물었다. 호흡 곤란 전에 무슨 일이 있었는지를 물었다.

공중파 카메라 앞에 멍청히 서 있었다는 것밖에는 할 수 있는 말이 없었지만 구급대원과 말을 섞는 동안 내 기도를 틀어쥔 것 같았던 무언가가 조금씩 힘을 풀고 있었다.

병원에 도착한 뒤 구급대원들은 나를 휠체어에 태워 기정병원 선별진료소 앞에 내려놓았다. 그리고는 떠나버렸다. 나는 허허벌판 같은 한밤의 선별진료소 앞에 앉아 잠복기에 대해 생각했다. 라바가 기지개를 켜는 것을 생각했다. 라바가 활동을 시작했다. 잠복기는 끝났다. 삼십 년의 잠복기 끝에, 나는 이제 발병했다.

모르는 사람이 잡아주었던 손을 겨드랑이에 끼고 나는 선별진료소의 의자를 쳐다보았다. 응급실과 진료소 외벽 사이에 덩그러니 놓인 검체 체취 의자를 바라보았다. 그곳이 두어달 전 수미가 확진 판정을 받았던 곳이라는 것을 생각했고, 수미가 기정으로 돌아와 있다는 것을 생각했다.

*

그리고 나는 너무 춥다는 생각을 한다. 한여름 밤의 응급실 냉기가 너무 춥다. 무언가로 발만이라도 덮었으면 좋겠다고 생각하면서, 나는 에어컨 냉기가 사정없이 뿜어져나오는 사각 공간에 혼자 누워 있다. 유리 너머로 사람들이 오가는 응급실이 내다보인다. 그러니까 저 밖이 진짜 응급실이고 나는 별도의 공간에 혼자 누워 있다. 이제 그만 집에 가고 싶다는 생각을 하지만 신종 코로나바이러스에 감염되지 않았다는 확증이 나오기 전까진 이 유리실을 나갈 수 없다.

천장에 매달린 링거 걸이를 한참 쳐다보다가, 나는 잠시 눈을 감는다. 다시 눈을 뜨고, 한방울 두방울 내 몸속으로 떨어져내리는 수액을 본다. 어쩌면 잠깐 잠이 들었는지도 모른다. 나는 풀이 웃자라 올라온 사과밭을 걸어다니다가 눈을 뜬다. 겨드랑이를 펄럭거리면서 뛰어다니다가 눈을 뜬다. 눈을 뜨고 천장에 매달린 링거 걸이를 쳐다보다가, 내가 왠지 그곳을 알고 있는 것 같다는 생각을 한다. 엄마한테 전화를 해야겠다는 생각을 하다가, 나는 다시 눈꺼풀이 무거워진다.

나는 만조 아줌마와 바닥이 드러난 호수에 있다.

호수 바닥은 썰물 때의 바다처럼 온통 뻘밭이고, 나는 동네 애들 몇과 부채같이 생긴 조개를 줍고 다닌다. 여름 가뭄으로 호수가 바닥을 드러내면 만조 아줌마와 만조 아줌마의 그이들은 천렵을 한다. 호수 안으로 걸어들어가 솥을 건다. 저기는 누구네 집터, 저기는 누구네 밭, 또 저기는 누구네 논두렁, 그런 말을 하며 술을 마신다. 천렵이 끝나면 돌아갈 어떤 산에 대해 얘기한다.

나는 그 지명을 그곳에서 듣는다.

공중에 떠다니는 꽃씨처럼 그들의 말속에서 그 지명이 나온다. 아무리 들어도 어디쯤에 있는지 지리적으로 도무지 가늠이 안 되는 곳.

나는 응급실 침대 머리맡을 더듬어 휴대폰을 찾아들고 엄마한테 전화를 한다.

*

"엄마, 딴산 알아?"

"뜬금없이 무슨 소리야."

엄마는 자다 깬 목소리로 전화를 받는다.

"여안에 딴산이란 데가 있지 않았어?"

"딴산?"

"응, 딴산."

엄마는 잠을 깨려는지 잠깐 뜸을 들인다.

"있긴 있었지."

"그렇지?"

"말로만 들었지 난 가보진 않았어."

"그럼 나는?"

나는 엄마한테 묻는다.

"그럼 나는 가봤어?"

호흡 곤란으로 실려간 응급실 격리실 안에서 나는 엄마한테 거듭 묻는다. 내가 딴산에 가봤느냐고. 언제 가봤느냐고.

*

"그래서 엄마는 뭐라고 하던가요?"

누군가 물었다.

"의사가 뭐라고 했는지가 더 중요한 거 아닌가요?"

누군가 받아쳤다.

"응급실에선 날 밝기 전에 나온 겁니까?"

"코로나에 안 걸린 건 확실한 겁니까?"

나는 목소리를 가다듬고 대답했다.

"네, 안 걸렸습니다. 저는 구급차를 타고 병원에 도착하자마자 코로나 검사부터 했고, 새벽이 올 무렵 음성 판정을 받았습니다. 의사가 그러더군요. 이제 돌아가셔도 좋습니다. 그래서 집으로 돌아갔습니다."

"그게 다인가요?"

그게 다는 아니다.

"어쩌다 구급차까지 타게 된 거죠? 대체 무슨 일이 있었던 겁니까?"

나는 잠시 사람들을 둘러봤고, 이번에도 솔직하게 답했다.

"저도 잘 모르겠습니다. 일이 왜 그렇게 되어버렸는지 정말 모르겠어요."

"응급실 격리실 안에선 어떤 심경이었습니까?"

"상가 사람들한텐 할 말 없나요?"

"통화는 엄마랑만 했습니까?"

"딴산이 산 이름인가요?"

"서하맘이랑은 얼마나 친하시죠?"

"친한 게 맞긴 맞나요?"

"그만들 좀 하시죠!"

누군가 말을 끊었다.

"의사가 무슨 말을 했는지 좀 들어봅시다."

주위는 잠시 조용해졌다.

"의사가 뭐라고 하긴 했죠?"

"네, 했습니다."

"뭐라고 하던가요?"

나는 응급실 의사가 내게 했던 말을 그대로 읊었다.

"환자분, 다음에도 숨이 안 쉬어지면 비닐봉지를 입에 대고 숨을 쉬어보세요. 사실 비닐봉지보단 종이봉투를 더 권해드리긴 합니다. 파리바게뜨에서 주는 그런 종이봉투 아시죠? 비상시를 위해 그걸 옆에 몇개 챙겨놓으세요."

"아, 저 그거 뭔지 알아요."

누군가 손을 들며 말했다.

"드라마에서 본 적 있어요. 주인공이 충격을 받으면 가슴을 틀어쥐고 숨을 못 쉬잖아요. 그러면 주인공 친구가 비닐봉지를 건네요. 여기다 숨을 뱉었다 마셔봐, 하면서요."

"그건 과호흡증인데."

그렇게 말하며 누군가 나를 보았다.

"나리샘, 숨 막혀서 죽을 것 같은 거 말고도 심장이 미친 듯이 뛰지 않았어요? 팔이랑 다리가 엄청 저려서 바로 쓰러질 것 같고 그러지 않았어요?"

"맞아요, 맞아요!"

내가 외치자 사람들이 저마다 한마디씩 하기 시작했다.

"부정맥일 수도 있어요."

"아니에요. 갑상선이 안 좋아도 그런 증상 옵니다."

"저혈당인 거 아닐까요?"

"제가 볼 땐 부신종양일 가능성도 있습니다."

"심장 검사부터 받으세요. 저 심장이 안 좋았는데 한방 치료로 효과 진짜 많이 봤어요."

"솔직히 폐 문제일 가능성이 제일 큰 거 아닙니까? 당신한텐 언제든지 활동성으로 바뀔 수 있는 결핵균도 있잖아요?"

하지만 응급실에선 코로나19 PCR 검사 말고도 피 검사와 흉부 엑스레이 검사를 했고 모두 이상이 없었다. 나는 송미림 의사를 다시 찾아가지 않을 수 없었다. 객담 배양 검사도 음성인데 나는 왜 이렇게 숨 쉬기가 쉽지 않은지, 송미림 의사가 명쾌하게 뭔가를 집어주었으면 싶었다. 내게서 다른 무언가를 더 발견해주었으면 싶었다. 라바 외에 또 뭐가 있든, 그게 훗날 내 사인(死因)이 될 무언가라 해도 받아들여보겠다는 마음이었다.

나는 송미림 의사한테 자초지종을 설명했다. 응급실에

실려왔다 나가기까지의 모든 상황을. 모든 증상을. 그렇게 다 설명하고 병원 회전문을 돌아나오는 참이었던 것이다.

"그래서요? 그래서 송교수님이 뭐라고 하던가요?"

송미림 의사는 내 말을 끝까지 들었고 고개를 끄덕였다. 그리곤 말했다. 별관의 신경정신과 의사를 소개해주겠다고.

"그럴 줄 알았어요. 그럴 줄 알았어. 내 예감이 맞았어."

"그거 공황발작 온 거예요."

"제가 볼 땐 백퍼 공황이에요."

여기저기서 동의하는 말이 터져나왔다.

나는 그들한테 따지듯 물었다.

"아니 제가 왜요? 제가 무엇 때문에요?"

"맞아요. 나리샘이 왜요? 어딜 봐서요?"

누군가 목소리를 높이며 나를 두둔했다. 내 변호인단 중 한명인 것 같았다.

"나리샘한텐 일초 수심이 있어요."

누군가 반론하듯 말했다.

"나리샘 너무 귀여우시고 하야시고 웃는 모습 자체로 주위에 힐링을 주시지만 반짝 하는 수심이 있죠. 전 볼 수 있어요."

왠지 그도 내 변호인인 것 같았다.

그때 맨 뒤쪽에서 어떤 여자가 걸어나왔다. 목선이 우아했는데 내가 예전에 다니다 말았던 요가센터의 늙은 원장을 연상시켰다.

여자가 말했다.

"공황장애는 단절이 일어날 때 나타납니다. 내 안의 미해결된 감정과 단절될 때, 내가 나한테 벽을 쳐버릴 때, 몸으로 그게 나타나는 거예요. 자기 자신과의 관계가 가장 중요한 질환이죠."

여자가 좀더 가까이 걸어와 나를 보았다.

"당신한텐 뭔가가 있는 겁니다. 일초든 한방울이든 뭔가가 있어요. 당신은 그걸 찾아야 될 거예요."

나는 여자를 보았다.

"안 찾으면 안 될까요? 전 너무 바쁘고 만사가 귀찮아요."

여자가 인자하게 웃으며 나를 바라보았다.

"당신은 엄마잖아요. 찾을 수 있어요."

"저 엄마 아니에요."

"아니에요?"

"전 엌마예요. 엄마가 아니라 엌마라고요."

여자가 조금 웃다가 다시 나를 봤다.

"무슨 말인지 알겠어요. 저도 딸을 키워본 엄마 입장에서……"

"잠시만요."

뭔가가 불쑥 치고 올라와 나는 여자의 말을 끊었다.

"지금 제 말을 이해 못하시는 것 같은데요, 전 엄마가 아니라 엄마라니까요? 엄마. 엄마 모르세요?"

진정하라는 듯 누군가 내 팔을 잡았다.

여자는 표정 변화 없이 계속 인자하게 웃고만 있었다.

"웃기세요? 내가 엄마인 게 웃기십니까?"

누군가 나를 향해 두 팔을 엑스자로 교차해 보였다. 그만 입을 닫으라는 의미 같았다. 그도 내 변호인인 게 틀림없었다.

하지만 나는 이제 시작이었다.

나는 멈출 생각이 없었다.

사람들이 하나둘 가버리고 병원 회전문 앞에 혼자 남을 때까지 나는 전혀 진정하지 않았다.

3

나는 툭하면 운다.

걸핏하면 울고, 아주 작은 걸 계기로 걷잡을 수 없이 울기도 한다. 지칠 때까지 운다. 울다 지쳐서 잠이 들고, 진이 빠진 채 일어난다.

술에 취하면 피아노를 친다. 밤 열한시에도 치고 새벽 두시에도 친다. 그런 날은 윗집 아랫집 옆집한테서 욕을 먹는다. 나는 내가 욕을 먹어도 싸다고 생각한다.

초가 보이면 불을 붙이고 싶어지고 케이크를 보면 자르고 싶어진다.

최근에 좋아한 건 레몬파운드케이크.

마음 편하고 피곤한 날의 섹스를 좋아한다. 일 다 끝난 날 하는 거. 한 뒤에 안 씻고 아침까지 잠드는 거.

아이를 낳고 기초체온이 37.3도가 되었다. 코로나19 이후에 동네 내과에서 출입을 거부당했다.

한밤에 분식 포장마차 앞에서 혼자 어묵을 먹고 있는 여자를 보면 가서 말을 붙여보고 싶은 충동을 느낀다.

몸속 염증을 다스리는 데 좋은 식품은 사과/견과류/감귤/당근/토마토/계란노른자/닭고기.

닭간볶음을 할 땐 닭간을 먼저 삶는 게 좋다. 핏물이 나오지 않을 때까지 삶은 뒤 양념하는 게 좋다. 닭간 양념장은 고춧가루 5T/간장 6T/맛술 2T/마늘 1T/후추 1T/설탕 1T/그 외 생강가루와 소금 약간.

아이스크림이 떨어진다. 빨간 라바의 머리 위로 아이스크림이 떨어진다. 그곳은 뉴욕 맨해튼 52번가 하수구 밑. 빨간 라바는 아이스크림을 핥아 먹어보려고 하지만 혀가 머리 위까지 닿지 않는다. 옆에서 입맛을 다시던 노란 라바가, 순식간에 빨간 라바의 머리통을 빨아 먹어버린다. 열이 받은 빨간 라바가 노란 라바의 뺨을 때리기 시작한다. 한대 두대 세대 네대 다섯대 여섯대 일곱대 여덟대 아홉대……

수미와의 카톡 창은 병실 사진 이후로 멈춰 있었다.

과호흡으로 응급실에 다녀온 뒤 나는 수미와의 메시지 창을 자주 열어보았다. 수미와 아무 때나 나누던 수년간의 대화들이 지난봄 이후 툭툭 끊어져 있었고 그걸 열어볼 때마다 설명할 수 없는 감정들이 올라왔다. 응급실에 다녀온 뒤부터 나는 내 심리상태를 정확히 파악하는 데 어려움을 겪고 있었다. 분명한 건 수미가 먼저 소식을 전해오지 않는 이상 내가 먼저 퇴원 소식을 묻긴 어렵다는 것이었다. 누구도 예상하지 못했던 장기 입원이었다. 다시 돌아왔을 때 공간에든 사람에든 짧지 않은 적응기가 필요할 수 있는 시간이었다. 수미에게 시간이 필요하다면 나는 기다리는 수밖에 없었다.

나는 기정로를 조심조심 걸어다녔다.

새경프라자 엘리베이터 앞에 서 있으면 잘 모르는 사람들이 눈인사를 하고 지나가기도 했다. 적어도 기정로 상가 사람들 사이에서 이제 나리공방과 이나리는 모르는 사람이 없게 되었다. 일이 그렇게 되어버릴 줄 몰랐지만 내 구급차행은 어떤 인터뷰 못지않게 기정로 소상공인들의 어려움을 나타내는 장면이 되어 있었다.

그리고 나는 실제로 갈수록 어려워졌다. 호흡 곤란은 한번의 해프닝으로 끝나지 않았다. 곤란이 일어나던 때의 공포가 몸에 너무도 또렷이 새겨져서 나는 다시는 그 상황을 겪지 않는 것에 일상의 모든 초점을 맞추고 있었다. 어떤 장소에서 조금이라도 곤란의 조짐이 보이면 그곳에는 다시 갈 수가 없게 되었다.

내가 가장 먼저 갈 수 없게 된 장소는 미용실이었다. 커트보가 목을 두르며 씌워지자 손끝과 발끝이 저려오며 다시 숨이 가빠오기 시작했다. 응급실 의사의 말대로 종이봉투를 넣어 다니고 있었지만 마스크를 벗고 숨을 내뱉는 건 2020년의 공공장소에서는 있을 수 없는 일이었다. 같은 이유로 나는 영화관에도 갈 수 없었고 엘리베이터나 계단 통로도 두려운 공간이 되었다.

그중에서도 가장 받아들이기 힘든 건 운전을 마음 놓고 할 수 없다는 것이었다. 자주 지나다니던 도로였고 특별히 의식해본 적도 없는 터널이었다. 평소처럼 아무 생각없이 터널로 들어선 순간 나는 이제 터널도 내가 자유롭게 들어갔다 나올 수 없는 곳이 되었다는 걸 알았다. 터널에서 호흡 곤란의 조짐을 느낀 뒤부터 나는 지하차도만 나와도 같은 공포감을 느꼈다. 운전 자체가 내겐 위험한 일이 된 것이다.

차 안이 내게 어떤 의미인지, 운전이 내게 어떤 의미인지 수미는 알고 있었다. 가족들과 떨어져 있고 싶을 때 내가 마음 편히 갈 수 있는 유일한 장소가 차 안이었다. 방산시장을 돌며 캔들 재료를 실어나르는 것도, 계절마다 꽃시장을 오가는 것도 운전이 아니면 할 수 없는 일들이었다. 수미한테 연수를 받고 주차를 완벽하게 하게 되었을 때 느꼈던 자유로움을 나는 여전히 기억한다.

응급실에 다녀온 뒤부터 오종수는 내게 쉴 것을 권했다. '자기야, 좀 쉬어'로 시작되는 그 말은 집에 변수가 생길 때마다 오종수가 해오던 말이었다. 은채가 아플 때, 집안 행사와 외부 출장이 겹쳐 우왕좌왕할 때, 힘들어서, 힘들다고 말할 때 오종수의 해법은 늘 내가 일을 쉬는 것이었다.

예고 없는 대재난이 온 뒤로 오종수는 내 공방 임대료 적자가 길어질까 근심이 늘고 은채가 집에서 매일 혼자 점심을 챙겨 먹는 것을 마음 아파했다. 거기에 이제 내가 원인 모를 발병까지 하게 되어 오종수는 집안에 우환이 있는 남자가 되었다.

와이프가 잠복결핵일 때는 그래도 여유가 있었지만 잠복결핵에 공황장애가 더해지자 오종수도 더이상 마음을 놓지만은 못했다. 당분간만이라도 공방을 접으면 어떻겠느냐고, 어느 밤에 오종수는 나를 붙잡고 진지하게 말했다.

"코로나가 끝날 때까지만이라도, 응?"

나는 오종수를 보았다.

"코로나가 언제 끝나는데?"

오종수의 걱정을 모르지 않았다. 그동안 매달려왔던 나 또한 몇번씩이나 내려놓고도 싶었다. 하지만 지금 공방 일을 접으면 그게 결코 당분간으로 그치지 않을 거라는 예감만은 분명했다. 팽팽히 당겨오던 줄을 여기서 놓으면 다시는 그걸 당길 에너지를 내지 못할 것이다. 집을 이중의 일터로 만들던 홈 공방을 청산하고 상가로 나오기까지 구년이 걸렸다. 구년만에 마련한 열평짜리 공간의 문을 매일 여는 것이 내가 지금 내 의지로 할 수 있는 유일한 일이었다. 그 유효기간이 일년을 넘지 못한다고 해도 지금은 아니었다. 이렇게는 아니었다.

나는 해가 나도 문을 열었고 비가 와도 문을 열었다. 클래스 예약이 없어도 열었고 제작 주문이 없어도 열었다. 꾸역꾸역 열었다. 매일 같은 시간에 문을 열러 공방에 나갔지만 나는 더이상 기정로를 내다보지 않았다.

해결사처럼 상가 계단을 뛰어내려가던 이나리의 오지랖은 여름 한철의 환상처럼 사라져버렸다. 나는 만사가 조심스러웠고 매사에 방어적인 태도를 보이게 되었다. 눈앞의 사람, 눈앞의 공간, 눈앞의 상황, 눈앞의 모든 것이 내게 곤란을 유발할 수 있는 것들로 보일 뿐이었다.

나는 공방에 멍하니 앉아서 양초공예협회의 인증이 달린 내 자랑스러운 자격증들을 쳐다보았다. 어린 은채를 재우고 밤을 새워가며 딴 지도사 자격증들이었지만 나는 그것들이 아무것도 아니라는 것을 알았다. 큐브캔들, 구름캔들, 마블비누. 있어도 그만이고 없어도 그만인 저런 소품들에 하루를, 일년을, 십년을 갖다바치는 나는 아무 것도 아니다.

이런 생각들이 찾아올 때 나는 무조건 밖으로 나가야 했다. 나가서 달리고, 먹고, 휘젓고, 여기저기를 돌고 오면 다시 처음의 마음을 되찾을 수 있었다. 하지만 호흡 곤란을 겪은 뒤부터는 말했다시피 마음 놓고 갈 수 있는 곳이 없었다. 그 무렵 나는 버스나 지하철에서 민폐인이 되는 상상에 자주 시달렸다. ▲아프면 집에 있기 ▲아프면 타지 말기, 그런 기본적인 방역수칙조차 안 지키는 민폐인. 운전뿐만 아니라 대중교통과도 멀어지기 시작한 것이다.

더위가 가시고 가을이 시작될 무렵 나는 공방을 지키는 것이 아니라 공방에 갇힌 것에 더 가까운 상태가 되었다.

밤공기가 확연히 달라진 어느 저녁에 나는 새경프라자 옥상에 올라갔다. 8월 말부터 이어진 2차 유행의 여파로 기정로 상가 거리는 주변보다 어두웠다. 역 광장에선 간간이 야광 플라잉디스크가 솟아올랐다 사라졌고 중앙공원에선 로고라이트 조명이 무늬를 바꾸며 돌아갔다. 공원 뒤쪽 저 멀리로는 아파트 단지 불빛이 이어졌다. 그 불빛들을 보고 있으면 그 사이 어딘가에, 내가 응급실에서 불쑥 떠올린 딴산이라는 곳이 있을 것도 같았다.

기정의 곳곳을 내려다보면서 나는 익숙한 일상의 장소

들이 내게서 하나씩 사라져가고 있다는 걸 깨달았다. 나는 면적이 점점 좁아지는 신문지 위에 서 있었다. 처음엔 두 발이었지만 차차 한 발로, 그 다음엔 뒤꿈치를 들고 발끝으로, 그러다 엄지발가락만으로.

코로나19 사전 문진표 링크와 함께 오는 기정병원의 예약 알림톡을 다시 받기 시작했을 때 내겐 한가지 마음뿐이었다. 두 발을 딛고 서 있을 수 있는 최소한의 장소를 확보하는 것, 그것이 내겐 가장 절박했다.

*

기정병원에 진료 예약을 하고 며칠 뒤였다. 여느 때처럼 공방으로 몇통의 전화가 걸려왔다.

"나리샘, 집에서 수박비누를 만들어봤는데 빨간 물이 너무 빠져."

나는 내 오랜 수강생에게 말했다.

"다음엔 옥사이드를 좀 줄여서 넣어보세요."

오후 늦게 두번째 전화가 왔다.

"나리샘, 에센셜오일을 넣었는데 왜 향이 안 나죠?"

"너무 고온일 때 넣어서 그래요. 온도계로 재면서 40도 이하일 때 넣어보세요."

세번째 전화는 공방 문을 닫을 무렵에 왔다.

비커 설거지를 마치고 장갑을 벗다가 나는 조금 늦게 전화를 받았다.

“네, 나리공방입니다.”

삼초 정도의 시간이 흐른 뒤, 저쪽에서 목소리가 들렸다.

“나야, 나리야.”

*

나리공방에는 물품보관대와 수업 공간을 가르는 가림막용 광목 커튼이 있다. 공방 이전 준비를 할 때 수미와 함께 고른 커튼이었다. 무겁지도 가볍지도 않게 떨어지는 데다 워싱 감촉이 좋아서 수미도 나도 바로 마음에 들었던 화이트톤의 커튼이었다. 나는 그 위에 햇살장미를 말려서 걸어놓았다. 지난봄 공방 이전 오픈 때 ‘탈—홈 공방’을 축하한다는 말과 함께 수미가 나한테 주었던 꽃이었다.

커튼 뒤에는 비누 건조대와 함께 크고 작은 수납함들이 놓여 있었다. 종류와 크기별로 사 모아놓은 심지와 왁스함. 포장끈과 시약통. 비즈와 보석알. 시나몬스틱과 석고가루. 글리세린. 나는 그것들을 내 연료들이라고 불렀다.

이쪽에서 수업이나 작업을 하다가 내 연료들을 가지러 커튼을 가르는 순간을 나는 많이 좋아했다. 해 나는 날 밖에 널어놓은 이불 사이를 가르는 것처럼 좋았다. 두 손으로 커튼을 열고 들어가면 형태가 잡혀가는 비누들 사이로 내게 필요한 것들이 내 손길을 기다리고 있었다.

격리병동에서 퇴원을 하고 한달여 만에 온 연락이었다.

수미에게서 전화가 걸려왔던 저녁에, 나는 통화를 마치고 나서 커튼 앞으로 걸어갔다. 두 손 대신 얼굴로 커튼을 가르며 연료실로 들어갔다. 다시 뒤를 돌아 얼굴로 커튼을 젖히며 나왔고, 다시 한번 더 뒤를 돌아 얼굴 가득 커튼을 스치며 들어갔다. 까슬까슬한 광목천의 감촉이 얼굴에 새겨질 때까지 나는 한참이나 커튼의 이쪽과 저쪽을 오갔다.

*

"요새는 비타민D가 각광을 받고 있어요."

오랜만에 다시 찾은 기정병원은 여전히 입구 쪽 문진대 앞 줄이 길었다. 나는 한달 전과 똑같이 그 줄에 서 있다 병원 안으로 들어갔지만 가는 층이 달라졌다. 나는 이제 호흡기내과가 있는 본관이 아니라 구름다리를 지나 별관으로 간다. 별관의 신경정신과로 간다. 다른 질병코드를 받는다. 비타민D에 대해 생각한다.

"우리 질환은 오전 햇빛이 좋아요. 저녁엔 쉬어야 좋고요. 잠들기 한두시간 전엔 아무것도 하지 마세요."

'우리 질환'이란 아무래도 공황장애를 말하는 걸까, 그런 생각을 하고 있을 때 의사가 말했다.

"요새는 비타민D가 각광을 받고 있어요."

나는 가만히 고개를 끄덕였다. 신경정신과 의사는 송미림 의사보다 서너살 정도 많아 보였고 나와 똑같은 핸드크림(카밀 오리지널 100ml)을 쓰고 있었다. 나는 근래 내가 느낀 어떤 절박함에 대해 얘기를 나누고 싶었지만 아무래도 그럴 분위기는 아니었다. 의사에겐 비타민D 또한 중요할 것이다. 어쩌면 의사는 요새 비타민D와 공황장애의 상관관계에 대한 논문을 쓰고 있을지도 몰랐다. 의사가 비타민D 얘기를 하는 동안 컴퓨터 모니터에서는 계속 카톡 알림이 깜빡거렸다. 나는 그게, 그러니까 신경정신과 의사한테 지금 카톡을 보내는 사람이 송미림 의사였으면 좋겠다고 생각했다. 둘이 친할까? 친했으면 좋겠다고 생각했다.

둘은 시간이 맞으면 종종 점심을 같이 먹는 사이일지도 몰랐다. 모처럼 병원 밖으로 나가 밥을 먹은 날에 둘은 병원 앞 사거리에 있는 올리브영에 들른다. 카밀 핸드크림을 하나씩 산다. 진료실로 들어가기 전에 병원 뒤뜰에 앉아 잠시 커피를 마신다. 그리고 그때, 그들은 잠시 이나리 환자에 대해 얘기하는 것이다. 이나리라는 환자의 가슴 통증과 호흡 곤란에 대해. 그러다 알게 되는 것이다. 호흡기내과적 질환과 신경정신과적 질환이 별개가 아닐 수도 있음을. 이나리라는 인간에 대한 총체적인 진단이 필요함을.

그들이 딱 오분이라도 나에 대해 의논을 해주었으면 좋겠다고 생각하면서 나는 진료실을 나왔다. 다시 구름다리를 지났고 본관 로비로 내려가는 에스컬레이터를 탔다. 에스컬레이터가 점차 1층을 향해 가는 것과 같은 속도로 로비 중앙 벽의 대형 스크린이 눈에 들어왔다. 스크린에서는 기정병원 유튜브 영상이 나오고 있었는데, 영상에서 말을 하고 있는 사람은 놀랍게도 내가 방금 만나고 온 그 신경정신과 의사였다. 책상 위로 내가 본 것과 똑같은 핸드크림이 보였다. 의사는 진료실에서보다 훨씬 멋져 보였고 진료실에서는 들을 수 없던 내용(공황장애의 모든 것)에 대해 너무도 알아듣기 쉽게 얘기하고 있었다.

나는 홀린 듯 스크린 앞으로 걸어갔다. 영상 안의 의사가 나를 보며 말했다. 어떤 둑이 있다고 해보죠. 당신도 모르는 사이에 둑 안의 것이 여기까지 차올라 있습니다. 그러다 한방울이 딱 떨어지면서 그 둑이 넘치는 것입니다. 항진이 일어나는 것입니다…… 시간이 얼마나 지났을까. 그렇게 서 있다 나는 '정상입니다'라는 소리를 들었다. 수미가 본관 출입구의 열화상 카메라를 막 지나고 있었다.

수미와 이 시간에 이 로비에서 보기로 약속을 한 터였는데도 나는 조금 당황했다. 치료와 극복 같은 단어가 들려오는 스크린 앞에 서서 로비로 들어오는 수미를 봤을 때 나는 어쩌면 나 또한 수미를 만날 날을 최대한 미루고 싶어했는지도 모르겠다는 생각을 했다.

나를 발견한 수미가 이쪽으로 걸어왔다.

봄보다 살이 조금 올라 보였지만 슬랙스 핏은 여전히 좋았다.

나는 손을 흔들며 수미를 불렀다.

"언니!"

옷소매 위에 원색의 '열 감별 정상' 스티커를 하나씩 붙인 채 수미와 나는 본관과 별관 사이의 벤치에 가 앉았다.

"내가 여기 방사선사한테 제일 많이 들은 말이 그거야. 똥머리 해주세요, 환자분. 똥머리요! 언니는 머리가 짧아서 그 말 들을 일은 없겠다."

내가 신경정신과를 드나들기 시작하던 그때 수미는 코

로나19 후유증으로 호흡기내과를 다니기 시작한 참이었다. 한시간 뒤에 수미는 흉부 엑스레이 촬영이 잡혀 있었다.

"목걸이 하면 안 되는 거, 와이어 있는 브라 하면 안 되는 거, 그건 보통 알고 있잖아. 근데 머리카락도 다 올려야 하는 거더라고."

나는 몇달 만에 만난 수미한테 똥머리 얘길 늘어놓았고, 그 다음에는 수미가 계속 만나게 될 수도 있는 송미림 의사에 대한 이런저런 인상을 늘어놓았다. 그러다 수미 또한 격리 내내 주기적으로 하기도 가래 검사를 받았다는 걸 알게 되었다. 코로나19 감염자와 결핵 보균자가 하는 검사에 같은 항목이 있다는 것을 재미있어하면서 수미와 나는 서로의 호흡기가 무사하기를 빌었다.

그날 기정병원 벤치에 앉아서 수미는 지워버리고 싶은 어떤 셀카에 대해 얘기해주었다. 코로나19 진단 검사를 받고 결과를 기다리던 지난봄 새벽에, 수미는 전화 한통을 받았다. 문자 대신 전화를 드린 이유는 양성이기 때문입니다,라고 전화기 저쪽에서 누군가 말했다. 바로 다음 말이 이어졌다.

지금부터 역학조사를 시작하겠습니다.

역학조사관은 수미한테 셀카를 보내달라고 했다.

"셀카를?"

수미가 고개를 끄덕였다.

"그래서 보냈어?"

수미가 다시 고개를 끄덕였다.

내가 알기로 수미는 평소에 셀카 같은 걸 찍어 보관해 두는 타입이 아니다. 모르는 사람한테 자기 얼굴을 찍어 보내는 수미를 나는 잘 상상할 수 없었다. 양성 판정 연락을 받았을 때 수미는 자신이 깨부순 유리 파편들을 치우지도 못한 상태였다. 서하의 줌 화면을 통해 자신의 분노조절 실패가 노출된 뒤였고, 내가 서하를 공방에서 데리고 와 은채 방에 머물게 하면서 서하에게 어떤 사과도 변명도 하지 못한 상태였다. 눈알이 빠질 것 같은 고열과 맞은 듯한 근육통이 코로나19 때문인지 자신이 벌인 일 때문인지 구분도 할 수 없었다. 수미는 그런 상태의 자기 얼굴을, 그 '역겨운 면상'을 찍었다. 찍어서 역학조사관에게 전송했다. 그에 대한 답신인 듯 한참 뒤 역학조사관이 사진을 보내왔다. 몇군데의 CCTV에 찍힌 어떤 여자의 모습이었다.

본인 맞습니까?

역학조사관이 물었고, 수미는 아마도 그런 것 같다는 답을 보냈다. 날이 밝고 구급차가 수미를 실으러 오기까지, 수미는 그렇게 밤새 다섯시간에 걸쳐 동네 CCTV에 남은 자신의 모습을 보았다. 증상 발현 전 며칠 동안 자신이 한 일을 확인하고, 확인받았다.

"CCTV 속 여자는 계속 마스크를 쓰고 있었어. 그 와중에도 그게 다행이라는 생각이 들었지."

그렇게 말하며 수미가 나를 보았다. 자신이 격리 내내 겪은 죄책감을 다 표현할 말을 찾지 못하겠다는 듯이. 너무 많은 생각을 해서 그간의 공방 안부를 차마 쉬운 말로 묻지 못하겠다는 듯이. 얼굴엔 봄보다 기미가 많이 올라와 있었고 커피를 마시려고 마스크를 내릴 때마다 주름이 선명한 건조한 입술이 드러났다.

"오다 보니까 거기."

수미가 말했다.

"좌회전 신호 생겼더라. 원래 비보호였잖아."

수미가 격리병동에 있던 시간은 비보호였던 곳에 신호등이 새로 생기기도 할 만큼의 시간이었다. 계절 하나가 지나간 시간이었다. 그리고 또 무슨 일이 일어난 시간이었을까.

그날 방사선실로 들어가기 전, 수미는 병원에 코로나19 완치자 혈장 기증을 할 거라고 했다.

나는 세로토닌 재흡수 억제제와 벤조디아제핀계 안정제 하나씩을 처방 받아서 먹기 시작했다.

*

수미가 역학조사관에게 받은 CCTV 사진 중엔 아마도 새경프라자 앞에서의 모습도 있을 것이다. 3층 공방 창문을 올려다보며 울던 확진 전 마지막 모습. 그때 공방 안엔 서하가 있었다. 나는 어쩌면 수미가 완전히 낯선 타인을 통해 그때의 자신을 확인해야 했을 거라고, 이게 내가 맞다고, 내 딸이 내게서 도망쳐서 가 있는 곳을 올려다보며 울고 있는 여자가 내가 맞다고, 그렇게 말하는 걸 본 것만 같은 생각이 든다.

*

오래된 의료원 병실 창문엔 블라인드도 커튼도 달려 있지 않았다. 입원 후 한달 정도가 지났을 때 수미는 방호복을 입고 매일 병실에 들르는 간호사한테 사정했다. 제발 커튼을 달아주세요, 선생님. 창문 밖 벤치에 어떤 여자아이가 앉아 있어요. 그리고 밤이 되면 제가 너무 보입니다. 창문으로 병실이 너무 비쳐요. 제발 좀 가려주세요. 부탁드립니다.

*

수미가 두번 정도의 식사와 또 두번 정도의 PCR 검사를 거부하자 병원에선 며칠 후 커튼을 달아주었다.

"그후엔 안 보였어?"

"뭐가?"

"매일 와서 앉았다 가는 여자아이."

"보였지. 하지만 내가 커튼을 열 때만 보였어."

나는 그 아이가 마스크를 쓰고 있었냐고 물었다.

"글쎄……"

수미가 고개를 갸웃거렸다.

"마스크를 썼으면 그 동네 사는 아이일 거고, 안 썼다면……"

"안 썼다면?"

나는 병원 본관과 별관을 잇는 구름다리를 올려다보았다.

"마스크를 안 썼다면, 과거에서 왔겠지."

*

사실 나는 마음의 준비를 하고 있었다.

수미의 휴대폰이 격리된 수미한테 영향을 줄 거라는 내 짐작이 맞았다. 수미가 매일 혈압과 체온을 재고 일주일에 두번씩 PCR 검사를 하면서 그곳에 있던 세달 가까운 시간 동안 수미의 아이폰은 시시때때로 수미에게 '과거의 오늘' 동영상을 만들어주었다. 오래전 사진들을 넣어둔 클라우드에서도 알림과 함께 사진을 보내왔다. 바깥에서의 수미라면 알림을 꺼버렸겠지만 음압병실에 혼자 있던 수미는 알림을 끄기엔 너무 외로웠는지도 몰랐다. 음압기 소음에 빨려들어갈 것 같을 때마다 붙들 것이 필요했는지도 몰랐다.

어쨌든 나는 마음의 준비가 되어 있었다. 수미가 어떤 결정을 하든 나는 지지해줄 마음이 있었다. 가장 큰 변화라고 해봤자 수미의 이사, 아니면 수미의 이혼, 그보다 더한 게 있을 수 있을까? 남편과 서하를 기정에 두고 혼자서 다른 곳으로 떠나기? 수미가 그런 결심을 했을 가능성도 나는 염두에 두고 있었다. 혈장 기증을 하러 간다는 수미를 볼 때만 해도 나는 수미가 내 예상을 완전히 빗나가는 얘기를 할 거라곤 생각하지 못했다.

*

수미의 남편을 처음 본 날이 생각난다.

옆 단지 아파트에 야시장이 섰던 몇해 전 여름이었다. 일년에 한번 여름에만 서는 장이어서 야시장이 서는 날은 아이들도 어른들도 날을 잡고 늦게까지 놀곤 했다. 나는 일찍 퇴근한 오종수와 함께 은채를 데리고 장이 선 단지로 산책을 나갔다. 동네 사람들이 모두 나온 듯 야시장은 호황이었다. 한껏 부풀어올라 있는 에어바운서, 노래가 흘러나오는 키즈 바이킹, 다코야키와 솜사탕, 맥주 테이블과 곱창 철판.

셋이서 와플 하나씩을 들고 불이 환하게 달린 천막 사이를 거닐다가 우리처럼 산책을 나온 수미네 가족을 보았다. 그날 처음으로 수미의 남편을 보았다. 크지도 작지도 않은 보통 체구에 만조 아줌마가 '깎아놓은 밤톨' 같다고 할 만한 반듯한 두상을 가진 남자였다. 굉장히 깔끔하게 떨어지는 무쌍꺼풀 눈에 말을 안 하고 있으면 차가워 보이는 인상이었다. 나는 수미가 잘생긴 남편과 산다는 것에 좀 놀라고 말았다.

서하와 은채가 야광 낙하산을 하나씩 쏘아올리는 동안 오종수와 나는 수미 부부와 서서 짧게 인사를 나누었을 것이다. 바로 옆 천막에서 양꼬치가 지글거리고 있어서 나는 문득 술을 먹고 싶다는 생각이 들었고, 같은 생각일까 싶어 수미를 쳐다보았다.

수미와 나는 시간이 맞으면 작은 가게들을 찾아다니며 종종 술을 마셨다. 나는 혼자 먹는 술에 이상한 거부감과 두려움을 갖고 있었는데 그렇다고 술을 안 좋아하진 않아서 마음 맞는 술친구를 무척 중요하게 여겼다. 하지만 아파트 단지 상가에서 아무리 조용히 마셔도 여자들끼리만 마시면 이상하게 동네 엄마들 사이에서 말이 나곤 했다. 그 무렵 내 오랜 수강생이 그런 말을 해주었다. 남편들을 끼고 마시면 말이 나지 않는다고. 잊을 만할 때 남편들을 한번씩 대동해주면 '술 퍼마시는 맘' 대신 '남편과 사이좋은 맘'이 되어 몇달은 또 편하게 술을 마실 수 있다는 것이다.

수미가 남편들을 부르는 것을 내켜하지 않았기 때문에 수강생의 조언은 그동안 실현될 일이 없었다. 하지만 야시장에서 이렇게 남편들까지 맞닥뜨린 이상 술을 먹지 않을 이유가 없지 않을까? 나는 은채와 서하를 소리쳐 부르고는 가서 에어바운서를 타라고, 실컷 타라고 지폐를 쥐여주었다. 그러곤 양꼬치가 익고 있는 천막 테이블로 일행들을 이끌었다.

아이들 얘기로 시작하여 맥주 오백 한잔씩을 비우고 났을 때 대화는 수미와 내가 돌아다닌 동네 맥줏집 중에 수미네 단지 안에 있는 맥줏집이 제일이라는 얘기로 흘러가고 있었다.

"그 집은 먹태가 정말 최고예요."

내가 말하자 수미의 남편이 말했다. 그 맥줏집 이름(오늘은 술요일)을 자기가 지어줬다고. 그러시냐고, 맞장구를 친 뒤 나도 말했다. 은채가 졸업한 유치원 텃밭 이름(보리동산)을 내가 지었다고. 그러시냐고, 수미의 남편이 말했고, 그러다보니 얘기는 주로 수미의 남편과 내가 이어가고 있었다. 오종수는 꼬치만 뒤적이고 수미는 술만 마시고, 작명 센스 좋은 사람들끼리 한잔하시죠! 수미의 남편이 잔을 부딪쳐와 네네! 그러시죠! 나도 잔을 힘껏 부딪쳤다.

고기 완자가 익는 냄새 사이로 풍선 터지는 소리가 들렸다. 다트 화살촉이 날아다니고, 회오리감자가 돌아가고, 키즈바이킹에서 단체 비명이 한차례 들려왔을 때 수미의 꽁·한 얼굴이 눈에 들어왔다. 꽁. 수미는 꽁을 하고 있었다. 헤어지는 순간까지도 수미의 남편은 그저 기분이 좋아 보일 뿐이었는데.

"은채 어머니! 또 봬요!"

저만치에서 수미의 남편이 외쳤고
“네! 서하 아버지!”
나도 외쳤다.
집으로 돌아오는데 정말 너무 피곤했다.
수미 부부를 만나고 온 뒤 나는 오종수한테 그 부부 얘기를 자주 꺼냈다.
“자기야, 서하 아빠 어때 보여?”
다음 날에도.
“수미랑 수미 남편 좀 안 어울리지 않아?”
그다음 날에도.
“둘이 별로 안 친한가봐.”
그다음 주말엔,
“자기야, 서하 아빠랑 인사도 텄는데 애들 데리고 같이 공원에라도 좀 갔다 와.”
그러면 오종수는 말했다.
“싫어.”
“왜 싫어?”
“딱 보면 모르겠어? 서하 아빠랑 나랑은 안 맞아. 그리고 남자 둘이 앉아서 뭘 하겠어?”
그러게. 남자 둘이 앉아서 뭘 할까.
사실 나도 그게 고민이다.

나도 수미와 뭘 해야 할지 모르겠다.

수미는 뭐랄까, 수미는,

내게 좀 어려웠다.

수미와 어느 정도 가까워지기 전까지 내겐 그야말로 견디며 앉아 있어야 했던 시간들이 있었다. 아이를 또래와 놀게 해주겠다는 이유 하나로. 수미를 견뎌야 할 때 나는 오종수를 생각하곤 했다. 오종수를 그리워했다. 편하고 만만하고 같이 있으면 재미있는 내 남편 종수.

종수랑 결혼을 해서 평생 단짝이 되면 나는 지겹고 불편했던 여자들 세계에서 탈출할 수 있을 거라고 생각했다. 여행을 가고 영화를 보고 맛집에 가는 것들을 종수랑 할 수 있는데 다른 사람들이 다 무슨 소용인가? 종수가 나를 사랑해주는데 다른 여자들이 내게 뭐라 한들 그게 무슨 상관인가? 하지만 종수랑 결혼을 해서 아이를 낳자 내 앞에 펼쳐진 건 이전과는 비교도 할 수 없이 촘촘한 여자들의 세계였다. 나는 이제 내 아이까지 옆에 세운 채 다시 그 세계를 뚫고 들어가 자리를 틀어야 했다. 여자들과 좀 멀어지고 싶어 종수랑 가까워졌는데 그게 빼도 박도 못하도록 나를 다시 여자들한테로 데려갔던 것이다. 종수는 어디에도 없었다. 종수랑 있고 싶어서 종수랑 살기로 한 건데, 종수는 간데없고 정신을 차려보니 나는 키 크고 눈을 잘 안 맞추고 슬랙스가 잘 어울리는 어떤 어려운 여자와 롯데월드 투썸 테이블에 어색하게 앉아 있었다.

집에 가고 싶다는 생각을 하면서.

종수랑 둘이 자이로드롭 타고 쌀국수 먹고 모텔 갈 때가 좋았는데.

*

오종수는 언젠가부터 나한테 이런 말을 한다.

"너는 무슨 말만 하면 내 탓이냐."

이런 말도 한다.

"거기서 남녀 문제가 왜 나와."

이런 말도 한다.

"니가 아주 미쳤구나."

*

하지만 미친 건 내가 아니다.

*

와인바에 죽을 먹으러 가던 날 나는 케이크캔들을 만들었다.

가을로 접어들면서 나는 몇몇 상가 사람들과 꽤 가까워져서 특별한 일이 아니어도 종종 가게를 오가곤 했다. 마음에 들게 완성된 디저트캔들이 있으면 하나씩 들고 가기도 했다. 머핀캔들, 마카롱캔들, 까눌레캔들, 라떼캔들, 아이스크림캔들……

디저트캔들은 웬만해선 어디서나 좋은 반응을 이끌어내는 캔들이었다. 공방 인스타그램에 올렸을 때 조회 수가 가장 많이 나오는 것도 디저트 캔들이었다. 상가 사람들은 디저트캔들을 계산대 옆에 놓아두곤 했는데 손님 열 중 여섯은 실물보다 더 달콤해 보이는 그 캔들들에 반응을 보였다. 손님이 반응을 보이면 그들은 영수증 버려드릴까요, 같은 말과 함께 슬쩍 나리공방이라는 상호를 흘렸다. 수강생과 마주 앉아 왁스를 녹이다가 나 또한 요새 꽂힌 기정로의 어느 맛집, 어느 숍, 어느 지점의 괜찮은 행사에 대해 흘려주곤 했다.

민초파인 엘사 사장을 위해서는 민트초코케이크캔들을 만들었다. 캔들을 보자마자 엘사 사장이 꺅 소리를 질렸음은 물론이다.

“이거 먹어도 돼요? 이거 진짜 먹어야 될 것 같아요!”

엘사 사장은 자신이 새로 디자인한 네일을 내게 해주었고, 그러면 나는 네일 노출이 잘되게 캔들을 집어든 뒤 사진을 찍어 공방 인스타그램에 올렸다.

점심 타임 예약이 없을 땐 엘사 사장과 종종 와인바에 점심을 먹으러 갔다. 의자 네개가 일렬로 놓인 바테이블과 2인 테이블 세개가 전부인 아담한 곳이었다. 저녁 시간 영업제한이 걸린 뒤부터 와인바 사장은 죽 메뉴 하나를 더 추가하고 오픈 시간을 점심시간대로 앞당겼다. 죽은 흑임자죽과 오징어먹물죽 딱 두가지를 팔았는데 엘사 사장과 나는 그걸 낮죽이라고 불렀다.

낮술도 되고 낮죽도 되는 와인바. 거기서 대낮에 먹는 까만 죽. 바테이블에 나란히 앉아 죽을 먹으면서 엘사 사장은 기정로에 중계차와 응급차가 왔던 날 얘기를 종종 했다. 울 것 같던 표정의 기자와 지나가다 멈춘 배달 라이더, 피어싱숍 직원이 어떻게 달려와 나를 부축했는지, 와인바 사장이 얼마나 빠르게 119를 불렀는지, 과호흡 증상임을 바로 알아채고 비닐봉지를 꺼내오던 휴대폰대리점 직원과 족발을 먹던 사람들, 담배를 피우던 사람들, 수제버거집 사장님, 자금성 사장님……

나는 와인바에서 낫죽을 먹으면서 엘사 사장한테 그 말을 듣는 시간이 제법 좋았다. 당시의 난감함이 다시 떠오르긴 했지만 내가 기억하고 있는 '삼초 망설임'이 다가 아니라는 얘기는 몇번을 들어도 질리지 않는 말이었다. 병원 유니폼이나 은행 유니폼을 입은 사람들이 2인 테이블에 혼자 앉아 말없이 죽을 먹었고 바테이블 한쪽 끝에는 내가 만들어온 치즈케이크캔들이 심지를 세운 채 놓여 있었다. 나는 술을 먹지도 않았는데 마음이 몽글몽글해져서는 엘사 사장과 와인바 사장한테 이런저런 얘기를 늘어놓았다.

"어렸을 때 나쁜 짓 뭐 해보셨어요?"

내 말에 엘사 사장이 말했다.

"저는 할머니 지갑에서 이만원까지 훔쳐봤어요. 엄마 아빠 지갑 놔두고 할머니 걸 훔쳤었죠."

"와, 할머니 지갑이라니. 정말 나빠 보인다. 저는 그거보단 좀 덜 나쁜데."

와인바 사장의 말에 엘사 사장과 나는 물었다.

"뭐였는데요?"

"옛날에 남자아이가 오줌 싸고 있는 실내 분수대 있었잖아요. 물레방아 장식 돌아가고. 저는 남자아이 오줌 분수대만 보면 그 아래에서 입을 벌리고 받아먹었어요."

"와. 사장님 애들이 아빠 이런 거 알아요?"

엘사 사장의 말에 와인바 사장이 조용히 웃었다. 그리고 둘은 나를 보았다.

"저는 요새 그 술 생각이 그렇게 나요."

"어떤 술이요?"

"제가 어렸을 때 사과로 만든 술을 먹어본 적이 있거든요."

나는 그들에게 만조아줌마의 발효항아리 얘기를 해주었다.

"그러니까 나리 어린이의 나쁜 짓은 술이었다는 거네요?"

"음…… 꼭 그렇다기보단."

나의 나쁜 짓은 그게 다가 아니었을지도 몰랐다.

"근데 사과를 발효시키는 항아리가 집에 있었다고요? 그럼 그건 사과와인인 건가요?"

엘사 사장이 묻기에 나는 보충 설명을 바란다는 듯 와인바 사장을 보았다. 와인바 사장이 물었다.

"혹시 깔바도스랑 비슷한 맛이었어요?"

"아뇨 아뇨. 깔바도스보다 훨씬 맛없는 맛이었어요. 시고, 쓰고, 냄새도 이상하고."

"그건 나리 사장님이 어려서 먹어서 그런 거 아닐까요?"

그렇게 말하고는 엘사 사장이 다시 덧붙였다.

"아니다. 사과와인계의 내추럴와인맛? 원래 그런 맛이었을지도 몰라요."

며칠 뒤에 다시 죽을 먹으러 갔을 때 와인바 사장은 엘사 사장과 내 앞에 노란빛이 나는 술 한잔씩을 내밀었다.

"이게 좀 먼 데서 온 사과술인데요, 비슷한 맛이었는지 한번 드셔보실래요?"

한모금을 마셔본 뒤 나는 고개를 저었다.

"달라요. 많이 달라요."

다음에 갔을 때 와인바 사장은 좀더 진한 빛깔의 술을 내왔다.

"이건 아무것도 첨가 안 하고 자연발효한 술이에요. 저번 것보다 비슷할지도 몰라요."

엘사 사장과 나는 말없이 와인바 사장을 쳐다보았다. 죽을 팔기 시작한 이후로 풀이 죽어 있던 와인바 사장의 눈이 반짝 하고 빛났기 때문이었다. 내가 말한 항아리 사과술과 비슷한 맛을 어떻게든 찾아보겠다는 표정 같기도 했다. 보기보다 술에 진심인 분인 건가 생각하면서 엘사 사장과 나는 동시에 한모금을 들이켰다.

잠시 침묵이 흘렀다.

엘사 사장은 자신의 취향은 아니라는 듯 얼굴을 살짝

찌푸렸고, 나는 기대에 찬 와인바 사장의 눈을 피하며 다시 술잔을 내려다봤다. 첫번째 술은 프랑스 옹플뢰르에서 온 사과발효주이고 이번 술은 스페인 아스투리아스에서 온 술이라고 와인바 사장이 말했다.

"그럼 맛이 다른 게 당연한 거 아니에요? 나리 사장님이 옛날에 먹은 건 충남…… 충남 어디라고 하셨죠?"

"여안이요."

"아 여안. 충남 여안에서 만든 술인데."

그렇게 말하고는 엘사 사장이 다시 덧붙였다.

"아니지. 그래도 어쨌든 다 사과로 만든 건데 완전히 동떨어진 건 아니지 않을까요?"

내 대답을 기다리듯 둘이 동시에 나를 보았다.

하지만 나는 당장 할 수 있는 말이 없었다.

먼 데서 온 술이 불러온 자극을 입에 머금은 채로 나는 어떤 생각에 빠져 있었다. 목 끝과 코끝에 남아 며칠은 나를 괴롭히던 고릿고릿한 발효취에 대한 생각. 그게 생각보다 너무 힘들었다는 느낌. 발효취 끝에서 뭔가가 걸려 올라올 것 같은 느낌. 흙맛이 섞인 듯하던 그 독특한 신맛이, 떠오를 듯 말 듯 혀를 간질이면서 애를 태우는 느낌이었다. 나는 대답 대신 눈앞의 사과주를 한모금 더 삼켰다. 내 표정을 살피던 와인바 사장이 말했다.

"그럴 거예요. 어떤 걸 마셔봐도 그 맛이 아닐 거예요."

그 땅, 그 시간에서만 나온 단 하나의 맛이었을 거라고, 와인바 사장이 말했다.

"그럼 지금 다시 거길 가도 그 맛은 아닌 걸까요?"

"그 만조 아주머니라는 분, 아직도 항아리에 사과 발효하고 계신 겁니까?"

양조에 진심인 사람처럼 와인바 사장이 또 눈을 빛내며 물었다.

하지만 나는 이번에도 당장 할 수 있는 말이 없었다.

*

그리고 나는 그게 왠지 수미 취향일 거란 생각을 했다. 사과를 날 것 그대로 발효한 술이 왠지 수미 입맛에 맞을 것 같다는 생각. 사과술이라는 말에서 연상되는 달콤함을 보기 좋게 배반하는 그 고릿하고 고약한 산미를 수미는 꽤 마음에 들어할 수도 있을 것이다.

수미가 맥주를 마시는 경우는 독한 술을 잘 못 마시는 나와 마시거나 사람들과 어울려 마실 때뿐이었다. 수미는 기본적으로 독주를 즐겼고 독주를 혼자서 마시는 시간을 가장 좋아했다.

술을 마시면 땅이 기울어진다고, 그 기울기 때문에 술을 마신다고 수미가 말한 적이 있다. 술은 더도 덜도 아닌 딱 그 도수만큼만 피드백만을 준다고. 23도의 술을 마시면 세상은 23도만큼 기울고 40도 도수의 술을 마시면 40도만큼 기운다. 이미 기운 땅에 서서 술을 마시면 어떤 술은 다 쓸려내려가버릴 정도로 땅을 더 기울게 하고 어떤 술은 이미 있던 기울기를 되돌려놓으며 취한 동안만이라도 바로 설 수 있게 한다.

수미는 술을 마실 때 자신이 감각하게 되는 것들을 좋아했고, 그것들을 오직 술을 마실 때만 감각할 수 있는 자신을 싫어했다.

*

도수 높은 증류주를 좋아했지만 그렇다고 수미가 술이 세지는 않았다. 수미는 종종 나보다 먼저 취했고, 취하면 아무 말이나 다 했다. 내가 수미에 대해 알고 있는 것 중 반 이상은 술을 먹다 알게 된 것이다. 수미가 자신이 한 얘기를 다 기억하는지는 알 수 없었다. 만약 전부 기억하고 있다면 나를 안 본다고 할 수도 있겠지.

*

나는 말이야 나리야,

수미는 언젠가 내게 그런 말을 했다.

나한테서 나온 애가 멀쩡할 리가 없다는 생각이 들어.

*

공방에 앉아 비누액을 젓다가 서하가 그런 말을 한 적이 있었다.

엄마는 저를 믿지 않아요, 이모.

*

수미와 나는 그것을 포토 표정이라고 불렀다. 아이들이 어릴 때 카메라 앞에서 보이던 특유의 표정이었다. 아마도 어린이집을 다니면서부터 만들었던 표정일 것이다. 선생님이 카메라를 들이대면 아이들은 코를 찡긋하면서 눈과 입을 한껏 움직여 웃는 표정을 지었는데, 선생님이 보내온 사진 속 그 표정이 그렇게 예쁠 수가 없었다.

아이가 지금 어린이집에서 잘 지내고 있구나, 이렇게

즐겁게 잘 놀고 있구나, 일을 하면서 그 표정 덕분에 안심한 날이 많았다. 그러다가 어느 순간 알게 되었다. 여행을 가서 내가 사진을 찍으려 할 때도 아이는 그 표정을 습관적으로 지어 보였다. 엄마나 선생님이 휴대폰 카메라를 갖다 댈 때마다 어차피 치러야 할 일이라는 듯 기계적으로 짓던 그 밝은 표정을, 수미도 알고 있었다.

아이들은 유치원 때까지도 종종 짓던 포토 표정을 초등학생이 되자 잘 짓지 않았다. 아이가 여행지 포토존에서 부루퉁하게 서 있으면 나는 사진을 건지기 위해서 아이의 옆구리를 기습적으로 간질이곤 했다. 그러면 아이는 못 참고 웃음을 터뜨렸고, 여행지에서 돌아오면 나는 아이가 웃던 그 순간의 표정을 여행의 기억으로 간직했다.

나는 은채를 보면서 이렇게 묻고 싶을 때가 많았다.

은채야, 넌 왜 저렇게 예쁜 아기들을 좋아하지 않아?

은채야, 넌 왜 강아지 고양이를 보면 꺅 소리를 내면서 달려가 쓰다듬지 않아?

은채야, 넌 왜 나무를 좋아하지 않아?

은채야, 이거 너무 아름답지 않아?

어느 날 수미가 말한다.

자기 품에 갓난아기가 있었을 때를.

안고 젖을 먹이는데 갑자기 젖꼭지가 시원해지는 거야.

보니까 젖을 먹던 아기가 웃고 있었어. 입을 벌려 웃느라 젖꼭지에서 입을 떼고, 그러다 다시 젖을 물고, 한참 뒤에 젖꼭지가 또 시원해져서 내려다보면 아기가 또 입을 벌리고 웃고 있었어.

그때 서하는 온전히 수미 것이었다.

그애들이 우리 것이었을 때, 서하는 수미 거, 은채는 내 거였을 때, 저녁이면 아이가 옷자락을 붙들고 칭얼거릴 때가 있었다.

엄마, 기분이 안 좋아. 그래서 안아줘.

그래서 아이를 안아주었다.

어떤 날은 그럼에도 안아주지 않았다.

크록스를 신고 수박 모양 부채를 든 채 옷이 다 젖도록 공원 분수대를 뛰어다니며 아이가 나를 불렀다. 과거의 오늘에, 내 아이가 내 거였을 때, 아이를 품에 안아올리면 작은 불덩어리를 안고 있는 것 같았다. 냄새가 너무 좋아서 아이의 정수리에 코를 박고 킁킁거리다가, 어떤 날은 내 살갗에 아이가 닿는 게 싫어서 좀 떨어져달라고 사정했다. 그래도 아이는 사랑한다고, 엄마 사랑해, 안방 문틈으로 사랑한다는 쪽지를 밀어 넣었다. 싱크대 위에 하트를 가득 그려 넣은 색종이를 올려두었다.

그애가 내 거였을 때, 십년 전 오늘에, 십이년 전 오늘에, 나는 아이가 어떤 눈으로 나를 보며 우는지 본 적이 있다. 잠든 아이를 내려다보면서 주문처럼 중얼거린 적이 있다. 크지 말라고. 여자아이가 되지 말고 내 아기로 있으라고. 나만 보라고.

소나무랑 소나기는 무슨 사이야, 엄마?

이제 그애는 그런 걸 묻지 않는다.

내 음식을 세상에서 제일 맛있어하지도 않는다.

앞니가 흔들린다고 울지 않고, 쥬쥬기타를 사달라고 조르지 않는다. 혼자 운다.

여자아이가 방에 들어가 문을 잠그고 운다. 나는 그 안으로 들어가지 못한다.

문 너머에서 내 아이가 우는데, 나는 아이를 안지 못한다.

어느 날은 생각한다.

너를 처음부터 다시 키우고 싶다.

어느 날은 애걸한다.

은채야, 나 좀 안아줘.

어느 날은 홀로 사무친다.

은채야, 사랑해!

수미가 말한다.

어느 저녁에 서하와 식탁에 둘이 앉아 밥을 먹는데, 무슨 말인가 끝에, 서하가 더는 어떻게 하지 못하겠다는 듯 수미를 쳐다보았다고. 얼굴이 빨갛게 달아오른 채로 뚫어지게 쳐다보았다고.

*

문을 쾅 하고 닫는 소리. 책장을 확확 넘기는 소리. 아이의 한숨 소리. 아이의 화난 목소리. 아이의 짜증 난 표정.

아이가 내보이는 부정적인 반응들에 수미는 필요 이상으로 상심을 했다. 그 모든 신호들이 수미 자신의 잘못을 드러내는 증거가 되었다. 뭔가가 망가져가는 조짐이 되었고 자신이 감당해야 할 책임이 되었다.

서하가 웃지 않으면 수미는 쉴 수가 없었다.

서하가 행복해하지 않으면 수미는 불행감을 느꼈다.

서하가 우는 시간을, 수미는 좀처럼 견디지 못했다.

서하가 열살이었을 때 공방에서 다른 친구와 다툰 적이 있었다. 그때 서하가 내게 그런 말을 했다. 엄마는 내가 잘못이 없더라도 내 편을 들어주진 않을 것 같다고.

수미는 모든 일을 자신의 탓이라고 생각하는 연장선에서 서하에게 문제가 생겼을 때 그걸 서하 탓이라고 여겼다. 온전한 지지를 주지 않았다. 서하가 무언가를 제대로

해낼 존재라는 걸 믿지 못했다. 그건 수미가 내게 말해준 게 아니라 서하가 내게 말해준 것이었다.

초등학교 1학년 꼬마에서 초등학교 6학년 여자아이가 될 때까지, 내 공방에서 서하는 혼잣말 같은 말로, 표정으로, 다른 아이의 말에 대한 반응으로, 시크함을 가장한 토로로, 내게 계속 무언가를 말했다.

수미는 서하를 서하로 여기지 않았다. 자신의 확장으로 여겼다.

너한텐 아마 안 좋은 남자애들이 다가올 거야.

너는 누구를 만나도 그 결핍을 채우지 못할 거야.

너는 좋은 배우자를 고르지 못하겠지.

너한텐 좋지 않은 상황이 반복될 거야.

그런 건 하지 마. 거기엔 가지 마.

그건 너무 위험해.

제발 나를 안심시켜줘.

나를 힘들게 하지 말아줘.

*

수미가 있는 세상에서 서하는, 웃는 거 말고는 할 수 있는 게 없었다.

*

내가 나로 있으면 엄마가 힘들어할 거예요, 이모.

이모도 알잖아요.

*

나는 그 세상을 알고 있었다.

*

수미가 기정로를 지나가는 걸 보았다.

엘사 사장과 와인바에서 점심을 먹고 나오는 길이었다. 저쪽 골목으로 수미가 걸어가고 있었다. 혼자는 아니었고 별은씨 별선씨 별주씨와 함께였다. 그들은 지난봄 공방 취미반에 함께 왔을 때처럼 친숙하고 스스럼없어 보였다. 마치 봄과 여름 내 아무 일도 겪지 않은 것처럼.

수미한테선 기정병원 벤치에서 나를 대할 때의 가장된 편안함 같은 게 느껴지지 않았다. 나를 눈치 보게 했던 예민한 조심성도 없어 보였다. 수미는 웃으며 걷고 있었다.

그럴 수 있었다.

그럴 수 있다.

기정로를 지나다니면서도 코앞에 있는 나리공방에 들르지 않을 수도 있다.

술 먹고 나한테 했던 말들을 다 기억해버렸을 수도 있다.

세상 모두와 서하 얘기를 나눠도 나하고만은 나누고 싶지 않을 수도 있다.

그럴 수 있다.

그럴 수 있었다.

몇해 전 파주의 한 글램핑장에서였다. 어린이날이 낀 5월 주말이었다. 은채는 수미네 가족을 따라 그날 오전부터 글램핑장에 가 있었다. 오종수는 주말 특근이 있었고 나는 오후 느지막이 글램핑장에 들러 수미네와 같이 저녁을 먹고 은채를 데려올 생각이었다.

어딘가로 놀러 가지 않으면 죄책감이 느껴질 만한 날씨였던 것이 기억난다. 수미가 아니었다면 이런 날 혼자 은채를 데리고 어디 가서 놀아야 하나 고민하고 있었을 것이기에 나는 그저 고마운 마음이었다. 자유로를 타고 북쪽으로 내처 달리다보면 능선 전체가 철쭉으로 뒤덮인 동산이 보일 거라고 했다.

동산 중턱에 썰매 슬로프와 수영장이 함께 있는 곳이었다. 카라반 몇개를 지나 숲 안쪽으로 들어가자 해먹을 내건 오두막들이 나타났다. 은채와 서하는 래시가드 차림으로 오두막 안에서 컵라면을 먹고 있었다. 수미는 테이블에 팔을 괴고 앉아 휴대폰을 보고 있었고 수미의 남편은 침대에 기대앉아 휴대폰을 보고 있었다.

나는 넷한테 인사를 하고는 언니! 여기 너무 좋다! 그런 말들을 했을 것이다. 나무들에서 뻗어 나온 풍성한 잎이 오두막 사이마다 층을 이루며 우거져 있었다. 그곳은 정말 좋았다.

"피톤치드가 막 뿜어져 나오는 것 같아!"

내가 연이어 외치자 수미의 남편이 말했다.

"은채 어머니가 뭘 아시네. 여기 아주 기가 막히죠? 근처에 이만한 데가 없어요. 은채 어머니, 고기 좀 드시나?"

수미랑 둘이서 마시기엔 좀 적적했다는 듯 수미의 남편이 냉장고에서 맥주부터 꺼내왔다. 하지만 나는 차를 가져간 터였다. 고기나 몇점 먹고 빛축제나 좀 보다가 돌아갈 생각이었다. 다시 물썰매를 타러 나가는 서하와 은채를 보면서 망설이는 사이, 수미는 내 쪽으로는 커피만 밀어주고 남편과 둘이 맥주를 마시기 시작했다. 그들 부부는 서로 말도 안 섞고 캔도 안 부딪치고 빠른 속도로 각자 맥주를 비워냈다.

십분, 이십분, 시간이 지날수록 수미의 눈동자 속 밀도가 미묘하게 풀어지는 게 보였다. 다시 응축되듯 힘이 들어가다 곧 다시 조금씩 흐려져갔다. 수미가 시시각각 달라지는 기울기 위에 있다는 걸 알 수 있었다. 불쑥 궁금해져 나는 물었다.

"몇도야?"

수미가 턱을 살짝 들며 나를 보았다.

"맞춰봐."

흐흐흐흐흐, 낮게 웃다가 나는 말했다.

"19도."

수미가 고개를 저었다.

"21도."

다시 고개를 젓다가 수미가 말했다.

"60도"

"말도 안 돼."

나는 수미 쪽으로 상체를 불쑥 들어올렸다.

"뭐 섞었어? 응?"

수미의 맥주캔을 빼앗아올 듯 수미 쪽으로 팔을 쿡쿡 뻗었다.

뭐 섞었는데. 아 뭐 섞었냐고. 응? 뭐 섞었어!

수미의 남편은 수미와 내가 하는 말을 못 알아듣고 있었다.

뭘 더 탄 건데에!

수미의 옷소매라도 뒤지려고 헛손질을 해대자 수미가 손바닥으로 내 손등을 탁 내리쳤다. 그 소리가 신호라도 된 듯 수미와 나는 테이블에 상체를 숙이고 실실거리기 시작했다. 수미의 남편이 테이블에 엎어져 웃고 있는 수미를 빤히 쳐다보다 말했다.

"그러지 말고 그냥 마셔요, 은채 어머니. 대리 부르면 되죠."

그러면서 수미의 남편이 반팔셔츠의 팔 부분을 어깨까지 말아올렸다. 더워서 어쩔 수 없다는 듯 손부채질을 하면서. 적당히 그을린 맨팔 전체가 드러났다. 야시장에서 볼 땐 몰랐는데 잔근육이 상당했다. 팔뿐이 아니었다. 사십대 중반의 회사원이 저 몸을 유지하려면 일주일에 몇시간을 운동에 바쳐야 할까. 술 먹고 입가심으로 월드콘도 안 먹겠지.

아무래도 술이 아른거려서 나는 대리 대신 오종수를 불러볼까 하는 생각에 휴대폰을 들고 밖으로 나갔다. 물썰매 슬로프를 오르내리는 서하와 은채에게 손을 흔들어주었고, 오종수한테는 못 오겠다는 답을 들었다. 소원카드가 달린 메타세쿼이아를 따라 조금 걷다가 다시 아이들의 환호성이 들리는 쪽으로 걸어갔다. 막 해가 지려 하고 있었다. 머리카락이 젖은 꼬마들이 종종거리며 지나갔고 저쪽에서 수미가 걸어 나오는 게 보였다. 술을 한방울도 안 마신 것처럼 똑바로 걷고 있었다. 나는 수미를 불렀다.

"언니!"

그다음에 무슨 일이 일어났던가.

선후가 혼동되는 여러 장면들이 뒤섞여 있다.

나는 수미와 썰매 슬로프가 보이는 벤치에 나란히 앉아 있다. 아마도 서하와 은채를 보고 있는 것 같다. 아니다. 수미가 나한테 저벅저벅 걸어오더니 다짜고짜 물썰매를 타자고 한다. 너무 재미있어 보인다는 것이다. 저 경사에 몸을 꽉 실어봐야겠다는 것이다.

나는 눈썰매는 타봤어도 물썰매는 타본 적이 없고 여벌 옷도 가져오지 않았다. 다 젖고 말 것이다. 수미는 커다란 튜브를 어깨에 메고 슬로프 꼭대기로 올라가기 시작한다. 정수리 위로 물방울이 튀고 비명과 환호가 빠른 속도로 우리를 스쳐 지나간다.

수미가 숨을 몰아쉬며 나한테 외쳐 묻는다.

술을 먹고 바지에 오줌을 싸본 적이 있느냐고.

뭐라고? 솔직히 나는 그런 주사는 없다. 술을 마시기 시작한 이래로 갖가지 주사를 보고 들었지만 오줌은 아직 겪어보지 않았다.

하지만 그 순간 나는 왠지 그걸 겪을 것만 같은 느낌이 든다. 오줌에 버금가는 어떤 것을 겪을 것만 같은 생각이. 옷도 내리지 않고 그냥. 흘러내리도록. 스며들도록. 뜨듯해지다가 금세 오한이 들고 축축해지도록. 햇빛. 기울기. 물방울. 무지개. 비명.

아이들 손에 막대폭죽을 열개씩 쥐여주고 우리는 빛 전구가 밝혀진 아치 터널 아래에 서 있다. 밤이다. 밤이 오고 사방이 빛나는데 수미가 갑자기 나한테 화를 낸다.

"니가 뭔데 내 애를 평가해?"

나는 당황한다.

"응? 니가 뭔데 내 인생을 평가해?"

나는 그게 아니라고 말하고 싶지만 뭔가를 설명하려 하면 할수록 수미한테 말려드는 것만 같다. 수미는 관자놀이까지 화가 차올라와 있다. 수미는 술을 먹었고, 수미는 썰매를 탔다. 더한 걸 했을 수도 있다.

나는 아차 싶으면서도 어쩌지 못하겠는 채로 수미의 억지에 화가 나는데, 수미가 달아오른 얼굴을 들이밀수록, 취기를 피부로, 눈으로 뿜어낼수록 자꾸 눈앞에 수미 남편의 몸이 떠오른다. 수미의 머리카락 위로 수미 남편의 삼각근이, 수미의 입술 위로 수미 남편의 겨드랑이 털이 자꾸 어른거리는 것이다. 내가 드디어 미친 건가? 내

빰이라도 때리게 될 것 같아 나는 더 참지 못하고 은채를 부른다.

"은채야! 가자! 지금 당장!"

나는 화난 티를 내려고 급발진하듯 차를 출발시킨다. 글램핑장을 벗어나자마자 칠흑 같은 시골길이고, 수미의 형상이 눈앞에서 사라지자 이제 정말로 화가 올라와서 나는 제정신이 아닌 채로 도로로 올라선다. 내 기분을 알아챈 은채는 뒷좌석에서 숨을 죽이고 있다. 그런데 아무리 가도 불빛이 하나도 나오지 않는다. 숨을 좀 가라앉히고 나서야 나는 내가 내비게이션도 켜지 않은 채 방향을 잘못 들었다는 것을 알아챘다. 여기로 가면 어딜까. 문산? 임진각? 나는 은채를 부른다.

"은채야, 어떡해. 길을 잘못 들었어. 어떡해."

"여기가 어딘데?"

"이대로 가면 아무래도 북한이 나올 것 같아. 어떡해!"

은채가 오종수한테 전화하는 소리가 들린다.

"아빠, 엄마가 지금 북한으로 가고 있어! 계속 가면 북한이래!"

전화기에서 오종수가 외치는 소리가 들린다.

"차 돌리라고 해. 차 돌려!"

"엄마, 아빠가 차 돌리래!"

*

그날에 대해서, 그러니까 내가 북한에 갈 뻔했던 날에 대해서 수미와 나는 그 이후로 따로 얘기를 나눈 적은 없다. 다만 나는 말조심을 하게 되었다. 공방에 온 서하가 이러이러했다고, 서하가 이러이러한 면도 있는 것 같다고, 그런 말을 했을 뿐인데 갑자기 수미 인생을 평가한 사람이 되어 있었으니까.

수미를 보면서 가끔 생각했다.

내가 수미 딸로 태어나지 않은 건 천운이다.

와인바에서 나오다 수미를 본 날, 나는 은채 저녁을 챙겨주고 다시 공방에 나갔다. 일이 남아 있기도 했고 수미가 그 인근에 있을 것 같아서이기도 했다. 모임을 끝내고 다시 기정로를 지나다 공방에 불이 켜진 걸 보면 수미가 들를 것도 같았다. 안 들러도 그만이라고 생각했는데 수미는 정말로 들렀다.

마치 공방에 처음 온 사람처럼 진열대 앞에서 캔들만 한참 보다가 수미는 하나 마나 한 얘기를 몇마디 했다. 이런 말도 했다.

"요새도 휴대폰에 카드단말기 연결해서 결제해?"

나는 그렇다고 했다. 그렇게 하면 결제할 때 휴대폰 키

패드 소리가 블루투스 스피커에 그대로 울리곤 했다.

"나는 니 공방 떠올리면 그 소리가 제일 먼저 생각나."

그러고서 수미는 광목 커튼을 한번 보았다. 얼굴이 이상하게 편안해 보였다. 지난봄에 나는 수미가 얼마나 많은 것들을 불안해하고 두려워하고 냉소했는지 누구보다 가까이에서 느낀 사람이었는데, 가을에 다시 만난 수미에게선 내가 감지할 수 있었던 미세한 결들이 느껴지지 않았다. 어딘가로 건너가버리거나 무언가를 보아버린 사람처럼 일종의 태평함이 느껴지기까지 했다. 그래서인지 나는 수미와 늘상 주고받던 인사들도 어떤 식으로 건네야 할지 문장이 바로 떠오르지 않았다.

서하는?

예전엔 이렇게만 물어도 됐다.

은채는?

그러면 열은 다 내렸다거나 그건 그만두기로 했다거나 지금 학원에 있다거나 하는 말들을 바로 이어서 할 수 있었다. 테이블에 앉지 않은 채 진열대 주위를 서성이는 수미를 보면서 나는 이런 말들을 입속으로 굴리고 있었다.

서하랑은 좀 어때?

서하는 좀 어때?

서하는 어떻게 지내?

서하랑은 어떻게 지내?

그중 어떤 문장으로든 나는 수미와 서하에 대한 얘길 하고 넘어가야 한다는 걸 알고 있었다. 서하의 안부를 반드시 수미의 입을 통해서 듣고 싶었다. 그래서 물었다.

"서하는?"

수미는 내게 등을 보이고 서서 시선을 고정할 곳이 필요하다는 듯 보르미올리 유리병을 집어들었다. 지난봄의 시간이 남아 있는 자몽캔들이었다. 비보호였던 곳에 좌회전 신호가 생기기 전. 계절 하나가 지나가기 전.

"나 둘째를 가질까 해."

수미가 캔들에 시선을 고정한 채 말했다.

처음에 나는 그 말이 무슨 말인지 알아듣지 못했다.

유리병을 내려놓더니 수미가 내게로 몸을 돌렸다.

"나, 아이를 하나 더 낳을 거야."

나는 수미를 보았다.

아마도 피식, 하고 웃었을 것이다.

수미의 표정을 보고 농담이 아니라는 걸 알았을 때도 웃음 말고 다른 것은 나오지 않았다. 내가 아는 여자 중에 육아 압박감이 가장 심한 수미가, 한 계절 내내 음압병동에 갇혀서 내린 결론이 아이를 또 낳는 것이라고 말하고 있었다.

나는 정신을 똑바로 차리기 위해 눈을 한번 감았다 떴다. 수미가 보였다. 내가 아는 그 수미가 보였다. 수미가, 자신에게서 도망친 딸의 이름을 부르며 울던 여자가, 그 딸과의 관계를 위해 무언가를 하는 대신 새 아이를 낳아 새로운 그림을 그리겠다고 말하고 있었다.

'서하는?'이라는 물음에 가장 적극적인 회피로 답하고 있었다.

나는 비웃고 싶어졌다.

경멸하고 싶어졌다.

어쩌면 예전부터 경멸하고 있었는지도 몰랐다.

이 세상엔 여러 여자가 있었다. 자신을 가장 힘들게 했던 상황과 조건 속으로 자신을 기어코 다시 밀어 넣는 여자들이 있었다. 자신이 가장 취약했던 그곳으로 맨몸인 채 뛰어들어도 만회가 가능하다고 믿는 여자들이 있었다.

아이를 새로 낳고 싶어하는 게 어떤 마음인지 모르지 않았기에 나는 수미를 더 참아주기가 어려웠다. 그날 밤 서하가 울면서 앉아 있던 의자가 저렇게 내 눈앞에 그대로 있었다.

나는 딸의 세상을 최선을 다해 좁게 만들어온 여자의 면상을 쳐다보았다.

자신의 딸을 발바닥만 한 신문지 위로 밀어 넣은 채 뻔

뻔하게 눈을 뜨고 있는 여자를 쳐다보았다.

침을 뱉고 싶은 마음으로 쳐다보았다.

마흔네살이나 처먹은 주제에 둘째 어쩌고 하는 년을,

남편이 싫다고 징징거리던 주둥이로 아이 어쩌고 하는 년을,

비겁한 데다가 멍청하기까지 한 년을,

공방 의자에 등을 딱 붙이고 앉아 건너다보았다.

가질 테면 가져보라는 마음으로 올려다보았다.

니 남편이 너 같은 년이랑 자준대?

해보라고.

퍽이나 해보라고.

가져보라고.

남편이랑 잘 거냐고.

말해보라고!

나는 주먹으로 테이블을 내리쳤는지도 모른다. 아니다. 아무 말도 못한 채 경멸부터 분노까지, 나조차 알 수 없는 A부터 Z까지 얼굴에 고스란히 드러내고 있었는지도 모른다.

미동도 않고 서서 수미가 나를 보고 있었다.

자신이 예상치 못하게 간파해버린 무언가를, 그게 무엇인지 알아내겠다는 듯, 확인하기 전엔 물러나지 않겠다는

듯, 집요한 표정으로 수미가 내 얼굴을 보고 있었다.

자신이 던진 한마디가 내게 불러온 파장을 수미는 잔인하게 훑어서 가져가고 있었다.

*

나는 커튼을 젖힌다.

두 손으로 열어제끼며 이쪽으로 들어가고 다시 두 손으로 제끼며 저쪽으로 나온다.

간장 6T 맛술 2T 마늘 1T 중얼거리며 다시 이쪽으로, 후추 1T 설탕 1T 소금 1T 저쪽으로.

수미가 나를 휘젓고 가버린 곳에서 나는 걸어다닌다.

이쪽으로 저쪽으로 걸어다닌다.

벤조디아제핀계 알약 하나를 씹어 먹는다.

오도독오도독 씹어먹는다.

엄마한테 전화를 한다.

저는 이나리입니다.

미나리를 좋아하지요.

개나리는 싫어합니다.

만나야겠다고 나는 말한다.

가겠다고 말한다.

더이상의 딴청은 사양하겠다고, 만조 아줌마 연락처를 대라고, 나는 엄마에게 통보하듯 말한다.

오종수가 술을 먹고 택시에서 내게 카톡을 보낸다. 상상을 초월한 오타가 날아온다.

나는 수미를 차단한다.

차단을 푼다.

다시 차단한다.

*

대낮에 공방 창문을 열고 양잿물을 풀다가 나는 본다.

열두살, 어쩌면 열한살. 여자아이가 엄마와 함께 길을 걷고 있다. 맞은편에서 차가 온다. 나란히 걷던 엄마는 순간 거칠게 아이를 잡아채며 뭐라 소리를 친다. 나는 본다. 엄마가 딸아이의 티셔츠를 잡아끌 때 여자아이의 맨 어깨가 순간적으로 드러난다. 길거리에서, 나는 아이의 얼굴이 수치심으로 휩싸이는 것을 본다. 자신이 잡아끌지 않으면 아이가 차에 치일 거라고 믿는 엄마의 얼굴을 본다. 죽고 싶은 거냐고, 그러다 죽는다고 말하는 엄마의 얼굴을 본다.

내게 항진은 그럴 때 온다.

수치심에 싸인 여자아이의 얼굴을 예고도 없이 맞닥뜨릴 때,

딸에게 예언과 저주를 떠먹이는 여자의 얼굴을 봐야 할 때,

그때 나의 자율신경계는 항진된다.

심장이 빨리 뛰고 호흡이 가빠지고 체온이 올라간다.

수미는 미쳤다.

나는 택시에서 내린 오종수한테 말한다.

술 먹고 톡하지 마. 죽여버릴 테니까.

술을 먹고 온 날 오종수는 둘 중 하나를 택해야 한다. 머리부터 발끝까지 제대로 씻고 침대로 와서 자거나 구겨져 들어온 그대로 소파에 엎어져 자거나. 오종수는 씻는 걸 택한다. 말갛고 말랑말랑해져서는 강아지처럼 낑낑대며 침대로 기어올라간다. 나는 식탁에 미동 없이 앉아서 그런 오종수를 주시한다. 미친 수미에 대해 생각하고, 미세한 근육통과도 같이 내 몸을 감싸고 있는 어떤 화끈거림에 대해서, 단전에서부터 올라오는 것 같은 따끔따끔한 화기에 대해서, 그게, 어쩌면 객담을 뱉은 뒤부터 오종수와 금욕 생활을 했기 때문은 아닐까 생각한다. 어떤 다른 이유도 아닌 그 이유였으면 좋겠다고 생각한다. 당장에 알아볼 수도 있지만 술 먹은 남편을 자극하는 건 현명

한 선택이 아니다. 술 먹은 날은 덜 단단하다.

그래서 나는 기다린다. 아침이 오기를.

*

한낮의 공방은 햇빛과 소음을 적당히 가두고, 또 적당히 걸러낸다. 빛들은 블라인드 사이를 조금만 비집고 들어올 수 있다. 그렇게 들어온 빛이 오래된 상가 바닥에 도형 몇개를 만든다. 불도 끄고 블라인드도 모두 내리면 한낮의 공방은 어둑하면서도 환한 기이한 상태가 된다. 기정로의 소음은 창문 바로 밖까지만 머물 수 있다. 안으로 들어오진 못하지만 사라진 것도 아닌 소음들이 공방을 어느 때보다도 내밀하게 만드는 시간. 그 시간대에 들를 때 수미는 늘 제정신이었다.

바깥 풍경을 차단한 환하고 어둑한 공방에서, 제정신인 채로, 수미가 말한다.

"너한테서 냄새가 나."

나는 대답 대신 딱 떨어지는 각도로 수미를 올려다본다. 그 각도로 눈을 올려 뜰 때 나는 내 눈이 정확히 반달 모양이 된다는 걸 알고 있다. 그 눈에 사람들이 마음을 꽤 빼앗긴다는 것을 알고 있다.

그곳은 기정로에서 제일 예쁘고 향기로운 곳. 내 공방. 나는 수미를 정면으로 바라보면서 몇시간 전을, 아침을 생각한다. 단단하고 리드미컬하던 오종수를 생각하고 십오년만에 들은 만조 아줌마의 목소리를 생각한다. 내 맥박과 호흡을, 체온을, 단전에서부터 올라와 미간을 달구는 여전한 화기를 생각한다.

농전 앞 은행나무가 제철이다, 나리야.

오종수와 떨어지자마자 나는 그대로 전화기를 든다. 지금이 바로 그때라는 듯 만조 아줌마한테 전화를 한다.

제철이다, 나리야.

농전 앞 은행나무가 제철이다, 나리야.

그 한마디에 씻지도 않고 옷을 꿰입는다.

그대로 공방에 간다.

수미의 코앞에 선다.

냄새를 풍긴다.

안에서부터 서서히 빛을 밝히는 전구처럼 내 눈이 고르게 차오르는 것을 느낀다. 그게 수미를 건드리는 것을 느낀다. 수미를 휘젓는 것을 느낀다. 반전된 상황에 수미의 눈이 궁금증과 의혹으로 지글거리는 것을 본다. 햇빛을 물리치느라 블라인드가 터질 것처럼 부푸는 것을 본다. 창밖의 소음이 멀어지면서 수미의 콧김이 거세지는 것을 본다.

나는 그런 수미를 빤히 쳐다보다가, 보란 듯이 걸어가 블라인드를 한번에 올려버린다. 빛이 쏟아져들어오면서 공방 안이 순식간에 적나라해진다. 수미의 눈이 수치심으로 흔들리다 빠르게 수습되는 것을 본다.

"운전을 좀 해줘야겠어."

나는 수미한테 말한다.

"갈 데가 있는데 내가 지금 운전을 못하거든."

내겐 초대장이 있었다.

2020년 이후로 온 마을의 축제가 금지되었는데 호수 너머에서 나를 초대한 사람이 있었다.

사회적 거리두기 2.5단계가 풀리고 1단계가 막 시작된 뒤였다.

가을이었다.

수미도 나도 그게 얼마나 짧을지 알지 못했던, 2020년의 1단계 가을이었다.

4

내겐 수강생이 찍어준 사진이 하나 있다.

사진 속에서 나는 스포이트를 손에 든 채 테이블 위로 상체를 숙이고 있다. 그곳은 기정로 349번길 25, 내가 십년 넘게 살아온 동네의 어느 한곳이다. 나는 조색 테스트를 위해 유산지 위로 딱 한방울, 왁스를 떨궈보려는 참이다. 한방울을 머금은 스포이트에서 손힘을 풀기 직전인 그 사진은 얼핏 고도의 집중력을 발휘하는 순간처럼 보이지만 실은 굉장히 조마조마한 순간을 포착한 사진일 수도 있겠다는 생각을, 나는 그즈음 가을에 자주 했다.

여안에 내려가기 며칠 전에 방문객이 있었다.

수미는 내 운전 제안을 수락했고 우리는 사이가 이상하게 서먹해진 상태에서 두시간 동안 같은 차 안에 있어야 하는 일정을 앞두고 있었다.

처음에 나는 방문객이 마스크를 안 쓴 채로 공방 출입

문을 열고 있다고 생각했다. 하지만 가까이에서 보니 여자는 분명 마스크를 쓰고 있었다. 지금까지 어디서도 본 적이 없는, 얼굴에 자연스레 밀착된 것 같은 독특한 재질의 마스크였다. 근미래 어딘가에서 쓰고 다닐 듯한 느낌의 마스크라 나는 여자를 좀더 유심히 보았다. 여자는 오랫동안 그려오던 곳에 온 사람처럼 공방 곳곳에 눈길을 주었고, 테이블 앞으로 걸어왔다.

"김별하 손님 맞으시죠?"

여자가 고개를 끄덕이며 맞는다고 했다.

나는 여자에게 포장상자를 건넸다.

그 안엔 두꺼비 소주잔에 만든 캔들이 들어 있었다.

여자는 정말로 가을에 찾으러 왔다.

"여기서 꺼내보고 가도 되나요?"

여자가 물었다.

"그럼요."

여자는 포장상자에 있는 나리공방의 로고를 잠시 들여다보더니 상자의 리본을 조심스레 풀었다. 이십대 초중반쯤으로 보였고 면접을 보고 나온 듯한 느낌의 검은색 정장을 입고 있었다. 여자가 포장상자 위에서 손을 움직일 때마다 손등으로 뻗어나온 타투가 함께 움직였다. 옷소매 안쪽에서부터 손목을 막 지난 곳까지 뻗어나온 그것은 고래 꼬리 같기도 했고 식물의 잎 같기도 했다.

여자가 상자에서 캔들을 꺼내 손바닥 위에 올려놓았다. 나는 흡족한 마음으로 내 작품을 바라보았다. 소주잔은 티라이트 초를 제외하고 내가 만들어본 가장 작은 캔들 용기였다. 나는 잔의 느낌이 최대한 살아날 수 있게 흰 소이왁스만을 채우고 아무런 장식을 하지 않았다. 심지를 감싼 왁스와 왁스를 담은 잔이 있을 뿐이었다.

"마음에 드세요?"

내가 묻자 여자가 캔들을 들여다보며 말했다.

"마음에 들어할 거예요."

"선물하실 거군요."

그렇게 말하고 나는 덧붙였다.

"다음엔 직접 만들러 오세요."

어느 손님에게나 하는 영업용 멘트였을 뿐인데 여자가 활짝 웃었다.

"그럴게요. 또 올게요."

그렇게 말하고 여자는 자개모빌 소리를 울리며 출입문을 열고 나갔다.

*

고래 꼬리 타투를 한 여자가 가고 난 뒤 나는 내 연료들을 보러 들어갔다. 커튼을 열고 들어가 연료들이 다 무사한지, 비누는 잘 굳어가고 있는지 살폈다. 그러고는 수납함 하나를 꺼내왔다. 거기엔 서하가 예전에 공방에 두고 갔던 지우개가 들어 있었다. 네 귀퉁이가 거뭇거뭇하게 닳은 지우개였다. 한면엔 굵은 네임펜으로 '김서하'라고 쓴 흔적이 남아 있었다. 주인 이름이 쓰여 있는데도 웬일인지 그것은 아직 내게 있다. 하도 지워서 연필 때가 반들반들하고 사방이 동글동글하게 닳아버린 지우개. 나 또한 오래전에 필통에 넣어 다닌 적이 있는 지우개. 꼬질꼬질한 지우개.

나는 서하의 지우개를 다시 수납함에 넣은 뒤 커튼을 닫았다.

*

아미 된 지 D+1270.

서하의 디데이는 지난여름에서 두달 정도가 더 늘어나 있었다.

프로필 사진 속에서 서하는 손가락에 휴대폰 그립톡을 걸고 마스크를 쓴 채로 엘리베이터 거울을 보고 있었다. 교복을 입고 있는 걸 보니 등교 중에 찍은 사진인 듯했다.

서하의 사진을 보다가 나는 공방 인스타그램을 팔로우하고 있는 서하의 계정으로 들어가보았다. 그게 서하의 본 계정인지는 알 수 없었지만 피드에는 서하의 개인적인 사진 대신 해변 사진이 연이어 올라와 있었다. 바다 색깔을 보니 서해가 아닌 동해였다. 조금 더 살펴보니 해변은 방탄소년단이 새 앨범 재킷을 촬영했다는 해변이었다. 해변 사진들마다 같은 해시태그가 달려 있었다.

#버터비치 #척주바다 #케이팝포어스 #탈석탄 #척주해변을 지켜주세요

나는 공방 테이블에 앉아서 한참 동안 서하가 공유한 해변 사진들을 보았다.

*

수미가 운전하는 차에 앉아 서해안고속도로를 탄 건 은채의 학교가 그해 들어 처음으로 전원 등교를 한 주의 목요일이었다. 코로나19 팬데믹이 시작되고 팔개월만인 10월 중순에 은채는 짝홀 번호로 나뉘지 않은 반 아이들

전부의 얼굴을 처음으로 볼 수 있었다. 9월까지 이어진 여름 대유행이 잦아들면서 극장은 좌석 거리두기를 해제했고 까페에서는 개인 텀블러를 다시 받았다. 기정로의 작은 사업장들엔 꾸준히 '임대 문의'가 나붙었지만 거리두기 단계가 낮아지고 사람들이 밖으로 나오자 상가는 오랜만에 활기를 띠었다. 덥지도 춥지도 않은 딱 좋은 날씨의 짧은 가을이 시작되면서 실내 어디에서나 창문을 양껏 열었다.

그달에 은채는 마지막 유치를 뽑았고 무료 자궁경부암 백신을 맞았다. 오은채라는 이름의 청소년증이 나왔다.

나는 만조 아줌마를 만났다.

수미도 만조 아줌마를 만났다.

여안에 가던 길에 수미와 나는 서해안고속도로의 행담도휴게소에 들러 우동을 먹었다. 휴게소에 들르기 전까지 말 한마디 하지 않은 채 차 창문만 보면서 갔지만 먹을 걸 앞에 두고 마주 앉자 무슨 말이라도 해야 할 것 같았다. 먼저 말을 꺼낸 건 수미였다.

"대전엔 안 들를 거니?"

친정 엄마한테 안 들르고 바로 갈 거냐는 말이었다.

수미가 내 엄마 얘기를 꺼내자 나는 이상하게 기분이 나빠졌다. 사실 나는 수미가 뭘 해도 기분이 나빴다. 아이를 또 낳겠다는 소리를 한 뒤부터 내내 그랬다. 우동이 맛있다고 말했어도 기분이 나빴을 것이다. 그래서 나도 수미의 심기를 건드릴 만한 말을 꺼냈다.

"서하가 해변 보내달라고 안 해?"

수미가 젓가락으로 우동면을 집어올리다 나를 쳐다봤다. 서하는 수미의 허락 없이 이곳에서 저곳으로 이동할 수 있는 자유가 없었다. 이 놀이터에서 놀다 저 놀이터로 옮겨갈 때도 반드시 수미의 확인을 받아야 했다. 친구와 둘이 버스를 타고 옆 동네에 가는 정도의 외출을 위해서도 서하에겐 지난하고도 소모적인 과정이 필요했다. 그게 수미와 서하를 가장 예민하게 부딪치게 해온 문제라는 걸 나는 알고 있었다. 그걸 알고서 던진 말이었다. 수미가 그보다 더 두려워하는 게 뭔지 또한 나는 알고 있었다.

서하가 수미에게 더이상 어떤 욕구도 바람도 내비치지 않는 것. 어딘가로 가겠다는 마음 자체를 접어버리는 것. 수미한테 더는 자신을 얘기하지 않는 것. 수미한테 순응해버리는 것. 수미를 포기하는 것.

서하가 해변 보내달라고 안 해?

수미는 서하가 보내달라고 해도 불안하고 보내달라는 말을 하지 않아도 불안할 수밖에 없었다. 나는 내 의도가 적중했는지 파악하기 위해서 수미의 얼굴을 쳐다봤다. 감정이 읽히지 않는 얼굴로 이쪽을 한번 보더니 수미가 젓가락을 내려놨다.

“다 먹고 치우고 와라.”

수미가 먼저 일어나더니 차로 걸어갔다.

나는 끝까지 다 먹고 치우고 수미한테로 갔다.

명절 귀향길에 싸운 부부처럼 고개를 돌리고 나란히 앉아 가면서 수미와 나는 다시 입을 닫았다. 고속도로 톨게이트를 빠져나갈 때까지 어쩌면 나는 수미가 물었지만 대답하지 않았던 내 엄마를, 수미는 내가 물었지만 대답하지 않았던 자기 딸을 생각하고 있었는지도 몰랐다. 하고 싶은 말들과 할 수 없을 것 같은 말들을 품은 채 수미와 나는 그렇게 여안의 들판으로 내려섰다.

눈이 닿는 모든 곳에 가을빛이 내려와 있었다.

만조 아줌마가 찍어준 주소로 내비게이션이 우리를 이끌어가 그곳에 도착했을 때, 제철로 빛나고 있는 열매들을 따라 비탈을 오르기 시작했을 때, 수미와 나는 서로에 대한 날선 집중에서 잠시나마 풀려날 수가 있었다. 몰입할 다른 것이 생긴 데서 오는 순간적인 해방감을 느끼며 각자의 속도로 그곳으로 걸어 들어갔다.

*

나는 어쩌면 그런 걸 그려왔는지도 모른다. 만조 아줌마네 집을 거쳐 우리 집으로 올라가던 길의 곡선들. 손바닥에 선 몇개로만으로도 금세 그릴 수 있을 것 같은 밭길들. 어렸을 때는 마냥 넓어 보였지만 지금 보면 소규모 과수원일 뿐일 비탈사과밭 안에서 지난 세월의 주름을 담은 만조 아줌마가 걸어나와 내 손을 잡는다. 귀한 손님이 왔다며 온 밭의 사과나무를 깨워 나를 반긴다.

하지만 차를 세우고 언덕길을 올라섰을 때 눈앞에 펼쳐진 건 내가 기억하는 선들 대신 사과 수확에 정신이 없는 드넓은 작업 현장이었다. 커다란 저수통과 트럭들 사이로 사과 운반상자가 흩어져 쌓여 있고 고소작업차가 움직이는 소리에 섞여 작업 지시를 외치는 소리들이 들려왔다. 그늘막 치마모자와 토시와 장갑으로 피부를 가린 사람들이 밭 사이를 어지럽게 오가고 있었다.

수미와 나는 밭 어귀에 어정쩡하게 선 채 어디로도 발을 떼지 못하고 사과밭 여기저기에 시선을 빼앗겼다. 걸리적거리지 않으려면 어디를 어떻게 지나가야 될까 생각하고 있는데 밭에 있던 사람들 중 한명이 이쪽으로 걸어왔다.

"잘 왔다, 나리야. 잘 왔어."

걸어온 사람이 내 팔을 쓸어내렸다.

"잘 왔어요, 잘 왔어. 나리 친구분도 잘 왔어요."

수미의 팔도 쓸어내렸다.

우리를 그렇게 맞을 사람은 만조 아줌마밖에 없었지만 그늘막 치마모자로 귀와 목을 감싼 데다 마스크까지 쓰고 있어 확신하기가 어려웠다.

"인사는 이따 밤에 하기로 하고."

만조 아줌마인 듯한 사람은 만조 아줌마시냐고 물을 새도 주지 않고 목장갑과 모자 하나씩을 수미와 내게 건넸다.

"지금 손 하나가 아쉬운데 정말 잘 왔어. 때 맞춰 잘 왔다, 잘 왔어."

만조 아줌마인 듯한 사람은 그렇게 말하고 금세 다시 밭으로 들어갔다. 정신을 차릴 틈도 없이 누군가 수미와 나를 사과가 쌓인 곳으로 데리고 갔다. 그때부터 수미와 나는 오후 내내 사과밭에서 일을 하게 되었다.

"지금부터 꼭지를 접으실 거예요."

우리를 데려온 여자가 수미와 내게 날이 휜 가위 하나씩을 주었다. 접는다고 말했지만 긴 꼭지를 짧게 자르는 일이었다. 어렸을 때 어른들이 하는 걸 많이 봤지만 직접

해본 적은 없었다.

“정신 똑바로 차리고 따주셔야 해요. 내일 새벽에 바로 공판장 나갈 거라 상처 생기면 안 됩니다.”

여자는 얼굴과 목을 전부 덮는 워머에 선글라스를 쓰고 있었다. 콧구멍과 입밖에는 보이지 않았지만 목소리로 미루어보아 수미와 나보다 나이가 그렇게 많을 것 같진 않았다. 정수리와 이마와 목과 손을 다 드러내고 있는 수미와 나를 보더니 여자가 말했다.

“봄볕엔 딸을 내보내고 가을볕엔 며느리를 내보낸다고 하잖아요. 얼른 모자 쓰세요, 얼른.”

여자는 우리가 그늘막 치마모자를 둘러쓰는 것을 확인하고서야 자리를 떴다. 목장갑에 모자까지 쓰니 그제야 있을 자리를 찾은 듯 마음이 편해졌다. 수미가 먼저 가위를 들고 사과꼭지를 따나갔다.

“근데 봄볕이 며느리 아니었나. 아닌가?”

내가 혼잣말처럼 중얼거리자 수미가 말했다.

“맞아. 가을볕이 딸이야.”

그렇게 한마디 내뱉고 수미는 곧 말없이 작업에 집중해나갔다. 나보다 빠른 속도로 꼭지 딴 사과를 운반상자에 쟁이면서 수미는 중간중간 허공 어딘가로 얼굴을 들어올렸다. 내가 알아채지 못하는 무언가를 감지하기라도 한 듯이. 과일나무 위에 마치 어떤 기체가 서려 있기라도 한 듯이. 그걸 빨아 마시기라도 할 듯이.

우리가 앉아 있는 곳은 인근에서 가장 고도가 높은 밭이었다. 내가 기억하던 산 일부와 길이 허물어져 사과밭으로 개간된 지 오래인 듯했다. 우리집 집터와 만조 아줌마네 집터의 중간쯤으로 짐작되는 곳에 3층 벽돌 가옥 한 채가 서 있었고 그 주위로 창고형 건물이 여럿 보였다. 그 아래쪽으로 저기가 비탈밭이구나, 싶은 밭이 보였다. 그곳에만 새를 쫓기 위한 방조망이 걸려 있어서인지 비탈밭은 작업이 한창인 이쪽 밭과 달리 보존된 세트장 같은 느낌을 주고 있었다. 어쩔 수 없이 서글픔 같은 것이 올라와 나는 부러 그쪽으로 시선을 주지 않은 채 사과꼭지에 집중했다.

"잘하시네요. 이 정도면 그래도 잘하시는 거예요."

워머를 쓴 여자가 다시 와 수미와 내 주위를 돌며 말했다. 여자는 우리가 못내 궁금하다는 듯 다른 곳으로 갔다가 다시 와 말을 붙이고, 또다시 와 사과 상태를 확인하며 이런저런 얘기를 했다.

"직원 몇이 갑자기 빠진 주방 음식 드셔보셨어요? 이쪽 주문 저쪽 주문 엉켜서 우왕좌왕이고, 음식 나오는 건 하세월이고. 주방장은 열 내고, 밑에 사람들은 열 손가락도 모자라 뛰어다니고. 지금 과수원이 딱 그 상황이에요."

코로나19로 외국인 계절 노동자 입국이 막히면서 과수원마다 사람 확보에 비상이라고 했다.

"그런데도 우리 어머니가요, 이 시국에도 행사를 하시겠다고."

나는 어머니라는 말에 놀라서 가위질을 멈추고 여자를 올려다봤다. 만조 아줌마한텐 딸이 없었는데 그렇다면 저 여자는 며느리인가?

"며느리는 아니에요."

여자가 내 생각을 읽기라도 한 것처럼 덧붙이더니 다시 뭐라고 외치며 작업차 쪽으로 걸어갔다. 나는 여자의 생김새를 전혀 알 수 없다는 사실에 순간 소름이 돋았다. 복면 워머에 선글라스를 쓰고 과수원을 돌아다니고 있는 여자는 거리낌 없는 절도범 같기도 했고 사람들을 집에 안 보내려는 주말 동호회 회장 같기도 했다.

오후가 저물도록 사과는 끊임없이 밀려들었다. 수미와 번갈아 가위 소리를 내다 고개를 들면 사람들 두엇이 더 와 우리처럼 가위질을 하고 있었고 다시 한참 꼭지를 따다 고개를 들면 서넛이 더 와서 사과상자를 들어올리고 있었다. 해가 지면서 산그늘이 만들어졌다.

"금세 추워지네."

누군가 말했고,

"그래서 이 밭 사과가 맛있잖아요."

또 누군가 말했다.

"그래도 내일은 훨씬 나을 거예요."

만조 아줌마의 며느리가 아닌 여자가 오더니 말했다.

"내일은 진짜 일꾼들이 올 거거든요."

"진짜 일꾼요?"

"네. 급히 구한 일당들 말고 일 제대로 하는 꾼들이요."

여자가 기밀이라도 얘기하듯 상체를 숙였다.

"딴산 일꾼들이 올 거예요."

*

어성초비누 열장과 숯비누 열장. 수채화캔들과 카네이션캔들. 만조 아줌마를 위해 준비한 것들이 공방상자에 차곡차곡 담겨 벽돌 가옥으로 들어갔다.

3층 벽돌집은 밭에서 보던 것보다 훨씬 큰 건물이었다. 만조 아줌마가 사는 집이라고 생각했는데 입구에서 출입자 명부를 적고 들어가도록 되어 있었다. 안으로 들어서자 나무 좌탁이 드문드문 놓여 있는 좌식형 다실 같은 실내가 펼쳐졌다. 한참을 밖에 있다 따끈따끈한 온돌로 들어와 앉자 금세 볼이 익으며 몸이 흐물흐물해졌다. 수미는 사과밭에서처럼 무언가를 빨아 마실 듯한 얼굴로 벽돌 가옥 공간 자체에 얼이 나가 있었다.

"나리 니가 지금 정말 초 만드는 일을 하니?"

"네, 아줌마."

그늘막 치마모자와 마스크를 벗은 만조 아줌마는 내가 기억하는 그 만조 아줌마가 맞았다. 양단 한복을 입고 혼주 메이크업실에서 꾸벅꾸벅 졸던 때로부터 십오년이 흘러 있었지만 그때 그대로인 것 같은 모습이었다. 한결같은 짧은 파마머리와 언제라도 상대를 피식 웃게 하거나 등에 땀이 나게 할 만한 말을 뱉어낼 것 같은 표정.

"소원성취라고 써 있는 그런 팔뚝만 한 초도 만들고? 무당집에 납품도 하고?"

"아뇨, 아뇨. 그런 초는 아니고요. 저는 예쁘자앙한 초만 만들어요."

"꼭 너 같은 거 말이지?"

만조 아줌마의 말에 나는 흐흐흑, 하고 웃었다.

"그 나리 맞네. 그 나리가 맞아."

"아닌데요. 저는 그 나리가 아니라 이나린데요."

벌겋게 익은 얼굴로 만조 아줌마 앞에서 헤헤거리고 있는 나를 수미가 놀랍다는 표정으로 쳐다보았다. 비탈사과밭이 있는 동네에 들어서고부터 나는 수미가 내가 자란 동네와 그 안의 내 모습을 내내 탐색하고 있다는 걸 알고 있었다. 공방에서 던진 자신의 한마디가 나의 무엇을 흔들었는지 확인하고 싶다는 듯이. 자신을 지글거리게 한 내 안의 무언가를 이곳에서라도 찾아보고 싶다는 듯이.

만조 아줌마는 내가 가져온 초와 비누를 하나하나 만져보며 향을 맡아보고 불빛에 비춰보고 이게 진짜 꽃인지 아닌지를 물었다. 캔들을 다 구경한 다음엔 포장상자에 그려진 로고를 흥미롭게 들여다보았다. 앞치마를 입고 초를 들고 앉아 있는 여자와 나리공방이라는 글자 옆의 사과 한알.

그 나리가 맞네,라고 한번 더 말하고는 만조 아줌마는 상념에 잠긴 듯 한동안 말이 없었다. 만조 아줌마가 보고 있는 나리공방의 로고를 한참 동안 같이 바라보다가 나는 고개를 들면서 말했다.

"이 언니 딸이 그려준 거예요."

그러면서 수미와 눈이 마주쳤다. 사과밭에 온 뒤로 처음으로 제대로 눈이 마주친 것도 같았다. 이 언니 딸이 그려준 거예요. 그 말과 함께 수미의 얼굴에 서리는 복잡한 표정을 본 순간 나는 내가 왜 수미와 함께 이곳까지 왔는지 알 것 같았다.

고양이들이 지나다니는지 창문 밖에서 마른 잎 밟히는 소리가 났다. 더 먼 쪽에서 들려오는 건 사과나무 가지들이 바람에 쓸리는 소리일 터였다. 가을 추위가 내려온 산이 바로 밖에 있었고 온돌바닥은 뜨거웠다. 화로대 옆에 앉아 있는 것처럼 볼과 귀가 점점 붉어지는 채로 수미가 나를 보고 있었다. 내 공방의 로고를 서하가 그려줬다는 말 속에는 수미와 내가 알고 지내온 시간이, 아이들이 지금보다 더 아이였던 시간이 담겨 있었다. 그 시간들이 2020년의 봄과 여름을 돌아 어느 사과밭 속 가옥 안에서 순식간에 현재를 환기시키고 있었다. 현재를 깨우면서 수미와 나 사이의 선을 팽창시키고 있었다. 기정이 아닌 곳에 와서야 근래 자신과 나 사이에 오간 것이 무엇인지 알아차린 사람처럼 수미는 내가 보냈던 경멸과 분노를, 불안과 실소를, 명명할 수 없는 숱한 울퉁불퉁한 감정들을 눈동자 속에 고스란히 실어올리고 있었다.

나는 내가 수미한테 더 정확한 상처를 줄 수 있다는 걸 알고 있었다. 불과 몇시간 전 휴게소에서 했던 것보다 더 깊이 찌를 수 있었다.

수미가 내게로 시선을 고정한 채 숨을 참는 게 보였다.

알 것 같았다.

나는 내 앞에 앉아 있는 저 여자를 감당할 자신이 없다.

나는 내 눈앞의 저 여자를 어떻게도 할 수가 없다.

저 여자한테 향하는 이 끝 간 데 없는 화를, 내 힘으로는 알 수도 처리할 수도 없다.

나는 만조 아줌마를 보았다.

이 언니 딸이 그려준 거예요.

그 한마디에 순식간에 방 안을 숨 막히게 하는 수미와 나를, 만조 아줌마가 가만히 보고 있었다.

방 끝으로 걸어가 창문을 열어버리듯 만조 아줌마가 한마디 했다.

"그 딸내미 손재주가 보통이 아니네."

*

분홍색 연꽃이 그려진 밍크담요 하나씩을 몸에 감고 수미와 나는 좌탁 사이의 공간 하나씩을 차지한다. 양껏 등을 지지다가 뜨거워지면 좌탁에 기대앉고, 그러다 다시 담요를 감고 누워 밖에서 들려오는 사과나무 소리를 듣는다. 바닥에 등을 대고 누웠을 뿐인데 물 위에 몸을 띄우고 있는 것만 같다. 온돌바닥에 닿은 몸과 공기 중에 노출된 몸이 전혀 다른 감각으로 한 세계를 가르고 있는 느낌이다. 나는 그 밤에 만조 아줌마한테 물어볼 것이 많기 때문에 쉽게 잠들지 않겠다고 다짐한다. 실제로 나는 천장을 보고 누워 만조 아줌마와 꽤 많은 얘기를 나눈다. 잠이 몸을 눌러오면 귀가 온돌바닥에 잠겨들어 소리를 삼켜버리고, 잠이 나를 놓아주면 몸이 한뼘쯤 떠오르면서 만조 아줌마의 목소리가 들려온다.

종수랑은 친하게 지내고?

친했다 안 친했다 그래요, 아줌마.

그래. 그렇겠지.

종수는 봄만 되면 군대에서 냉이 캐던 얘기를 그렇게 해요.

그럼 넌 여안에서 냉이 떡볶이 먹던 얘기를 하겠네.

맞아요, 아줌마. 저는 봄만 되면 냉이 떡볶이 얘기해요. 냉이향도 좋았지만 전 떡볶이에서 마늘향이 나는 게 그렇게 좋았어요.

니 엄마가 냉이 떡볶이를 맛있게 했지. 무도 넣고. 국수 육수도 잘 냈어.

……

아픈 덴 없고?

그건 아마도 내 엄마의 안부를 묻는 말 같다.

안 아픈 데가 없대요.

그렇겠지.

코로나가 다 끝나면 오래요. 추석 때도 오지 말라고 해서 못 갔어요.

……

이번엔 만조 아줌마의 귀가 온돌에 잠긴 건지 말이 없다.

나는 아줌마의 말이 끊긴 참을 빌려 묻고 싶었던 것을 하나씩 묻는다.

만조 아줌마.

응?

아줌마는 정말 닭간을 먹었어요?

이어 묻는다.

닭간을 먹으니까 정말 앞이 보였어요?

계속 묻는다.

닭간엔 뭘 찍어 먹는 게 맛있어요?

더 묻는다.

아줌마는 누구한테서 옮았어요?

그리고 또,

더,

거듭,

정말로 묻고 싶었던 것들.

*

그날 밤엔 이런 장면도 있다.

만조 아줌마가 수미와 내게 봉투 하나씩을 준다. 반나절치의 일당이 들어 있는 봉투다.

만조 아줌마는 먹을 걸 계속 가져온다. 삶은 밤을 가져오고 홍시를 가져오고 생강편강과 식혜를 가져온다. 만조 아줌마가 갖다준 것들 중엔 분명 술이 없는데 수미는 조금씩 취해간다. 수미가 취해가고 있다는 걸 만조 아줌마와 내가 알아챈 건 아니다. 수미가 실토한 것이다.

"이상해요."

수미는 이상하다고 말한다. 여기 어딘가에서 분명 그것의 기운이 느껴진다고, 그냥 있을 뿐인데도 서서히 취해가고 있다고, 취기가 오고 있다고 말한다. 만조 아줌마가 그런 수미를 유심히 보더니 게임 속으로 끌어들이듯 찾아가보라고 말한다. 몸이 이끄는 대로 가보라고.

머리카락은 눌리고 얼굴은 벌겋게 익은 수미가 밍크담요를 벗으며 일어난다. 몽유병 환자처럼 좌탁 하나를 지나고, 또 좌탁 하나를 지나 방 저편으로 걸어간다. 수미가 멈춘 곳에 위층으로 올라가는 계단과 아래층으로 내려가는 계단이 있다. 수미는 지체 없이 아래층 계단으로 내려가지만 잠시 후 다시 올라온다.

"문이 있어요. 잠겨 있고요."

만조 아줌마가 소리 없이 웃더니 그 문은 모레 밤에 열릴 거라고 말한다. 모레 밤이라면 주말인 토요일 밤이다.

"저 지하에 뭐가 있는데요?"

내가 묻자 만조 아줌마는 답을 알겠지 않느냐는 듯 수미를 본다.

"증류실이 있지. 숙성실도 있고."

수미가 믿을 수 없다는 듯 나를 본다.

증류실이라면 증류주를 만드는 곳이 아닌가. 소주, 위스키, 브랜디 이런 독한 술들 말이다.

나도 믿을 수 없다는 듯 수미를 본다.

수미와 나는 양조장에 들어와 있었던 것이다.

우리가 곧 쏟아낼 말이 뭔지 알겠다는 듯 만조 아줌마가 말한다.

"저기에 들어가보고 싶으면 더 자고 가. 내일 올라갈 생각은 하지 말고."

증류실 계단 앞에 선 수미가 바로 대답을 한다.

연신 고개를 끄덕이며 그러겠다고 한다.

내 동의도 없이 만조 아줌마와 약속을 해버린다.

*

닭간은 데쳐서 소금에 찍어 먹는 게 제일이지.

2020년 가을에 만조 아줌마가 내게 해준 말이다.

부엌 끝에 있는 냉장고가 안 보였을 때 만조 아줌마는 닭간을 먹었다.

눈앞으로 검은 천이 차르륵 쏟아졌을 때 만조 아줌마는 닭간을 먹었다.

눈앞이 캄캄해지면 닭간을 먹어라, 나리야.

*

딴산은 어디에 있어요?

만조 아줌마가 말한다.

어디에 있긴. 여안에 있지.

누가 사는데요?

누가 살긴. 그이들이 살지.

딴산은 대한민국 충청남도 여안군에 있다.

딴산엔 만조 아줌마의 그이들이 산다.

*

나는 수미보다 먼저 잠에서 깨 밖으로 나왔다. 만조 아줌마는 보이지 않았고 사과밭 아래에서부터 날이 희뿌옇게 밝아오고 있었다. 나는 방조망이 걸려 있는 비탈사과밭으로 걸어갔다. 비탈밭에는 아직 따지 않은 사과들이 그대로 달려 있었다. 알맞은 간격으로 서 있는 나무들 아래로 민들레잎이 푸릇푸릇하게 펼쳐져 있는 게 보였다. 냉이가 제철일 때가 되면 사진에서 봤던 대로 꽃들이 노랗게 올라올 터였다.

나는 숨을 한번 들이쉬었다 뱉으면서 비탈밭의 나무들을 하나하나 훑었다.

이 나무 하나에서 사과 세짝이 나와.

사과를 세상자씩 채울 수 있는 나무들이 비탈밭에는 많지 않아서 아빠는 세짝 나무들을 특별히 아꼈다. 전지작업을 할 때도 가지마다 약이 잘 들도록 수형에 신경을 썼다. 그 나무들을 아직 구분해낼 수 있을지 자신할 수 없는 마음으로 나는 비탈밭을 한참 걸었다.

잠에서 깼는지 나무들 너머에서 수미가 걸어나오는 게 보였다. 수미 뒤쪽으로 우리가 간밤에 눈을 붙인 벽돌 가옥이 뭉툭하게 서 있었다. 만조 아줌마가 무언가를 증류하고 있다면 그것은 사과일 것이다. 사과를 원료로 한 것일 수밖에 없었다. 취할라 나리야, 이건 냄새만 맡아도 취하는 거야. 나는 만조 아줌마가 항아리 벽을 훔치면서 했던 말을 기억하고 있었다.

수미가 비탈밭 안으로 들어오더니 의논이 필요하다는 듯 휴대폰을 열었다. 사람들을 더 불러도 좋다는 만조 아줌마의 말에도 수미는 대번에 고개를 끄덕인 터였다. 사과밭 한쪽에 걸터앉아서 수미는 지인들 중 주말 일정이 가능할 것 같은 사람들을 추리며 의견을 냈다. 조금의 망설임도 없이 이곳에 더 머물 것을 약속해버린 수미는 만조 아줌마의 양조장에 예상치 못한 집중력을 보이고 있었다.

일정 얘기를 하던 중이었다. 수미가 불쑥 사과를 먹지 않겠느냐고 물었다. 나는 빈속에 사과를 먹으면 속이 쓰리니 먹지 않겠다고 말했다. 수미가 자리에서 일어나더니 가장 가까이에 매달려 있는 사과 하나를 따 왔다. 카디건 자락에 사과를 쓱쓱 닦고는 수미가 자리에 앉아 혼자 사과를 먹기 시작했다.

수미의 입에서 바로 그 소리, 가을 이른 아침에 사과를 베어 무는 소리, 아삭, 하는 소리가 났다. 사과를 한입 베어문 것을 신호로 수미는 이 세상에 자신과 사과밖에 없는 듯 오직 사과를 먹는 것에만 집중했다. 입을 한껏 벌려 한조각을 떼어 물고, 볼 근육을 규칙적으로 움직여 사과를 씹고, 즙과 함께 목으로 넘기고는 다시 입을 한껏 벌렸다. 오직 그 행위 자체에만 몰두했다.

나는 누군가 그렇게 아무 생각 없는 표정으로, 그야말로 무념무상으로 뭔가를 먹는 걸 처음 본 것 같아서, 다른 사람이 보고 있는 앞에서 뭔가를 그렇게 맛있게 먹을 수 있다는 걸 이전에는 몰랐던 것만 같아서, 얼이 빠진 채로 수미를 보고 있었다.

그러는 사이 아침 해가 비탈밭으로 서서히 비껴들어왔다. 해가 들어올수록 뒤에서 어떤 기척이, 뒷목을 따끔따끔하게 하는 희한한 기척이 느껴졌다. 누군가 거울로 빛 반사 장난을 하는 것도 같았다. 나는 사과를 먹는 수미를 보다가 기척에 이끌리듯 몸을 돌렸다. 작업이 한창이던 어제의 그 사과밭이 비탈 아래로 펼쳐졌다. 그 안에서 사람들이 움직이고 있었다. 어느새 그날의 일꾼들이 도착해 일을 시작한 것이다.

비슷한 그늘막 치마모자에 비슷한 작업 복장을 하고 있었지만 현장의 분위기는 어제와 달랐다. 우왕좌왕이나 소란스러움 같은 것은 찾아볼 수 없었다. 일사불란이라는 말을 시연이라도 하듯 작업자들은 어떤 동선의 꼬임도 없이 고랑과 나무 사이를 오가며 사다리를 타고 바구니를 분류

하고 운반상자를 쟁였다. 고소작업차와 트럭들마저도 착실한 조수처럼 일꾼들의 흐름을 따라 움직이고 있었다.

나는 넋이 나간 표정으로 수미를 툭툭 친 뒤 저기 좀 보라고, 손을 들어 사과밭을 가리켰다. 일꾼 한 사람이 빛 알갱이 몇개씩을 끌고 다니는 것 같았다. 그들이 움직이는 선을 따라 무언가가 끊임없이 반짝이며 눈을 찔러왔다.

"잠들 좀 주무셨어요?"

선글라스를 쓴 여자가 비탈밭을 지나가며 물었다. 여자는 어제와는 다른 색깔의 워머를 쓰고 배식차와 비슷하게 생긴 끌차를 밀고 가고 있었다.

"일꾼들한테 가는 건가요?"

수미와 나는 여자와 함께 끌차를 밀었다.

"특별 간식이랍니다. 딴산 분들은 일할 때 이것만 드세요."

끌차 위의 상자 안에는 종이컵 더미와 스푼, 그리고 동서프리마가 실려 있었다.

"프리마는 가루로 먹어야 제맛이죠. 분유처럼요."

여자가 수미와 내 쪽으로 번갈아 고개를 돌리며 말했다.

"분유가루 다들 퍼 먹어보셨죠?"

나는 고개를 끄덕였다.

수미도 고개를 끄덕였다.

사과밭에 도착한 뒤 수미와 나는 여자를 도와 종이컵에 프리마를 채운 뒤 스푼 하나씩을 꽂았다. 쟁반에 종이컵을 가득 올리고 사과나무 사이를 돌며 일꾼들이 있는 곳마다 종이컵을 내려놓았다. 그늘막 치마모자에 가려져 얼굴이 잘 보이진 않았지만 동작만은 알 수 있었다. 일꾼들은 마스크를 내린 뒤 프리마 한순가락을 탁탁 털어 넣고 다시 마스크를 올려 쓴 뒤 소리 없이 사과를 땄다.

그때 나는 보았다.

일꾼들의 귀밑에서부터 빠져나와 그늘막 치마모자의 천 위로 드리워져 있는 것을. 일꾼들은 마치 약속이라도 한 것처럼 전부 비슷한 마스크 스트랩을 착용하고 있었다. 일꾼들이 사과를 따려고 고개를 젖힐 때마다 비즈를 꿰어 만든 스트랩이 뒷목으로 늘어지며 반짝반짝 빛을 냈다. 온 사과밭에서 비즈 끈이 빛나고 있었다.

"금방 끝날 거예요."

선글라스 여자의 말대로 식사 시간은 금세 다가왔다. 수미와 나는 여자와 함께 사과밭 한쪽에 일꾼들의 식사를 준비했다. 코로나19 때문인지 일꾼들의 밥상은 한곳이 아니라 세군데에 나뉘어 차려졌다. 사과 운반상자를 여섯짝씩 엎어서 신문지를 깔고는 주문한 비빔밥 키트를 줄을 맞춰 올려놓았다. 왠지 그들은 식사조차 질서 있게 할 것 같아서 일회용 그릇 하나를 놓는 것도 신경이 쓰였다.

빛나는 마스크 스트랩을 늘어뜨린 딴산 일꾼들이 장갑을 벗으며 하나둘씩 와 앉았다. 그들은 곧 그늘막 치마모자를 벗었고 이어서 마스크를 벗었다. 몸집을 보면서 짐작했던 것보다 훨씬 더, 그들은 노인이었다. 전부 다 노인이었다. 얼굴만 보면 팔순을 넘긴 것 같은 노인들이었다.

"들밥 중에 최고 들밥은 이거지. 가을 사과밭에서 먹는 들밥."

일꾼들은 운반상자를 하나씩 깔고 앉아 밥을 비비기 시작했다.

"오랜만에 바깥에서 몸 쓰려니까 죽겠네."

누군가 나물을 우물거리면서 말했고,

"제일 날아다닌 사람이 누군데."

상추를 털어 먹으면서 또 누군가 말했다.

밥상 세군데를 돌며 생수병을 나르는 동안 나는 가려운 곳을 긁고 싶은 마음으로 일꾼들을 흘깃흘깃 살폈다. 아침부터 보이지 않던 만조 아줌마는 딴산 일꾼들과 똑같은 비즈 스트랩에 마스크를 걸고 앉아 밥을 비벼 먹고 있었다. 나를 보고 한번 싱긋 웃었을 뿐 만조 아줌마는 계속 일꾼들 속에 섞여 밥을 먹었다.

생수를 다 돌리고 사과나무 하나에 기대 숨을 돌리고

있을 때였다.

"니가 나리구나."

마스크 스트랩을 건 딴산 일꾼 한명이 다가왔다.

"얘기 많이 들었다."

가까이 다가온 일꾼의 모습을 보고 나서야 나는 이들이 왜 이상하게 낯설지 않았는지 알 것 같았다. 어디선가 분명히 본 것 같은데 어디의 누구였다고 특정되지는 않는 딱 그만큼의 낯익음이었다.

나는 다시금 떠올렸다. 엄마가 일주일에 한번씩 만조 아줌마한테 나를 맡기던 두어해의 방학이 있었다. 만조 아줌마가 여름과 겨울마다 나를 데리고 여안의 곳곳을 다니던 시간이 있었다. 나는 사과밭 여기저기에 흩어져 무릎을 두드리고 있는 일꾼들을 보았다. 여안의 어느 골목에서, 밭에서, 호숫가에서 천렵하던 날 속에서 나는 잠시간이나마 이들과 함께 머문 적이 있는 것이다.

"나는 김간사다."

딴산 일꾼이 말했다. 나는 그제야 현실로 돌아오며 그가 나한테 볼일이 있다는 것을 알았다. 일꾼들 대다수와 똑같은 짧은 파마머리에 몸집이 작고 허리가 꼿꼿했다. 초가 좋을지 비누가 좋을지 물은 뒤 김간사는 나를 딴산에 강사로 초청하고 싶다는 의견을 밝혔다.

"번호 좀 다오."

나는 사과나무 아래에서 순식간에 김간사와 번호를 교환하고 말았다. 식구가 어떻게 되느냐고 김간사가 물었다.

"셋이에요. 남편 하나, 딸 하나."

김간사가 천가방에서 마스크 스트랩을 세개 꺼내더니 내게 건넸다. 그들이 하고 있는 것과 똑같은 비즈 스트랩이었다.

"이것도 딴산에서 만든 거다. 원래 하나에 삼천원씩인데 그냥 갖고 가."

나는 두 손바닥 가득 수정 구슬 같은 비즈들을 받아 안고 어쩔 줄 몰라하며 김간사를 보았다. 내가 말해야 할 차례인데 김간사가 먼저 그 말을 하며 연신 내 팔을 쓸어내렸다.

"고맙다, 나리야. 고마워. 고맙구나."

*

딴산 일꾼들이 오후 밭일을 시작하고 난 뒤 선글라스 여자와 수미와 나는 일꾼들 식사를 정리하고 잠시 숨을 돌렸다. 가옥 앞 정자에 앉아 있으려니 여름엔 수박바가 제철이고 가을엔 바밤바가 제철이라면서 여자가 바밤바

세개를 가져왔다.

선글라스 여자는 워머를 쓴 채로도 먹는 데 전혀 지장이 없는 거 같았다. 코와 입만 뚫려 있는 워머가 볼수록 기이한 느낌을 준다는 생각을 하다가 나는 물었다.

"이런 건 뭐라고 검색해야 살 수 있어요?"

여자가 잠시 웃더니 아무 데서도 안 파는 거라고 했다. 자외선을 두려워하는 사람들의 모임에서 만든 거라고.

"안 그래도 선생님한테 한 소리 들었거든요. 이 시국에 코와 입을 가려야지 넌 왜 반대 짓을 하고 있느냐고. 내일은 이거 벗고 마스크 쓸 거랍니다."

여자는 만조 아줌마를 선생님이라고도 부르는 것 같았다.

오후 일이 시작된 사과밭은 다시 일사불란하게 수런거리고 있었다.

"저 어렸을 땐 딴산에 들어가면 무조건 병균이 묻어 나오는 줄 알았어요."

여자가 사과밭을 보면서 딴산 얘기를 했다.

"수세 독촉 다니던 사람들도 딴산엔 안 들어갔으니까요."

딴산은 여안의 남쪽 끄트머리, 호수 너머의 제일 아래쪽 면에 있었다. 따로 떨어져 있는 산이라고 해서 딴산이라고 불렸을 정도로 다른 군과의 경계에 있는 외진 곳이었다. 오랫동안 산 이름일 뿐이었지만 누군가가 들어가 살면서부터 단순히 산을 지칭하는 게 아닌 지명이 되었다. 아이들에게는 무서운 곳으로, 어른들한테는 찝찝한 곳의 대명사로 통하던 곳. 그보다 더 많은 이들은 딴산을 굳이 입에 올리지 않았다.

"여안에 살면서도 딴산이 그냥 산인 줄 아는 사람이 적지 않았죠."

누군가에게 딴산은 전혀 존재하지 않는 곳이었다.

"지금도 그런가요?"

수미가 여자한테 물었다.

"예전보단 그래도 나아졌죠. 선생님이 딴산 사람들이랑 딴산에 사과밭을 만들었거든요. 지난 삼십년 동안 계속이요. 원래부터 딴산에 살던 사람들이 대다수지만 그 뒤로 일거리 찾아 들어간 사람들도 꽤 돼요. 지금은 택배도 들어가고 간병인들도 들어가고 그러죠. 이젠 다 노인네들이에요. 지금 일하러 나온 할매들은 그래도 젊은 축이죠."

여자가 짧게 한숨을 내쉬었다.

"어쨌든 딴산사과 안 먹는 사람들은 아직도 안 먹어요."

"그 정도인가요?"

여자가 수미를 보고, 다시 나를 보았다.

"딴산이 결핵 환자들이 모여 살던 곳이었거든요."

*

딴산은 자잘한 봉우리와 골짜기들이 '올록볼록' 이어져 있는 낮은 산이었다. 볼 게 없어서 등산객들은 찾지 않았고 나물을 뜯거나 도토리를 줍는 사람들이 철마다 드나들 뿐인 그런 산이었다.

육십여년 전인 어느 날 병상 부족으로 병원에서 강제 퇴원당한 결핵 환자 두어명이 딴산으로 들어갔다. 그들은 골짝 한곳에 움막을 지었다. 그들처럼 병원에 계속 있을 수도, 그렇다고 가족들한테로 갈 수도 없는 결핵 환자들이 뒤이어 딴산으로 들어갔다. 그들은 다음 골짝과 그 다음 골짝에 흙집을 지었다. 인근 성당에서 옥수수가루와 밀가루를 가져다주면 그들은 죽을 만들고 도토리빵을 빚었다. 가끔씩 수녀들이 들러 그들을 살피고 갔다. 급성 결핵으로 피를 토하던 사람들도 딴산에 들어가 몇달을 살면 얼굴에 살이 오르고 핏기가 돌았다. 그들은 감자와 도라지를 심고 버섯을 땄다. 닭과 토끼를 길렀다.

시간이 지나면서 딴산의 다음 골짝엔 간질 환자 몇명

이 들어와 살기 시작했다. 터미널 앞에서 노숙을 하던 여자 정신질환자 몇이 더 들어왔다. 부모가 결핵에 걸려 같이 살 수 없거나 부모가 아예 없는 아이들 몇을 누군가 그다음 골짝으로 데려왔고, 집창촌에서 도망 나온 여자 몇이 그다음 골짝으로 들어갔다.

몇년 후 여안에 호수가 생기면서 마을 몇개가 물에 잠겼다. 집과 나무를 호수에 묻고 나온 사람들은 토지보상금을 '찔끔찔끔' 떼이다가 빈손으로 딴산에 들어가 집을 지었다. 호수에 잠긴 마을에서 참외나 사과를 키우던 사람들은 이제 그 호수에서 참붕어와 떡붕어를 잡았다. 딴산에서 감자와 닭을 키우던 사람들도 호수가 생긴 뒤로 호수에서 물고기를 잡았다.

그들은 호수에서 잡아올린 물고기를 들고 아침 첫 버스를 탔다. 학생들로 꽉 찬 통학버스로 생물 붕어와 잉어가 담긴 다라이를 밀고 들어가 여안시장으로 갔다.

*

"아침마다 너무 싫었죠."

선글라스 여자가 장화의 흙을 털면서 말했다.

"으…… 그 비린내."

여자는 교복 셔츠를 다려 입고 버스 손잡이를 잡고 빽빽한 버스 안에 서 있다. 빈 공간이 없는데도 물고기 다라이는 어떻게든 틈을 비집고 들어온다. 버스가 급정거하면 다라이의 물이 넘친다. 붕어와 장어가 튀어나온다. 학생들은 비명을 지른다. 운전기사는 욕을 한다.

여안시장에 갈 때마다 나는 만조 아줌마가 민물고기 좌판 터에 유난히 오래 머물던 것을 기억하고 있었다. 만조 아줌마가 딴산으로 들어가 사과밭을 만들기 전까지 호수의 물고기는 딴산 사람들의 주요 수입원이었다. 아무리 만조 아줌마였다고 해도 딴산의 대부분을 사과밭으로 개간한다는 건 딴산 사람들과 유대가 깊어야 가능한 일이었을 터였다.

"바깥 사람들이야 이렇게 저렇게 많이 떠들죠. 선생님이 딴산 사람이었다는 말도 있고, 고향 친구를 딴산으로 들여보냈다는 말도 있고. 정확한 건 아무도 몰라요."

여자한테 그 얘기를 들은 이후로 나는 종종 혼자 타임라인을 만들어보곤 했다. 여안 사람들이 말하는 '딴산 사람'이란 결핵 환자들이 딴산에 들어간 1950년대 후반부터 수몰민들이 들어간 1960년대 초중반까지, 그 몇년 동안 딴산의 여러 골짝에 들어가 터를 잡은 초창기 사람들을 뜻했다. 만조 아줌마가 십대 후반에서 이십대 초중반의 나이일 때였다.

만조 아줌마가 딴산 사람이었다면 어떤 이유로 딴산에 들어갔는지, 만조 아줌마가 친구를 딴산에 보냈다면 친구는 어떤 이유로 들여보냈는지, 나는 한동안 그 생각에 몰두하며 만조 아줌마한테 들은 말에서 단서를 찾으려고도 해보았다. 그들이 프리마를 탁탁 털어 넣던 모습과 비즈 스트랩을 늘어뜨리고 사다리를 오르던 모습, 사과 운반상자를 깔고 앉아 비빔밥 키트를 열던 모습을 떠올리며 그들의 육십년 전을 연결해보려고도 했다. 하지만 곧 그게 쓸데없는 일이라는 걸 알게 되었다.

딴산 사람들은 서로를 유추하지 않았다. 그이가 결핵 환자였는지 천애 고아였는지 노숙 정신병자였는지 간질 환자였는지 몸을 팔던 여자였는지 굳이 물어서 알려고 하지 않았다.

그들은 하나만을 알았다. 어떤 이유로 들어왔든 딴산에 들어왔다는 건 아무 데도 갈 곳이 없었다는 뜻이었다. 그들에겐 세상 어디에도 자신의 한 몸을 누일 장소가 없었다. 있을 자리가 없었다. 죽을 데가 없었다. 그래서 딴산으로 들어갔다.

그들이 딴산에 들어가자 사람들은 더이상 딴산에 나물을 뜯으러 가지 않았다. 도토리를 주우러 가지도 않았다.

수세 독촉자들도 딴산엔 들어가지 않았고 수세를 거부하자며 서로를 독려하던 농부들도 딴산의 농부들은 예외로 두었다.

딴산 사람들은 딴산에서 농사지은 것을 딴산에서 먹으며 딴산에서 늙어갔다. 병이 나은 뒤 딴산을 나간 사람과 바깥 사람과 결혼을 해 밖에서 터를 잡은 사람들도 있었다. 하지만 대개는 계속 딴산에서 살았다. 여러 골짝에 흩어져 살던 그들은 나이가 들면서 점차 한 골짝에서 모여 살았다. 몸이 기능을 다할 때까지 약초를 캐고 염소를 키우고 물고기를 잡고 사과농사를 지었다.

더이상 농사일을 할 수 없을 만큼 노쇠한 노인이 되면 테이블에 모여 앉아서 털수세미를 떴다. 비즈를 하나하나 꿰어 마스크 스트랩을 만들었다. 곧 천연비누를 만들게 될지도 몰랐다.

*

오후 일이 마무리되고 있는 사과밭을 보면서 나는 내가 여안에 와서 알게 된 것을 생각했다. 내 몸속에 잠복한 결핵균이 딴산발이라는 것 말이다. 그렇지 않은가? 딴산발이라고 생각하지 않는 게 더 이상하다.

*

딴산 일꾼들이 돌아가고 해가 기울자 사과밭은 금세 적막이 내려앉았다. 일꾼들과 함께 이동한 건지 만조 아줌마도 보이지 않았다.

'2020년 11월 첫주 토요일. 여안 비탈사과밭 일원.'

내일 열린다는 행사 현수막을 걸고 있는 사람들을 보다가 나는 비탈을 따라 조금 걸었다. 여안에 와 있다고 엄마한테 전화를 할까 몇번 고민했고, 결국엔 하지 않았다. 내가 여안의 사과밭에서 들이키고 있는 것들이, 내 코끝을 간질이고 있는 여안의 이 공기가 엄마가 그토록 떠나고자 했던 것들이라는 걸 한편으론 내내 떠올렸기 때문이었다.

흙과 잎들, 하늘과 바람, 일년을 마음 졸이고 살피며 키워낸 열매들. 함께 손발을 맞추어 노동한 사람들이 쉬는 소리, 쉬면서 먹고 마시는 소리. 여안의 밭이 품고 있던 어떤 것도 엄마 자신의 것이 되지 못했다.

엄마는 어쩌면 알고 있었을 것이다.

비탈밭에 대한 아빠의 애정과 걱정이 커질수록 자신이 어떤 말로도 남편을 설득하지 못할 거라는 걸 알고 있었는지도 모른다. 예초기가 고장 난 여름 직후 갑자기 여안을 떠날 수 있게 되었을 때 엄마가 어떤 마음이었는지 나는 알 수 없다. 텃밭에서 막 뽑아낸 가을무와 돼지감자꽃, 매일같이 두 손이 가 있던 도마와 냉이 떡볶이에 빻아 넣던 마늘 한쪽. 그중 어떤 것도 정말 엄마의 것이 아니었는지, 그런 것들을 두고 갈 때 엄마가 시원했는지 섭섭했는지.

*

엄마는 언제나 나를 보고 있다. 언제나 보고 있지만 먹고 있을 때의 나를 가장 많이 본다. 정글에 데려다놔도 전갈이랑 친구할 정도인 여자아이가 먹으면 안 되는 것들이 있다. 먹으면 엄마 같은 몸집이 되는 것들을 나는 먹을 수 없다.

그래서 몰래 먹는다. 방에서 먹으면 아무리 흔적을 치워도 엄마가 알아채기 때문에 집에 들어가기 전 사과밭에서 먹어치우고 들어간다. 사과나무 아래에서 생라면에 스프를 뿌려 우걱우걱 씹어 먹는다. 고개를 젖힌 채 과자를 봉지째 입에 털어 넣는다. 딸기맛 아폴로 서너봉지를 순식간에 손톱으로 밀어올려 짜 먹는다. 줄넘기 손잡이로 밭을 판 다음 봉지들을 파묻는다. 내가 사과밭 곳곳에 묻은 봉지들은 십년이 지나고 백년이 지나도 썩지 않는다.

눈앞에 아무리 맛없는 것이 있어도 사람들과 있을 때는 무조건 복스럽게 먹는다. 깨작대면 안 된다. 눈을 번득이게 하는 허기나 욕구 따위, 이 세상에 있는지조차 모른다는 얼굴로 복스럽게. 없던 복도 굴러들어올 것 같은 얼굴로.

몰래 맛있는 걸 먹고 나면 엄마한테 잘못했다는 생각이 들었고 맛없는 걸 복스럽게 먹고 나면 나한테 잘못했다는 생각이 들었다. 어렸을 때 나는 설사를 자주 했다. 나에게 먹는 행위는 늘 죄책감과 연결되어 있었다.

나는 엄마가 맛있는 것들을 맛있게 먹는 걸 본 기억이 거의 없었다. 엄마가 사람들과 있을 때 음식을 마음껏 먹는 걸 본 적도 없었다. 그렇다고 집에서 뭔가를 많이 먹지도 않았다. 그런데도 엄마가 동네에서 제일 뚱뚱하다는 것이 내겐 불가사의였다. 어쩌면 엄마도 나처럼 몰래 먹는 게 아닐까 생각했지만 물어볼 수는 없었다.

*

수미가 숨 쉬는 소리를 들으면서 나는 숨을 쉬고 있다.
밤이고, 벽돌 양조장의 온돌바닥엔 수미와 나뿐이다.
그곳은 다실인 줄로만 알았던 시음실.

나는 창가 쪽 끝에, 수미는 계단 쪽 끝에 담요를 감고 누워 있다. 고양이들이 부스럭거리는 소리도 바람이 나무를 쓸고 가는 소리도 들리지 않는다.

숨소리를 들으면 알 수 있다.

잠든 사람의 숨소리인지 깨어 있는 사람의 숨소리인지.

은색 사다리. 용달차와 경운기. 새참 보자기.

나는 뙤약볕 아래에 있다. 너무 뜨거워 사람들이 일을 멈추고 사라진 밭에서 나는 걸어다닌다. 개망초와 풀들이 웃자라 올라온 사과밭을 나는 겨드랑이를 펄럭대며 걸어다닌다. 구름은 너무 높고, 바람은 불지 않고, 사과밭 어딘가에서 아주 작게 라디오 소리가 들려온다. 나는 잠깐 멈춰 서서 소리에 귀를 기울인다. 소리는 점점 커지며 다가온다.

누군가 내게 말을 건다.

모르는 사람. 처음 보는 사람. 이 동네 사람이 아닌 사람.

너 꽤 맛있는 걸 먹었나보구나?

나는 고개를 젓는다. 왜냐하면 맛이 없었기 때문이다.

하지만 기분이 좋다.

웃음이 난다.

졸립고 덥다.

*

취할라, 나리야. 이건 냄새만 맡아도 취하는 거야.

하지만 내게 술은 마셔야만 취하는 것이다.

나는 그걸 열두살 때 알게 되었다.

*

우리 몸엔 생명과 직결된 근육이 딱 하나 있는데 그게 호흡근이라고 언젠가 수미가 내게 말해준 적이 있다. 폐가 호흡운동을 할 때 쓰이는 근육의 총칭, 호흡근.

호흡근을 쓰지 않고서는 숨을 쉴 수 없다.

나는 누운 채로 수미가 호흡근 쓰는 소리를 들으면서, 수미에게도 내게도 근래 가장 중요해진 근력이 호흡 근력이라는 것을 생각한다.

나는 수미가 코로나19 후유증으로 오른쪽 폐에 아직 통증을 느낀다는 것을 알고 있다. 수미 또한 내 폐의 잠복균과 과호흡 증상을 알고 있다.

하룻밤이면 충분하다고 생각했다. 여안의 비탈밭을 보는 것도, 만조 아줌마와의 해후도 하룻밤이면 충분하다. 수미가 밀고 나가지 않았으면 이곳에 더 있을 엄두를 내지 못했을 거라고, 나는 수미의 숨소리를 들으며 생각한다. 규칙적으로 숨을 쉬고 있지만 나는 수미가 잠들지 않았다는 것을 알고 있다.

수미와 같은 공간에 멀찍이 누워서, 나는 그 밭을 생각한다.

내가 먹었던 것과 내가 말했던 것.

그리고,

수미가 내 앞에서 사과 하나를 전부, 천천히, 오래, 맛있게, 아무런 거리낌 없이 먹어치우던 것을 생각한다.

*

사과 따기 체험. 사과잼 만들기 체험. 사과껍질 길게 깎기 경연대회. 발효조 실습. 사과브랜디 시음.

사과축제 행사안내문에 적힌 프로그램들이었다. 만조 아줌마는 행사에도 일꾼이 더 필요하다는 걸 강조했었지만 막상 보니 이미 각 프로그램을 담당하는 자원봉사자들이 있었다. 비탈밭에만 방조망이 둘러진 채 사과를 그냥 두었던 이유가 사과 따기 체험 때문이었다는 걸 나는 자원봉사자들이 비탈밭을 드나드는 것을 보고서 알게 되었다.

행사는 오후부터 시작이었다. 벽돌 가옥 입구에는 아마도 딴산발일 털수세미와 마스크 스트랩 판매 매대가 설치되고 있었다. 수미와 나는 시음실 주방으로 가 사과잼 체험자들이 잼을 담아갈 유리병들을 열탕 소독했다.

수미는 잠을 설친 것 같은 얼굴이었다. 수미가 아직 잠들지 않았다는 생각 뒤로 별다른 기억이 없는 걸 보면 내가 수미보다 먼저 잠이 든 것도 같았다. 한 사람이 먼저 잠든 공간에서 혼자 깬 채로 수미는 자신이 부르게 된 사람들을 생각했는지도 몰랐다. 별주씨와 별선씨는 오후 일찍 도착하기로 되어 있었고 별은씨가 별은씨 딸과 서하를 데리고 좀 늦게 도착하기로 한 터였다. 서하가 오기로 한 것이 수미 뜻일지는 알 수 없었지만 그 얘기를 들었을 때 나는 수미와 서하를 신경 쓰고 있는 사람이 나뿐이 아니라는 걸 알 수 있었다.

“장 보러 가실래요? 한분만!”

선글라스 여자가 싱크대로 걸어오더니 말했다. 여자는 드디어 워머를 벗고 마스크를 썼지만 선글라스는 계속 쓰고 있었기에 여전히 얼굴은 잘 볼 수 없었다. 수미는 체험자들이 가져갈 사과 포장상자에 기념 스티커를 붙이러 갔고 나는 선글라스 여자의 차를 타고 시내로 나갔다.

사과밭과 논이 이어지는 들판을 지나는 동안 나는 여

자가 나보다 세살이 많다는 것을 알게 되었다. 내가 여안 초등학교 5학년일 때 여자는 여안중학교 2학년이었다. 여자는 여안의 농업전문대학교, 그 '농전'을 나온 뒤 여안에서 죽 살고 있다고 했다.

"싱글이에요."

여자는 자신이 싱글이라는 것을 강조했다.

"아미고요."

아미라는 것도 강조했다.

여자는 오랫동안 농촌지도사로 일했고 지금은 만조 아줌마의 양조장 실무를 맡고 있었다. 사과밭과 관련된 체험, 행사 등의 실무 또한 총괄하고 있는 듯했다. 어쩌면 여자는 만조 아줌마가 '너 농전 가라' 하면서 꼬셨던 아이들 중 정말로 농전에 가고 여안에 남은 경우인 것도 같았다.

"어머니라고 하는 건 사실 재미 삼아 쓰는 말이구요, 제 눈엔 그때 선생님이 그저 놀라웠죠."

선글라스 여자는 그 '비린내 나던' 통학 버스 얘기를 다시 꺼냈다. 어느 날부터인가 버스 운전기사들은 민물고기 대야를 든 사람들의 승차를 거부했다. 딴산 사람들은 호수에서 실한 붕어를 아무리 잡아올려도 시장까지 팔러 갈 길이 막막해진 셈이었다.

"선생님이랑 김간사님이랑 몇몇 분들이 그때 운전기사

들이랑 싸우다 싸우다 안 되니까요……"

만조 아줌마는 딴산 그이들 몇과 마음 맞는 동네 그이들 몇을 모아 사람들의 서명을 받으러 다니기 시작했다. 그들이 내건 슬로건은 '자녀들을 위한 통학버스 배차 증가'였다. 많은 사람들의 서명과 여론을 이끌어낸 포인트는 '자녀들을 위한'에 있었지만 사십분 간격으로 오던 버스가 이십분 간격으로 오게 되면서 민물고기 대야도 다시 버스에 실릴 수 있게 되었다.

"움직여서 뭔가를 실제로 이뤄낸 걸 본 게 그때가 처음이었어요. 자녀들을 위한 것이든 딴산 사람들을 위한 것이든 저한테 그런 건 중요하지 않았죠. 아시잖아요. 농촌 여자들이 어떻게들 사는지."

동네 아줌마들과 할머니들이 모인 곳에 가면 어디든 반복해 들려오는 일화들이 한두개씩은 있었다. 밭 한쪽에 갓난아기를 눕혀놓고 들일을 하던 얘기 같은 것들. 밭 저쪽 끝에서 아기가 자고 있는데 밭 이쪽 끝에 있던 소가 갑자기 요동을 친다. 소는 쟁기를 매단 채 저쪽으로 거칠게 달리기 시작한다. 발굽에 감자가 으깨지고 쟁기날에 새참 그릇이 날아간다. 아기 엄마는 사색이 된다. 그런데 그렇게 밭을 휘저으며 내달리던 소가 갓난아기 앞에서 딱 멈추는 것이다. 눈이 큰 그 커다란 짐승이 한줌 포대기 안에 있는 게 생명인 것을 알아본 것이다. 그것은 들을수록 신비롭고 마음이 무언가로 차오르는 이야기였다. 하지만 두고두고 회자된다는 건 그 얘기가 그만큼 예외적인 일이라는 뜻이기도 했다. 들에서 일을 하는 여자들은 어쩔 수 없이 아이들을 들에 둘 때가 많았고 그게 사고사로 연결되는 경우가 적지 않았다.

"그때가 시작이었죠."

선글라스 여자가 말했다. 버스 배차가 실제로 늘어나는 걸 경험한 여자들은 농번기만이라도 마을에 탁아소를 운영하기 위해 움직이기 시작했다. 갓난아기 앞에서 멈춘 소에 대한 애정으로 이야기를 마무리 짓던 여자들이 이야기의 설정 자체를 바꾸고 싶다는 생각을 하게 된 것이다.

"그때가 시작이었군요."

내 말에 여자가 씩 웃었다. 만조 아줌마한테 빠진 게 그때가 시작이었다는 말 같아서 나도 씩 웃었다. 그러는 사이 차는 꽤 넓은 사과밭을 지나고 있었다. 밭고랑이 유난히 반짝반짝해서 보니 딴산 일꾼들이 일을 하고 있었다. 선글라스 여자가 갓길에 차를 세우더니 차 창문을 내리고 손을 흔들었다. 나도 얼결에 같이 손을 흔들었다.

"겨울에 딴산에 수업 가기로 하셨다면서요?"

여자가 물었다.

"네, 저는 비누가 좋지 않을까 했는데 초 만들고 싶어하는 분들도 많으시다네요."

"할매들한테 예쁨 좀 받으시겠는데요?"

여자의 말에 나는 눈꼬리를 내리며 웃었다. 나도 왠지 그럴 것 같다는 생각이 들었던 것이다.

"딴산 할매들 특이한 말버릇이 있는데요, 지난 시간을 다 엊그제라고 불러요. 한달 전도 엊그제, 십년 전도 엊그제. 결핵에 걸렸던 것도 엊그제고, 호수에서 물고기 잡던 것도 엊그제고, 사과밭 일구던 것도 엊그제고, 다 엊그제래요."

딴산의 밭에서만 일을 하던 그들이 바깥으로 나온 건 코로나19 때문이었다. 팬데믹으로 생긴 급작스러운 노동력 공백으로 여기저기서 딴산으로 요청이 들어가지 않았으면 그들이 지금 저 밭에서 일을 하는 일은 없었을 거라고 여자가 말했다.

"저 중엔 스무살에 딴산에 들어가서 팔순이 된 올해에 처음으로 밖에 나온 분도 있어요."

딴산으로 발조차 들이지 않던 사람들이 딴산 사람들에게 밖으로 나와달라는 요청을 한 건 딴산 사람들이 딴산에 들어가 살기 시작한 이래로 단 한번도 없던 일이었다. 단 한번도 없던 일이 코로나19라는 전염병이 온 해에 그들에게 일어나고 있었다.

“딴산엔 만조 아줌마랑 같이 다니신 건가요?”

내가 묻자 여자가 고개를 저었다.

“저야 민원인이 불러서 갔죠.”

여자가 농촌지도사로 일하며 과원을 담당하던 무렵, 일주일에 두어번은 사과밭 예찰을 요청하고 수시로 나무 상태를 신고해오던 민원인이 있었다. 만조 아줌마였다. 전화를 받을 때마다 혹시라도 사과나무에 갈반병이 시작된 건 아닌지, 탄저병이 번지는 건 아닌지 여자는 부리나케 딴산으로 달려갔다.

“그러다보니 제가 딴산 전담원이 되어 있더라구요.”

여자는 그 민원인이 덜 혼잡한 통학버스를 탈 수 있게 애쓴 사람이었다는 걸 알고 딴산사과밭에 더 마음이 갔는지도 몰랐다.

하나로마트에서 필요한 물품들을 산 뒤에 여자는 수변도로를 타며 몇년 전에 완공됐다는 여안호의 출렁다리 얘기와 낚시터에서 놀던 어렸을 때 얘기를 했다.

“여안에서 이사를 나간 게 언제라고 하셨죠?”

나는 초등학교 5학년 때라고 말했다. 얘기는 자연스럽게 수세 거부 운동이 한창이던 그 무렵으로 흘러갔다. 여자는 당시 중학생이었기에 나보다 기억하고 있는 것들이 많았다. 사람들이 농전 앞에 모여 수세 고지서 수천장을 소각하던 것이나 마을회관에서 연일 울리던 농악대 소리 같은 것들. 당시 수세를 걷던 농지개량조합에선 수세 거부가 거세지자 차압 경고장을 보내는 등 농민들한테 타격을 주기 위한 여러 방법을 동원했다.

"그중 하나가 술 조사였죠."

술 조사. 나는 여자 입에서 나온 술 조사라는 말을 낮게 따라 읊었다. 정부가 허가한 양조장이 아닌 곳에서 술을 만드는 것이 주세법 위반일 때였다. 정기적으로 주세법 단속을 다니던 세무서 직원들은 집집마다 쇠꼬챙이를 들고 찾아가 술항아리가 있을 만한 곳을 무작위로 찔러댔다.

"얼마나 지독했는지 다들 치를 떨었다고 해요. 걸리면 벌금이 어마어마했고요."

수세 거부는 남도 전역으로 번지던 명분이 분명한 움직임이었지만 주세법을 위반한다는 것엔 그만한 명분이 없었다. 집에서 술을 만들려면 무조건, 무조건 걸리지 말아야 했다. 수세 거부 운동 당시에 술 조사에 걸리는 건 그대로 조합에 약점을 잡히는 일이었다.

"그때 동네에 낯선 사람들이 많이 돌아다녔잖아요."

여자의 말에 나는 고개를 끄덕였다. 기억하고 있었다.

쳐다보아서도 안 되고 말을 붙여서도 안 되는 사람. 모르는 사람. 처음 보는 사람. 이 동네 사람이 아닌 사람. 수세 독촉 고지서를 든 수감이어야만 하는 사람.

"그게 사실 반은 술 조사를 다니는 사람이었던 거죠."

차는 수변도로를 다 돌아 다시 비탈사과밭 쪽으로 향했다.

"선생님이 그때……"

여자가 사이드미러를 보며 차선을 바꾸었다.

나는 미루고 미루던 것을 확인하는 마음으로 여자를 보았다.

"그때 만조 아줌마가 술 조사에 걸리셨던 거네요."

내 말에 여자가 고개를 끄덕였다.

*

나는 아마도 선글라스 여자에게 물었던 것 같다.

그 뒤에 만조 아줌마가 어떻게 되었느냐고.

어떤 시간을 보냈느냐고.

예초기가 고장 났던 그해 여름에 만조 아줌마는 주세법에 걸렸다. 우리 집이 여안을 떠난 것은 그 얼마 뒤였다. 엄마의 소원대로 밭을 팔고 대전으로 간 뒤 내 부모는 도매시장에서 경매로 과일을 떼다가 과일가게에 납품하는 일을 했다. 아빠가 어떻게든 과원 일과 연이 닿아 있기를 원해서였다. 몇년간의 투병 끝에 아빠가 세상을 떠난 뒤에야 엄마는 사과농사와는 상관없는 업종으로 대전에서 자리를 잡았다.

만조 아줌마가 여안 최고의 팀으로 불렸던 자신의 과수원 팀을 이끌고 딴산을 오가며 사과밭을 일구기 시작한 건 우리 집이 여안을 떠난 직후였다. 만조 아줌마가 주세법에 걸리면서 마을의 수세 거부 운동이 잠시 숨을 죽일 때이기도 했다. 사람들은 만조 아줌마가 조합 직원도 세무서 직원도 들어가길 꺼려하는 곳에 가서 술을 만들 거라고 생각했지만 몇년 뒤 자가 양조가 합법이 된 뒤에도 만조 아줌마는 정식으로 술을 만들지 않았다. 딴산에서든 어디에서든 누구라도 술을 만들어 먹고 팔 수도 있게 되었지만 만조 아줌마는 딴산의 한 골짝, 또 한 골짝에 밭을 만들 뿐이었다. 비탈밭에 설비를 갖춘 양조장을 지은 건 그로부터 이십여년이 훌쩍 흐른 최근 몇년 사이의 일이라고 선글라스 여자는 말했다.

*

선글라스 여자와 장을 보고 돌아왔을 때 수미와 내가 이틀 밤을 잔 벽돌 양조장 앞뜰에선 사람들이 칼을 들고 나란히 서서 사과를 깎고 있었다. 껍질이 안 끊어지게 하려고 다들 엄청난 집중력을 발휘하고 있었다. 사과껍질 길게 깎기 대회였다. 참가자들 중에 낯이 익은 사람들이 있다 싶어서 보니 별주씨와 별선씨가 어느새 도착해 사과를 깎고 있었다. 그 옆에서 수미도 사과를 깎고 있었다. 왠지 조마조마하다 싶었는데 역시나 셋 중에 수미의 껍질이 가장 먼저 끊어졌다. 껍질이 끊어지자마자 수미가 탄식을 뱉으며 웃었다. 수미가 저렇게 웃는 걸 본 게 언제인지 기억도 안 난다는 생각을 하면서 나는 별주씨, 별선씨와 가볍게 포옹을 했다.

비탈밭에선 사과 따기 체험자들이 거리를 두고 서서 사과를 따 담고 있었다. 선글라스 여자는 가을마다 전쟁이라고 말했지만 인원을 제한해 방문객을 받아서인지 사과밭은 다른 지역 축제에서 보았던 것처럼 붐비지 않았다. 사과잼 만들기가 한창인 양조장 1층에선 내내 달달하고 새콤한 냄새가 새어나왔고, 그렇게 점점 오후가 기울어갔다.

해가 지는 늦가을 사과밭을 보면서 나는 딴산의 밭에서 보낸 만조 아줌마의 시간들을 그려보았다. 장마철이 다가오면 같이 배수로를 점검하고, 폭염이 오면 사과들이 화상을 덜 입을 수 있는 방법을 찾고, 흙에 마그네슘이 더 필요한지 칼슘이 더 필요한지 살피면서 선글라스 여자는 십년이 넘게 딴산의 사과밭을 오갔다. 해가 갈수록 높아지는 기온과 습도 때문에 과수나무에 전염병이 돌면 수년을 키운 나무들을 다 베어 묻기도 했다. 그때마다 만조 아줌마는 더 자주 묘목상에 드나들었다.

딴산 사람들은 구해 온 묘목들을 그대로 심지 않았다. 자신들이 바라는 바를 하나둘 반영해 끊임없이 접목묘를 만들었다. 약을 치느라 두통을 앓고 나면 딴산 사람들은 껍질이 두꺼운 사과를 만들어보자고 말했다. 껍질이 두꺼울수록 병충해에 강하기 때문이었다. 갈수록 사다리에 오르는 게 힘에 부치면 사과나무 키가 크지 않은 게 좋겠다고 의견을 모았다. 당도가 높은 게 맛있는지 산도가 높은 게 맛있는지 선글라스 여자에게 때마다 맛을 물었다. 그런 말들을 나누고 몇년이 지나보면 한쪽 밭에 키 작은 사과나무들이, 빨갛기만 한 것도 아니고 노랗기만 한 것도 아니고 초록빛만도 아닌 사과를 주렁주렁 매달고 서 있었다.

그건 대체 어떤 사과들일까. 본 적이 없는데도 생각하는 것만으로 입에 침이 고였다.

자원봉사자들이 정수기 생수통처럼 생긴 투명한 통들을 들고 가옥의 다른 출입구로 들어가는 것이 보였다. 시음실의 실내 계단 말고 밖에서 지하로 통하는 다른 통로가 있는 것 같았다. 그 투명한 통들이 카보이라 불리는 발효조라고 누군가 말해주었을 때 만조 아줌마가 약속한 숙성실의 문이 곧 열린다는 것을 알 수 있었다.

*

통기성이 있는 항아리나 참나무통에 술을 넣어놓으면 술은 그 안에서 조금씩 증발된다. 증발된 술이 날아올라 공간을 채우고, 밖으로 새어나가 그곳 일대의 허공에 흩어진다. 그렇게 날아간 술을 천사의 몫이라고 한다고, 그래서 양조장 근처에 사는 천사들은 다 조금씩 취해 있다고, 누군가 내게 말해준 적이 있었다. 일행들과 함께 벽돌 양조장의 지하 계단을 내려가 숙성실로 들어갔을 때 나는 그 말을 바로 이해할 수 있었다.

*

숙성조 38호. 225리터, 2017년 11월 20일.

숙성조 31호. 300리터, 2016년 12월 17일.

숙성조 46호. 370리터, 2019년 1월 8일.

발효와 증류를 거친 술들이 담긴 커다란 항아리들이 있는 곳. 숙성실로 들어서자마자 사람들은 그 안에 가득 찬 증기에 코와 피부를 장악당한다. 항아리들이 내보내는 몫을 고스란히 흡입하면서 숙성조 앞으로 걸어간다. 각각의 시간을 담고 있는 항아리들 사이로 다가선다.

방문객들을 이끄는 선글라스 여자의 말이 이어지지만 내게는 잘 들려오지 않는다. 사람들이 실습을 위해 발효실로 이동하지만 나는 숙성실의 항아리 옆을 떠날 수가 없다. 내가 찾는 날짜들이 있지나 않을까 항아리 사이를 누비고 또 누빈다. 그 작은 항아리방이 이렇게 견고한 증류실과 숙성실을 갖출 때까지, 만조 아줌마가 농사와 양조에 쏟은 시간을 조금이라도 알고 싶다는 생각을 하면서.

*

그리고 언젠가부터 내 눈엔 온돌 시음실에 흩어져 앉아 술을 마시는 사람들이 보인다. 천사의 몫을 나눠 받아 조금씩 취기에 젖은 사람들이 간절한 눈빛으로 어딘가를 보고 있다. 누군가 시음용이라는 종이가 붙은 커다란 유리 카보이를 들고 오고, 사람들은 환호를 한다. 2020년 11월 개봉이라고 쓰인 사과증류주를 한모금씩 나눠 마신다. 별주, 별선, 별은씨가 샘, 하며 잔을 부딪쳐와 나도 한모금을 마신다. 와인바 사장과 엘사 사장과 영상통화를 하면서 카보이를 보여준다. 수미의 시선이 가 있는 곳을 보며 그쪽으로 시선을 돌린다.

*

"이모, 이마가 빨개졌어요."

누군가 눈앞에 다가와 있어서 보니 서하였다.

"세상에, 서하야, 너 언제 왔어?"

"저 아까 발효조 실습 때부터 있었어요. 이모는 안 보이시던데요?"

서하가 휴대폰을 열어 자신이 막 담그고 왔다는 발효

조 사진을 보여줬다. 투명한 카보이 속에 아직은 기포가 오르지 않은 갈색 액체가 보였다. 통에 붙은 양조 기록란에는 2020년 11월 7일이라는 오늘 날짜와 서하의 이름이 적혀 있었다. 최종 개봉은 3년 후라고 했다.

양조 기록이라는 글자를 보자 왠지 눈물이 날 것 같아서 나는 서하와 별은씨 딸을 함께 부르고는 주머니에서 마스크 스트랩을 꺼냈다.

"우리 오늘 좀 예뻐져보자."

나는 열네살에 코로나19를 맞은 두 아이의 마스크에 비즈 스트랩을 걸어주고는 내 마스크에도 스트랩을 걸었다. 그러고는 비즈들이 돋보이게 셋이 같이 셀카를 찍었다.

발효조 실습 때 가까워졌는지 같은 아미라서 가까워졌는지 선글라스 여자는 어느새 서하와 별은씨 딸과 말을 트고는 아이들을 한쪽으로 데려가 같이 사과구이를 만들고 있었다.

그들을 보다가 나는 알아챌 수가 있었다. 누군가와 얘기를 하면서도 수미의 신경은 내내 서하 쪽으로 가 있었다. 서하가 등장한 뒤부터 수미는 자신이 관심을 보였던 것들에서 빠르게 집중력을 잃어가고 있었다. 시음실 출입문 종소리가 나면 서하가 어디로 혼자 나가진 않는지 쳐다보고, 누구와 마주칠지 모를 낯선 화장실에 친구와 꼭 같이 가는지 확인하고, 그러느라 수미는 그렇게 고대하던 증류주의 향을 마음껏 즐기지도 못하는 것 같았다.

그런 수미를 보자 가슴이 갑갑해와서 나는 등을 돌리고 앉아 자원봉사자들과 잔을 부딪쳤다. 그러다가 다시 보면 수미는 언제 그랬냐는 듯 별은씨 별선씨 별주씨와 웃으면서 얘기를 나누고 있었다.

그들 넷은 중학교 1학년 여자아이들의 엄마였다. 동선뿐 아니라 더한 것도 공유하는 끈끈하면서도 깐깐한 사이였다. 그녀들과 웃고 있는 수미를 보자 나는 순간적으로 수미가 그 얘기를 오직 나에게만 했을지도 모른다는 생각이 들었다.

아이를 더 낳겠다는 그 말을 남편에게도, 서하에게도, 저이들에게도 하지 않고 오직 나한테만 뱉었다. 아니면 모두에게 했는데 다른 사람들은 그 말에 전혀 아무렇지도 않다. 어떤 게 더 나쁠까 생각하면서 나는 술을 마셨다.

누군가 내 옆에 앉아 계속 사과를 깎았다.

껍질의 두께와 폭을 잘 조절했어야 했다고, 그래야 안 끊기고 더 길게 깎을 수 있었던 거라고, 내년 대회 땐 꼭 우승을 할 거라면서 누군가는 사과를 깎는다.

누군가는 사과 하나를 머리에 이고 이쪽 끝에서 저쪽 끝으로 걷는다. 아슬아슬하게 걷는다.

둥그렇게 둘러앉은 사람들이 엎드린 사람의 등을 북처럼 두드린다.

어느 순간 너도나도 비즈 스트랩을 귓가에 건다.

그곳의 모두가 예뻐진다.

선글라스 여자가 내 옆으로 와 턱을 괴고 나를 본다. 이제 당신 차례라는 듯이. 만조 아줌마한테 언제부터 빠졌는지 듣고 싶어하는 얼굴이어서 나는 잠시 골똘해진다.

그러다보면 서하와 별은씨 딸이 옆에 와 앉았다 가고, 별주씨가 앉았다 가고, 오늘 처음 본 사람도 와 앉고, 저도 동동이가 좋아요, 나는 처음 본 이와 오동동에 대한 얘기를 나눈다.

밥 먹다가도 혼자 씩 웃는 동동이. 아무것도 아닌 것에서 웃음을 발견해내는 동동이. 닭계란죽을 만드는 동동이. 참치마요를 만드는 동동이.

누군가 내게 말한다. 「아따맘마」에서 동동이를 맡은 성우가 「라바」의 성우와 같은 사람이라고. 나는 그럴 리가 없다고 말한다. 그럴 수는 없다고 외친다. 내가 동동이를 얼마나 좋아하는데. 나는 동동이를 좋아한다고 소리친다.

갑자기 모두의 휴대폰에서 재난문자가 울린다.

자제하라고, 대화를 자제하라고 문자가 경고한다.

그때 몇몇이 사과바구니를 들고 들어온다. 기다란 좌탁

위로 사과가 하나씩 놓인다. 딴산의 접목주들에서 따온 조금씩 다른 느낌의 사과들이다. 선글라스 여자가 당도계를 들고 그 옆에 가서 선다. 사과 당도 맞추기 게임이 시작된다.

홍로의 당도는 15브릭스. 사람들은 사과를 하나씩 골라 잡고 홍로보다 더 단지 덜 단지를 가늠하며 맛을 본다. 그리고는 숫자를 외친다.

오직 한 사람만이 새콤한 사과를 손에 쥐고 당도 대신 산도에 몰두한다.

*

먹고 마시는 사람들 틈에서 빠져나왔을 때 비탈밭엔 바람이 불고 있었다. 산과 밭 전체를 감싼 어둠 속에서 벽돌 양조장의 시음실만이 불꽃처럼 작게 타오르고 있었다. 출입문 앞으로 사람들이 벗어놓은 신발이 희끗희끗하게 빛을 냈다. 누군가를 부르는 소리와 대답하는 소리, 박수소리와 웃음소리. 달아오른 이마는 좀처럼 식지 않았고 나는 시음을 한 술이 생각보다 맛있다는 생각을 하면서, 맛있는 맛인데 이상하게 혀가 허전하다는 생각을 하면서 자원봉사자들이 발효조를 들고 내려가던 계단으로 내려갔다.

발효실과 증류실과 숙성실로 이어지는 복도는 어둑하게 가라앉아 있었다. 걸을 때마다 층고가 높은 실내에 내 발소리가 묵직하게 울렸다. 발효실에는 서하가 사진으로 보여줬던 몇시간 전의 실습 발효조들이 줄지어 놓여 있었다. 나는 발효조마다 붙은 내 일행들의 이름을 눈에 담다가 증류기들을 지나 아마도 숙성실 쪽일 복도로 걸어갔다.

걸음을 멈춘 곳은 숙성실 입구 쪽, 노란 사과 운반상자 앞이었다. 운반상자 안에 프리마 수십봉지가 포개져 쌓여 있었다. 딴산 일꾼들에게 날라다주던 종이컵과 스푼들도 보였다. 그것들을 보자마자였다. 나는 고개를 돌리며 주위에 누가 있지 않은지를 살폈다. 프리마 상자에서 잠시 멀어지며 다시 한번 주위를 살폈고, 이내 다가가 두 손으로 프리마 봉지를 잡아뜯었다.

스푼을 가루 더미 한가운데에 꽂고 나는 한입을 퍼 먹었다. 사방을 살핀 뒤 한입을 더 퍼 먹었고, 고개를 젖힌 채 또 한입을 털어 넣었다. 사레가 들려서 컥컥거리다가 또 한입을 먹었고, 입천장에 들러붙은 가루가 너무 달달해 혓바닥으로 밀어올리다가 또 한입을 먹었다. 목이 참을 수 없이 간질거려서 기침을 하고, 가슴을 치다가, 다시 또 스푼으로 가루를 퍼올려 입안으로 털어 넣었다.

프리마 가루를 정신없이 퍼 먹는 동안 나는 내가 저쪽으로 밀어두었던 그때를 어쩔 수 없이 확인해가고 있었다. 한입에 또 한입을 먹을수록, 사레가 들어 눈물이 맺힐수록, 가슴이 답답하고 코가 막혀올수록 나는 그때의 나를 보고 있었다.

엄마가 허락해주지 않아 더이상 만조 아줌마와 시간을 보낼 수 없는 여름인데 나는 그 방에 가 있다. 가스레인지 옆에 서서 라면 물이 끓기를 기다리고 있었을 뿐인데 어느새 그 방에 가 있다. 만조 아줌마는 보이지 않고 나는 항아리들 사이에 있다. 항아리에 뺨을 대고, 항아리에 코를 박고, 그러고 있다가 나는 어느 순간 주위를 살핀다. 내가 주위를 살핀다는 건 무언가를 먹기로 했다는 뜻. 어떻게든 먹고 말 거라는 걸 나 또한 안다는 뜻.

나는 항아리의 면포를 걷어내고 제일 위에 뜬 말간 액체를 한국자 떠낸다. 한모금을 마신다. 맛이 너무 이상해서, 이게 사과 맛이 맞는지 확인하려고 한모금을 더 마신다. 인상을 찡그리고 퉤퉤거리다가 한모금을 더 마시고, 누가 곧 올 것 같아서 오기 전에 딱 한모금을 더 마신다.

그리고 나는 그 방에서 사라진다.

이파리가 무성한 나무 사이를 걷는다.

예초기가 깎지 못한 풀들이 종아리를 간질이고 라디오

소리가 점점 다가온다.

너 꽤 맛있는 걸 먹었나보구나?

나는 고개를 젓는다.

얼마나 맛이 없었는지를 얘기한다.

기분이 좋다.

웃음이 난다.

모르는 사람에게,

나는 술항아리가 가득한 그 방에 대해서 얘기하고 또 얘기한다.

*

얼굴과 옷에 프리마 가루가 범벅된 채 고개를 들었을 때 내가 파헤쳐놓은 프리마 봉지와 운반상자 뒤로 무언가가 보였다. 문이 달리지 않은 아치형의 짧은 통로였다. 코와 뺨에 엉긴 물기를 닦아내자 이쪽 숙성실보다 더 짙은 냄새가 새어나오는 게 느껴졌다. 나는 냄새에 이끌리듯 그 안으로 들어갔다. 벽면에서 환풍기가 돌고 있었고 천장엔 백열등 갓이 미동 없이 매달려 있었다. 그리고 그 아래에 작은 항아리들이 놓여 있었다. 방문객들에게 오픈된 숙성실이 아닌, 만조 아줌마의 개인 기록소 같은 곳이라는 것을 알 수 있었다. 오래 전 만조 아줌마의 항아리방을 본 적이 있는 내겐 그것이 그냥 느껴졌다. 나는 항아리마다 붙은 휘갈겨 쓴 수기 메모들을 읽어나갔다.

숙성조 6호. 130리터. 1999년 11월 23일. 밭2. 19Brix.

숙성조 14호. 120리터. 2002년 12월 17일. 밭7. 24Brix.

숙성조 20호. 110리터. 2004년 1월 5일. 밭5. 15Brix.

나는 항아리에 적혀 있는 날짜들을 계속 확인했다. 내가 만조 아줌마를 곤경에 빠뜨린 뒤의 시간들을 어떻게든 두 눈으로 확인하고 싶은 마음이었다. 지금껏 한번도 양조를 접어둔 적이 없었다고, 그렇게 말해주는 듯한 그 수기 메모들을 어떻게든 믿어보고 싶은 마음이었다. 만조 아줌마와 시간을 보냈던 오래전 날짜들을 어디서라도 발견해보고 싶은 마음이기도 했다. 그렇게 항아리 사이를 살피다 나는 익숙한 날짜를 발견했다.

숙성조 24호. 105리터. 2008년 1월 19일. 밭9. 14Brix.

나는 그 항아리 앞에서 잠시 멍하게 서 있었다.

2008년 1월 19일은 은채가 태어난 날이었다.

만조 아줌마는 내가 여안을 떠나던 날도 아니고 내가 만조 아줌마와 함께 다니던 날도 아닌, 내가 아이를 낳은 날을 기록으로 남겨놓은 것이었다. 나는 거기에 적힌 숫자들을 한번 더 읽었다. 만조 아줌마는 아마도 그때 딴산의 밭9에서 접목주를 키우고 있었을 것이다. 내 엄마를 통해 내 출산 소식을 듣고는 그 열매들을 14브릭스의 당도로 발효시켜 술을 담갔을 것이다.

나는 만조 아줌마의 글씨체를 보며 항아리에 기대앉았다. 그 상태로 앉아서 나는 만조 아줌마가 예초기 대신 민들레를 심자고 했던 날의 기억을 하나 더 떠올렸다. 수세 거부 운동에 제동이 걸리면서 마을 분위기는 뒤숭숭했고 아빠는 사람들의 소리 없는 비난이 자신을 향하고 있다는 생각을 이기지 못했다. 엄마의 어떤 호소도 아빠가 여안을 떠나도록 설득하지 못했지만 모르는 아저씨 앞에서 헤헤거린 딸아이의 행동이 초래한 폐는 아빠를 떠나도록 할 수 있었다.

어느 때보다도 간곡하게 내 부모와 얘기를 나누고 나온 밤에 만조 아줌마는 나를 따로 불렀다. 비탈밭 어디쯤에서였다. 습한 여름 밤공기가 잎이 무성한 나무들 틈을 채우고 있었다. 냉해 없이 한여름을 건너온 사과들이 비탈밭 곳곳에서 은은하게 빛을 내던 밤이었다. 나는 엄마 아빠와는 물론이고 동네 누구와도 눈을 마주치지 못한 채 겁에 질려 있었다. 만조 아줌마는 비탈밭에 서서 그런 내 팔을 연신 쓸어내렸다. 만조 아줌마가 어떤 말을 한다 해도 나는 모든 게 내 잘못이라는 생각을 하지 않을 수 없는 상태였지만 그래도 만조 아줌마는 내게 그 말을 했다. 열두살의 내게 그 말을 들려주었다. 나리 니 탓이 아니라고. 너를 그렇게 둬서 미안하다고.

아이를 낳은 날짜가 적힌 항아리 옆에 앉아서야 나는 그 말이 지난 삼십년간 내 어딘가에서 숨죽인 채 살아 있었다는 것을 실감할 수 있었다. 그리고 그때 나는 수미를 보았다. 저쪽 숙성실에 서서 수미가 나를 보고 있었다. 눈을 크게 뜨고서, 나에게 일어나는 일들과 자신에게 일어나는 일들을 놓치지 않겠다는 듯이. 나는 턱과 앞섶에 말라붙은 하얀 가루들을 털어내고는 다시 아치 통로 너머를 보았다. 그곳엔 최근의 제작 연도들이 기록된 숙성조와 2020년의 수미가 있었다. 수미가 곧 이쪽으로 걸어올 거라는 게 느껴졌다. 나는 항아리를 짚으며 앉았던 자리에서 일어났다. 그리고는 수미가 발을 떼기 전에 먼저, 그쪽으로 걸어갔다.

5

길고 긴 코로나19 시기의 단 한번의 예외 같았던 그때에 나와 그이들은 사과밭에 갔었다.

마스크를 목에 걸고 먹고 마셨다.

출렁다리에도 갔다.

깊은 밤에, 선글라스를 벗은 선글라스 여자를 따라 출렁거리는 다리에 올라갔다.

기나긴 겨울이 왔을 때 우리는 만나기가 힘들어 줌을 켜놓고, 가을을, 사과축제 날 밤을 종종 얘기하곤 했다.

다들 취했지, 나만 빼놓고. 내가 얘기하면 누군가가 아니라고, 취하지 않은 건 서하와 리틀 별은이 뿐이었다고, 사과 원액 주스를 쪽쪽 빨아먹으면서 그애들이 새벽까지 눈이 말똥말똥했다는 얘기를 했다.

축제 날 밤의 시음실을 떠올리면 이상하게 거기 모여 있던 사람들 얼굴보다 그들이 벗어두었던 신발이 먼저 떠올랐다. 숱하게 펼쳐진 신발들 중에서 내 신발을 찾던 몇초, 혹시라도 몸이 기울다 다른 사람의 신발에 발을 넣을까봐, 그 사람을 실감해버릴까봐 바짝 긴장하던 몇초가 떠올랐다.

올라오는 길에 일행들은 여안에 있는 한 작은 산성에 들렀다. 만조 아줌마도 없이 선글라스 여자도 없이 시음실에 둘러앉아 있던 다른 이들도 없이, 기정으로 돌아갈 사람들만이 성 앞에 차를 세우고 석축을 따라 걸었다.

별은씨와 별주씨와 별선씨가, 수미가, 막 떨어진 낙엽을 밟으며 성곽길을 걸어올라갔다. 별은씨 딸과 서하가 후드점퍼를 벗어 들고 그들을 앞질러 올라갔다. 완만하게 이어지던 석축이 몇번 가팔라지고 나니 산성 꼭대기였다.

산 반대편 너머로 내려다보이는 마을은 아마도 여안의 일부일 터였다. 시가지 사이사이로 펼쳐진 논과 사과밭, 시야 멀리로는 호수 위, 출렁다리의 한쪽 끝이 보였다. 보이지 않는 다리 반대쪽 너머에 우리가 머물고 온 벽돌 양조장이, 또 그 너머 어딘가에 딴산이 있을 터였다.

일행들은 석축에 기대서서 아래로 펼쳐진 마을을 배경으로 사진을 찍었다. 별선씨가 셀카봉을 들었고 다들 휴대폰 화면 안으로 모여 손을 흔들었다. 모녀들끼리 서 보라며 누군가 별은씨와 별은씨 딸을 찍었고, 이어서 수미와 서하를 찍었다.

마지막으로 수미와 나를 나란히 세운 건 서하였다. 허리 높이의 석축에 기대서자 등 아래쪽으로 서늘한 돌 감촉이 전해져왔다. 내 바로 옆에는 같은 돌에 등을 기댄 수미가 있었다. 서하가 "여기요"라고 말했고, 그 말에 수미와 나는 서하의 휴대폰을 보았다. 살짝 웃었을지도 모르겠다.

산성에서 내려가기 전 일행들은 각자 흩어져 잠시간의 시간을 보냈다. 봄부터 이어진 초유의 일들을 조금이나마 덜어놓고 가려는 듯, 이 초유의 기간이 얼마나 더 이어질지 알지 못한 채로, 다만 그 가을 공기가 금세 사라질 거라는 것만은 아는 채로 그곳에 조금 더 머물렀다.

어느 마을에선가 컹컹, 개 짖는 소리가 올라왔다.

서하와 별은씨 딸이 컹컹, 따라 하며 그 소리를 되돌려주었다.

노랗게 물든 참나무 잎 하나가 가지에서 땅으로 떨어져내렸다.

그 짧은 정적 속에서 나는 내가 오랜 시간이 지나도 이 순간에 반복해 머물게 될 것 같다는 생각을 했다.

성곽길을 따라 내려가는 길에 나는 잠시 서하와 나란히 걸었다. 서하는 학교에서 쉬는 시간에 친구들과 다리

들어올리기 게임을 하던 얘기를 했다. 친구가 다리를 들어올리다가 허리를 삔 얘기, 파스를 붙인 얘기, 다음 날에 다른 친구가 다리를 더 높이 들어올렸다는 얘기.

그러다 서하는 수미와 잠시 나란히 걸었고, 어느새 모습이 안 보여서 찾아보면 별은씨 딸과 함께 저 아래로 벌써 내려가고 있었다. 아이들이 아예 안 보이고 나서도 아래에서 떠들고 웃는 소리는 위쪽으로 계속 울려 올라왔다.

나는 수미와도 잠시 나란히 걸었던 것 같다.

내 휴대폰 안에는 서하가 옆에 와 섰을 때 반사적으로 고개를 돌려 서하를 보던 수미의 표정이 담겨 있었다.

그리고 내겐 만조 아줌마가 준 호리병이 있었다.

만조 아줌마는 내 결혼식 날 아침에 그랬던 것처럼 기정으로 돌아가는 내게 잘 지내라거나 또 보자거나 하는 말은 하지 않았다. 호리병을 쥐여주며 딱 한마디만을 했다.

"적적할 때 먹어라."

*

성곽길에서 서하는 내게 이런 얘기도 했다.

"이모가 출렁다리 앞에서 무슨 얘기 했는지 아세요?"

나는 가슴이 덜컹해 물었다. 내가 뭐라고 했느냐고.

서하가 내가 한 말을 그대로 읊었다.

"엄마, 내가 왜 전갈이랑 친구를 해? 나는 전갈이 무섭고 싫어. 난 정글에서 전갈 만나면 도망갈 거야. 친구 안 하고 도망갈 거라고."

*

나는 그것들이 고마웠다. 서하가 내게 들려준 자잘한 에피소드들과 이런저런 수다들이. 잠시간이나마 같은 곳에 머물러주었다는 것이.

내 공방에 와서 울던 날에 대해서나 수미가 입원해 있던 한 계절 동안 자신이 보낸 시간에 대해서, 수미가 퇴원한 뒤의 시간에 대해서는 아무런 얘기도 하지 않았지만 나는 서하와 수미가 그들의 집이 아닌 곳에서, 그들 둘만의 고립 속에서가 아니라 사람들 사이에 섞인 채 서로를 의식했다는 것이, 대면의 시간이 다시 그들을 기다리고 있다 하더라도 그 시간을 짧게나마 경유했다는 것이, 그것이 고마웠다.

만조 아줌마가 예전의 나에게 그런 시간과 공간을 내주었던 것처럼.

*

기정에 돌아온 뒤 나는 만조 아줌마가 준 호리병에 대해 아무에게도 얘기하지 않았다. 수미에게도. 종수에게도. 죽을 먹으러 간 와인바에서도. 나는 호리병에 든 게 일행들과 시음실에서 마신 것과는 다른 맛이라는 걸 왠지 알 것 같았고, 그걸 다 마시게 되면 내가 그 병에 초를 만들고 싶어지리라는 것도 알 것 같았다.

엘사 사장과 와인바 사장에게는 만조 아줌마의 양조장에서 파는 사과브랜디를 한병씩 선물했다. 나는 와인바 사장이 얼마나 양조장에 오고 싶어했는지를 알고 있었기 때문에, 그의 꿈이 소백산 자락에 밭 하나를 사 와이너리를 여는 거라는 걸 알고 있었기 때문에 만조 아줌마의 발효실과 증류실 얘기를 공들여 들려주었다.

며칠 동안 가게 앞 보도의 낙엽을 쓴 것 밖에는 한 게 없는 것 같다고, 그런데도 조금도 가게를 비울 수 없었다고, 와인바 사장은 두어달 전보다 더 어두워진 표정으로 말했다. 초등 저학년 아이 둘과 와이프는 집에서 전혀 나오지 못하고 있었고 기온은 점점 내려가고 있었다.

여안에서 돌아온 뒤로 날은 실로 빠르게 추워졌다. 신규 확진자 수는 계속 늘었고 기온이 내려갈 때마다 겨울

철 대유행은 마치 기정사실처럼 예고되었다. 에어컨을 끄고 창문을 열고 밖으로 나왔던 사람들은 추위를 피해 다시 실내로 들어가 문을 닫았다. 이제는 일상 감염이라는 진단과 경고도 이어졌다. 자영업자들의 폐업 브이로그가 줄지었고 확진자들이 다녀가 임시 폐쇄를 하는 점포들도 늘어갔다.

호흡기내과와 신경정신과 진료를 하루에 잡아놓은 날 나는 버스를 타는 대신 몇 정거장을 걸어서 기정병원으로 갔다. 여안에 가기 전만 해도 나무 한가득 달려 있던 잎들이 거의 떨어져내려 이제 거리는 누가 뭐래도 가로수가 맨 가지를 드러낸 초겨울 풍경이었다.

정말 추워졌네, 생각하면서 나는 기정병원 사거리에 서서 신호가 바뀌기를 기다렸다. 병원 정문 앞에선 몇몇 사람들이 코로나19 방역 수칙과 캠페인이 적힌 피켓을 들고 서 있었다. 손 씻기. 거리두기. 힘내라 기정시. 코로나19 극복. 구급차가 사이렌을 울리며 정문 안으로 들어갔고, 신호가 바뀌자마자 마스크를 쓰고 몸을 웅크린 사람들이 밀물처럼 이쪽으로 걸어왔다.

병원은 코로나19가 얼마나 한창인지를 실감케 하는 곳이었고 동시에 코로나19와 상관없이 얼마나 많은 사람들이 각각의 질환으로 계속 앓고 있는지를 환기시키는 곳이

기도 했다. 호흡기내과 검사실 앞에 앉아 기관지내시경실로 들어가는 노인들을 보면서 나는 만조 아줌마와 비슷한 연배겠구나, 딴산 일꾼들과 또래겠구나, 계속 그런 생각을 했다.

두 과의 진료를 한날에 보자 검진은 호흡기내과에서 하고 약 처방은 신경정신과에서 받은 것 같은 묘한 기분이 들었다. 두 과에서 받은 질문도 크게 다르지 않았다. 숨쉬는 건 좀 어떠냐고, 병원 정문을 나와 사거리 저쪽으로 걸어가면서 나는 두 진료실에서 연이어 호흡에 대한 질문을 받았다는 걸 생각했다. 그 질문을 받은 순간에 나는 만조 아줌마의 숙성실을 떠올리고 있었다.

내가 아치 통로를 지나던 그때를.

이쪽 숙성실에서 일어나 저쪽 숙성실로 걸어나가던 순간을.

특별한 걸림이 없어서 의식하지 못했던 그때의 들숨과 날숨을.

나는 병원 사거리 횡단보도 끝에 멈춰 서서 내 호흡근들이 있을 어디쯤에 손바닥을 댔다. 그렇게 한참을 서 있다가 집으로 달려가 차 키를 집어들었다. 급작스런 곤란이 올 때를 대비한 비상약을 챙기고는 지하차도가 있는 곳으로 차를 몰았다. 입구만 보여도 공포심이 느껴졌던 그곳으로 나는 천천히 들어갔고, 곧이어 그곳에서 나왔다. 특별한 증상 없이 지하차도를 통과한 것이다. 나는 이어서 짧은 터널이 있는 곳으로 운전을 했다. 터널을 통과하는 동안에도 특별히 걸리는 숨이 없었다. 손끝이 저려오지도 않았고 숨이 가빠오지도 않았다. 나는 조금 더 긴 터널을 찾아 차를 몰았고, 처음 간판을 읽기 시작한 아이처럼 스스로 신기해하며 그렇게 한참을 이곳저곳으로 운전을 했다.

*

다시 운전을 할 수 있다는 확신을 얻은 뒤 내가 제일 먼저 달려간 곳은 영종고속도로였다. 초겨울 대기가 흐리게 내려앉은 도로를 달려서 나는 공항으로 갔다. 차를 세우고 1터미널 입국장 꽃집으로 달려갔다. 꽃들이 아직 그곳에 있기를 바라면서. 제발 아직 있어라, 거기에 아직 있어라, 중얼거리면서.

"하도 안 와서 공방이 망했나 했어요."

찬바람을 몰며 문을 열자 꽃집 주인이 말했다.

아직 안 망했다고, 감사하다고, 너무 감사하다고, 공작초와 소국을 받아 안으며 나는 말했다.

*

그해 들렀던 어느 때보다 인적 없는 긴장감으로 가라앉아 있는 공항 입구에 서서 나는 전광판으로 지나가는 숫자들을 쳐다보았다. 신규 확진자 수, 누적 확진자 수, 위중증 사망자, 누적 사망자, 전국 중환자 병상 가동률. 매일 10만명이 넘는 확진자가 쏟아지는 미국과 재봉쇄에 들어간 유럽 소식이 이어졌다. 비가 한차례 쏟아진 뒤 나뭇잎들은 전부 떨어졌고 첫 한파주의보가 내려졌다. 그렇게 겨울은 시작되었다.

가장 먼저 실감된 건 인근 초중고 학부모들의 잇단 확진 소식을 들으면서부터였다. 초등학생 아이와 중학생 아이를 키우고 있는 학부모의 확진은 두개의 학교와 수개의 학원을 술렁이게 했고, 거기 다니는 아이 친구의 자가격리와 아이 친구 형제의 등교 중지, 아이 친구 막냇동생의 긴급 보육 중지로 이어졌다. 그것은 곧 그 아이들 엄마들의 출퇴근에 직접적인 영향을 끼쳤다.

학부모의 확진은 자연스러운 수순인 듯 학생들의 확진으로 이어졌다. 12월 초, 은채와 같은 학년인 한 학생이 확진되자 은채 학교는 모든 학년을 원격수업으로 전환하고 긴급돌봄과 오후돌봄과 특기적성교육을 전부 폐쇄했다.

며칠 뒤 사회적 거리두기가 강화되면서 학원과 교습소에 3주간 집합금지 명령이 내려졌다. 학원 수업 또한 전부 비대면 온라인 수업으로 전환된 것이다. 겨울이 되면서 여자들은 다시 아이들과 함께 집 안에 갇히게 되었다.

나는 틈이 날 때마다 계속 공방 창문에 기대서서 기정로를 내려다보았다. 추위 때문인지 겨울 대유행이 시작되어서인지 낮에도 거리엔 인적이 드물었다. 아홉시 이후 셧다운이 시작되면서 기정로 상가 거리는 초저녁만 되어도 어둠과 추위로 무겁게 가라앉았다. '얼굴 보여주세요'라며 옆 상가에 문을 열고 들어가 얼굴을 비추던 소리들도 잘 들려오지 않았다. 이제는 같이 점심을 먹는 것도 조심스러워서 엘사 사장과 나는 와인바로 가서 먹던 낮죽도 어느 순간 자제하게 되었다.

하루와 한주를 가늠하는 척도라도 되듯 나는 코로나19 라이브 사이트를 수시로 새로고침 하면서 숫자들을 확인했다.

코로나19 일일 신규 확진자가 처음으로 1천명을 넘어선 날은 눈이 내렸다. 첫 환자 발생 이후 십일개월만이라는 뉴스 뒤로 눈이 하얗게 쌓인 공원 풍경이 이어졌다. 사람들의 SNS로도 눈 풍경이 하나둘 올라왔다. 그해 들어 첫눈이었다. 나뭇가지 위로 두툼히 쌓일 만큼 펑펑 내린 눈이었다. 눈을 이고 있는 나무 사진을 보면서 나는 사과밭을 떠올렸다. 딴산 일꾼들이 사과를 따던 그 가을밭에도 겨울이 왔을 터였다. 다시 운전을 할 수 있게 된 것 같다고, 딴산과 사과밭이 떠오르자 나는 그 말을 수미에게 하고 싶어졌다.

약이 잘 맞는 것 같아 다행이라고 수미는 메시지 답장을 보내왔다. 수미는 내 증상이 나아진 게 몇달간 먹어온 약 효과라고 생각하는 것 같았다. 아무려나 나는 겨울 대유행의 한중간에 증상이 조금씩 나아지고 있었다. 이제 코로나19가 정말 코앞으로 왔다고, 어디서 걸려도 이상하지 않다고, 이제는 정말 내 일이구나 싶다고, 그런 말들이 들려올 때 이미 두달이 넘는 격리생활을 마치고 나온 '완치자' 수미가 어떤 기분일지는 알 수 없었다. 분명한 건 지금 사람들을 옥죄고 있는 불안을 이미 호되게 통과하고 난 뒤의 수미는 '비감염자'들보다 단단한 면역을 갖춘 것처럼 보인다는 것이었다.

딴산에 출강 수업을 가는 게 언제냐고 수미가 물었다.

나는 연초라고 말했다. 가도 될지 걱정을 했던 것 같다. 수도권 유행 상황이 워낙 심각해 내가 딴산에 가는 게 민폐가 되는 건 아닌지 모르겠다고, 연초가 되면 조금이라도 이곳 상황이 좋아지면 좋겠다고, 그때까지만 해도 나는 그런 생각을 하고 있었다.

*

한파로 여기저기서 수도관이 얼던 날이었다. 공방으로 손님이 찾아왔다. 저녁 여덟시가 가까운 시간이었다. 손님은 자개모빌을 울리며 들어와 공방 테이블 앞으로 성큼성큼 걸어오더니 물었다. "저 아세요?"라고.

나는 기억을 떠올리려 애써보았다. 사람들이 다 숨어버린 춥고 어두운 저녁에 찾아와 자신을 아느냐고 묻는 이 여자는 누굴까.

"따님이 쓰던 수납장을 제 아이들이 쓰고 있어요."

그제야 나는 여자를 기억해냈다. 공방 이전 준비를 하면서 집을 정리하다가 나는 은채가 서너살 때부터 쓰던 수납장을 지역 맘까페에 중고로 내놓았다. 코로나19가 시작되기 직전이었다. 남편과 함께 내 집 현관 앞으로 찾아와 엘리베이터 안으로 수납장을 옮기던 여자의 모습이 떠올랐다.

"안 그래도 궁금했어요. 수납장은 잘 있나요?"

수납상자 열개가 들어가는 그 5단 수납장엔 은채가 어려서부터 해놓은 낙서가 여기저기 숨어 있었다. 낙서가 안 지워져서 안 팔릴 거라고 생각했는데 막상 팔렸을 땐 내놓은 걸 후회하며 수납장을 그리워하기도 했다. 코로나19 팬데믹이 시작되었을 땐 은채 수납장이 가 있을 집의 안부를 잠깐씩 궁금해하기도 했다. 그리고 이제 그때로부터 세 계절이 지난 겨울에 나는 여자를 다시 만난 것이다.

여자는 둘째아이가 그 수납장에 어떤 것들을 넣어놓는지 그런 얘기들을 두서없이 꺼냈다. 어쩌면 여자는 어딘가로 가다가 도저히 그곳에 못 가겠어서 내 공방에 무작정 들른 것도 같았다.

"며칠째 빨래를 못하고 있어요."

여자는 네살, 여덟살 두 아이를 키우고 있었다. 첫째 아이는 온라인 수업이 아닌 때에도 영상 앞에만 있으려 했고 네살 아이는 밖에서 놀지 못하자 집에서 뛰어놀았다. 아래층 사람이 아이를 뛰지 못하게 해달라고 매일같이 벨을 눌렀다. 수도관 동파로 세탁기 사용이 금지되자 아이들이 먹고 쏟고 한 빨래들이 쌓여갔다. 시 채널에서는 계속해서 같은 알림을 보내왔다. '101만 기정 시민 긴급 멈춤' '당신이 멈춰야 코로나19가 멈춥니다.' 거리두기가 격상될 때마다 물류센터에서 일하는 남편은 야근의 연속이었다.

"빨래를 못하니까 미칠 것 같은 거예요."

코로나19가 시작되고 세 계절 동안 참고 참아왔던 것이 수도관 동파로 터지기 직전인 얼굴로 여자가 말했다.

"어젯밤에는."

여자가 나를 보며 말했다.

"정신을 차려보니까 제가 에어컨 실외기 위에 앉아 있는 거예요."

여자는 그 말을 남기고 돌아갔다.

나는 모두가 잠든 밤, 16층 베란다 밖 에어컨 실외기 위에 앉아 있는 여자를 떠올렸다. 그 여자가 살고 있는 집에는 내가 십년 가까이 갖고 있던 수납장이 있었다.

*

새경프라자 옥상에 올라가면 그 공기가 그대로 느껴졌다. 일년 가까이 이어진 팬데믹에 피로가 누적된 사람들이 곤두설 대로 곤두선 채 숨죽이고 있는 공기가. 텅 빈 역 광장과 중앙공원 위로 미처 터져나오지 못한 비명들이 뭉텅이째 얼어가는 듯했다. 지나가던 길이라며 잠깐씩이라도 공방 문을 열고 들어오던 사람들도 모습을 비추지 않았지만 그럼에도 나는 그들의 기척을 기다렸다. 그들이 어떤 공간에서 누구와 어떤 상태로 겨울을 보내는지 조금이라도 소식을 듣고 싶다는 생각을 하면서 나는 공방 인스타그램에 하루도 거르지 않고 공방 소식을 올렸다. 잘 말라가고 있는 공작초 잎들을 올리고 눈사람캔들을 위한 몰드 제작 과정을 올렸다.

은채는 친구를 자주 만날 수 없자 줌을 켜놓은 채로 하루의 많은 시간을 보냈다. 줌을 켜놓고 친구와 얘기를 하다가 줌을 켜놓은 채로 각자 숙제를 했다. 오종수는 김간사가 준 비즈 스트랩을 차 룸미러에 걸고 다녔다. 은채는 휴대폰 고리로 걸고 다녔다. 아직 차량 기사로 복귀하지 못한 수미는 지난봄보다 더 많은 시간을 서하와 집에서 보내고 있을 터였다.

학원과 교습소에 집합금지 명령이 내려진 뒤로 중앙프라자 앞은 적막이 감돌았다. 갓길을 채우던 어학원 버스들도 보이지 않았고 승하차 보조 교사들의 대기 의자도 내내 텅 비어 있었다. 하루 종일 사람들이 머물고 있을 학원 윗층의 요양원도 조용하기는 마찬가지였다.

여안에도 한파가 왔을까 생각하면서 나는 딴산 수업의 커리큘럼을 구상하고 수업에 필요한 재료들을 주문했다. 공방 맞은편 상가 매대에 나가 만조 아줌마한테 어울릴 수면양말도 몇켤레 샀다. 점등 행사 없이 쓸쓸히 밝혀졌다는 지구 반대편 도시의 크리스마스 조명 사진을 보았고, 가정보육과 어린이집 긴급보육을 두고 양육자들이 서로 싸우는 글을 읽었다. 팬데믹 이후에 이십대 여성의 자살률이 급증했다는 기사 뒤로 확진자 사망률이 가파르게 늘고 있다는 속보가 이어졌다. 고령자들이 대다수인 요양원과 요양병원에서 집단감염이 시작되고 있었다.

그 무렵이었다. 어느 때보다도 강화된 거리두기 사이로 어느 때보다도 많은 죽음들이 들려오던 때. 수도권에서 5인 이상 모임이 금지되기 시작하던 때. 아무런 예고도 없이 뉴스에서 딴산을 본 건 크리스마스가 이틀 지난 날이었다.

*

(여안＝연합뉴스)김정 기자＝신종 코로나바이러스 감염증(코로나19) 집단발병으로 동일 집단격리(코호트격리) 조처가 내려진 충남 여안군 딴산마을. 보건 당국 관계자가 마을 주변을 통제하고 있다. 2020. 12. 27.

*

'접근금지'라고 쓰인 노란색 테이프가 선명하게 입구를 가르고 있었다. 차량 통행을 차단하는 주황색 라바콘

들도 줄지어 놓여 있었다. 흰색 방호복을 입은 공무원과 붉은색 경광봉을 든 경찰관이 그 주위를 오갔다. 그외에는 누구도 보이지 않았다.

뉴스에서는 그곳이 딴산이라고 말하고 있었다. 나는 똑같은 마을 이름을 가진 다른 곳일 수도 있다고 생각해보려 했지만 충남 여안이라는 행정명을 보자 내가 아는 그 딴산이 아니라고 생각할 수가 없었다.

나는 만조 아줌마한테 전화를 했다. 연결이 되지 않았다.

김간사한테 전화를 해보았지만 역시나 받지 않았다.

선글라스 여자와 가까스로 연결이 된 건 몇시간 뒤였다. 할매들이 갑자기 확진이 되고 있다고, 들어가볼 수도 없고 빼내올 수도 없다고, 여자가 어딘가로 걷고 있는 듯 숨찬 목소리로 말했다. 저지하는 사람들 말소리가 들리는 걸 보니 마을 출입 통제선 근처인 것 같았다. 여자는 만조 아줌마도 딴산 안에 있다는 말을 했고, 곧 다시 연락을 주겠다는 말을 끝으로 급히 전화를 끊었다.

*

그뒤로 나는 휴대폰을 손에서 놓지 못했다. 뉴스에서 눈을 떼지도 못했다. 선글라스 여자와 연결이 되지 않는 이상 딴산 소식을 들을 수 있는 곳은 뉴스뿐이었다. 확진자가 속출하고 있는 딴산은 봉쇄되었고 딴산 인근 다섯개 마을 주민 전원을 대상으로 코로나19 검사가 진행됐다. 딴산 일꾼들이 최근까지도 겨울 전지 작업을 다녀갔다는 인근 과수원들은 모두 폐쇄되었다.

나는 뉴스를 통해서 딴산마을에 거주하는 주민이 모두 37명이라는 것을 알게 되었다. 그중 11명이 코로나19에 확진된 상태였다. 주민의 30퍼센트였다. 딴산 거주민들은 모두 70세 이상의 고령에 기저질환자들이며 한곳에서 공동생활을 하고 있다고, 뉴스는 추가 확진자와 중증 환자가 빠르게 늘 수 있다는 말을 하고 있었다.

또다른 뉴스에서는 불안에 떨고 있는 여안 사람들을 보도했다. 최초 감염원도 감염 경로도 밝혀지지 않은 상태였지만 여안 사람들은 딴산에 대한 출입 제한을 더욱 철저하게 해달라고 호소하고 있었다. 사는 내내 불안했다고, 몇십년을 그랬다고, 주민 누군가의 인터뷰를 보다가 나는 잠시 심호흡을 했다. 뉴스는 딴산마을이 결핵 환자들이 모여 살던 마을이라는 걸 밝히며 다시 다른 주민의 인터뷰를 이어가고 있었다.

여안 사람들에게조차 존재하지 않는 곳으로 여겨지던 딴산은 코로나19 집단감염으로 육십년만에 그렇게 세상에 존재를 드러냈다.

*

나는 수미한테 말했다. 아무래도 여안에 가야 할 것 같다고. 여기서 소식만 기다리고 있는 게 더 못할 짓인 것 같다고. 나는 원래 딴산에 갈 예정인 사람이었으니 통제선 밖에만 있다 온다고 해도 일단 가봐야겠다고. 수미는 나를 말렸다. 기정에 있어야 한다고 했다. 우리는 여기에서 할 수 있는 것들을 하면서 이곳에 있어야 한다고.

여안으로 달려가고 싶을 때마다 묵주를 돌리듯 마스크 스트랩의 비즈들을 하나하나 손으로 굴렸다. 그러고 있으면 사과밭에 자글자글한 빛처럼 퍼져 있던 활기가 잡힐 듯 떠올랐다. 애써 감추지 않은 상기됨과 설렘이 그들 사이에 묵언처럼 오가던 것도 떠올랐다. 그들은 그때 그들을 필요로 하는 곳에서 그들이 가장 잘할 수 있는 일을 하고 있었다.

딴산마을에 이동제한 행정명령이 내려지고 이틀째에 한국의 코로나19 일일 신규 확진자 수는 최고치를 찍었다. 요양원과 구치소에서의 집단감염과 코호트격리 소식도 끊이지 않았다. 선글라스 여자는 통화를 할 때마다 흥분을 누르지 못했다. 딴산 노인들이 사는 집엔 확진된 노인들과 확진되지 않은 노인들이 함께 있었다. 확진된 노인들을 빨리 병원으로 이송해달라고 요청했지만 병상 배정 중이니 기다려달라는 말만이 돌아왔다. 확진되지 않은 노인들만이라도 벽돌 양조장 건물로 분리해달라고 요청했지만 그 또한 받아들여지지 않았다. 비확진자라 하더라도 딴산 사람들은 통제선 밖으로 나올 수 없었다.

딴산 입구에 임시 검사소와 의료진 몇이 대기하고 있었지만 미열과 목감기 증상만 보이던 확진 노인들이 급성 폐렴으로 발전하는 건 순식간이었다. 인근의 감염병 전담 병원들은 기존 환자들이 꺼린다는 이유로 딴산 환자들을 받지 않으려 했고 코로나19 중환자 병상은 코로나바이러스가 돌기 시작한 이후 최대로 포화 상태였다.

*

나는 만조 아줌마한테 여러번 문자메시지를 남겼다. 처음엔 괜찮은지를 묻는 문자를 남겼고 다음엔 바깥의 신호를 전달하듯 아무 말이나 일단 남겼다. 만조 아줌마는 하루나 이틀에 한번 정도 답을 보냈다.

'내가 결핵 걸리고도 살았다.'

덜 아픈 노인들이 더 아픈 노인들을 살피고 있다고, 그렇게 버티고 있다고 만조 아줌마는 말했다.

나는 휴대폰 배터리 충전을 잘 해달라고 문자를 남겼다.

호리병 술은 아직 안 먹었다고도 남겼다.

다음 날은 눈사람 모양의 초 사진을 보냈다.

물컵에도 초를 만들 수 있다고 말했고,

술 항아리가 비면 거기에도 초를 만들 수 있다고 말했다.

만조 아줌마가 답을 보내왔다.

'항아리 초라. 사흘밤낮을 타겠구나.'

*

만조 아줌마의 답을 기다리다 힘든 느낌이 들면 은채 수납장을 사간 여자한테 안부 연락을 남겼다. 은채가 다섯살 때 그 수납장에 어떤 걸 넣어놨었는지 그런 얘기를 두서없이 했다.

*

2020년의 마지막 날 저녁에 수미가 공방에 들렀다. 점포들이 일찍 문을 닫고 들어가 새경프라자 전체가 빈 것 같은 시간이었다. 그해를 보내는 마지막 날 밤이었지만 해를 넘기고 새로 맞고 있다는 실감은 어디에서도 느껴지지 않았다.

나는 수미한테 만조 아줌마한테서 온 답 문자들을 보여줬다. 만조 아줌마는 아직 괜찮다고 했지만 이 상태대로라면 확진이 되는 건 시간문제라는 걸 수미도 나도 알고 있었다. 딴산 노인들이 함께 살고 있는 집이 어떤 형태일지 짐작이 가지 않았다. 2층 건물일지, 3층 건물일지, 각각 방을 쓰는지 여러명이 같이 쓰는지, 밥은 어떻게 모여 먹고 마스크 스트랩은 어떤 공간에서 모여 만드는지. 하지만 만조 아줌마가 어떤 모습으로 그 안을 걸어다니고 있을지는 짐작이 갔다. 덜 아픈 노인일 만조 아줌마가 평소 간병인이 오갈 정도의 돌봄이 필요한 더 아픈 노인들을, 어떤 걸음걸이와 표정으로 돌아다니며 살피고 있을지가.

수미가 당도 게임을 할 때 먹었던 사과 얘기를 했다. 다디단 사과들 틈에서 독특한 산미의 사과를 찾아냈을 때 수미는 어쩌면 만조 아줌마가 세상 어디에도 없는 사과를 만들고 있는 게 아닐까 생각했다고 했다. 그렇다면 지난 가을의 당도 게임은 그 과정의 의견 수렴 같은 것이었을 수도 있었다. 딴산 사람들이 그동안 어떤 농사를 지어왔는지 지나가는 아무라도 붙잡고 얘기해주고 싶다는 수미의 말을 들으면서 나는 공방의 불을 끄고 초 몇개를 켰다.

셧다운 시간인 아홉시가 넘어가고 있었다. 초를 켜자 공방 벽과 광목 커튼 위로 커다란 그림자들이 드리워졌다. 불을 켜고 있을 때는 기정로가 적막 같았는데 불을 끄고 초를 켜자 거리에 깔린 소음들이 살아올라오는 듯했다. 누군가의 발소리, 메시지 도착음 소리, 기침 소리, 문을 미는 소리. 어디선가 잔바람이 불어오는 것처럼 촛불이 계속 너울거렸다. 눈 밑에 다크서클이 짙구나 생각하며 나는 수미를 보았다. 하지만 자세히 보니 그것은 다크서클이 아니라 눈썹 그림자였다. 수미 눈썹이 저렇게 길었던가, 그런 생각을 하다가 나는 물었다.

"코로나에 걸리면 얼마나 아파?"

수미가 말했다.

"많이 아파."

테이블 위에선 흰 원뿔형 초가 일렁이고 있었다.

"니가 그때 자고 있었던 것 같아서."

촛불을 멍하니 보다가, 수미가 그날 밤 얘기를 꺼냈다. 만조 아줌마와 수미와 내가 온돌에 함께 누워 있던 여안에서의 첫째 날 밤 얘기를.

수미는 내 어렸을 때 얘기 몇개를 만조 아줌마한테 물었고 그런저런 옛날 얘기 중에 듣게 되었다. 엄마가 방학 때마다 일주일에 한번 나를 만조 아줌마한테 맡긴 건 엄마의 부탁이 아니라 만조 아줌마의 제안이었다.

숨 좀 쉬라고 그랬지. 나리도 나리 엄마도.

만조 아줌마는 말했다. 이나리와 이나리 엄마한테 동시에 가지고 있던 어떤 연민에 대해서, 보이는 게 다가 아닌 것을 담고 있던 이나리라는 여자아이의 눈빛에 대해서, 쓰이고 또 쓰이던 마음에 대해서.

수미는 만조 아줌마한테 물었다.

이웃집 아이한테 어떻게 그런 마음일 수 있었는지.

그런 친절은 어떨 때에 가능한지.

우문이라 대답할 말이 없다는 듯 만조 아줌마는 한가지 일화만을 얘기했다.

겨울이었는데, 나리가 그때 학교에 들어갔을 땐가 모르겠다. 한겨울 아침에 애가 손등이 허옇게 터서는 강아지 밥그릇을 들고 울고 있는 거야. 강아지 밥이 꽝꽝 얼었다고. 꽝꽝 얼어서 강아지가 먹을 수가 없다는 거야. 아니 겨울에 밖에 내놨으니까 얼지. 들여놓으면 다시 녹는다고 해도 듣지를 않아. 얼마나 울음을 안 그치는지. 나를 보더니 계속 우는 거야.

*

수미는 그날 원뿔형 초 앞에서 서하 얘기도 했다. 서하가 딴산 상황에 강하게 감정이입을 하고 있다고 했다. 딴산이 격리된 이후 내내 여안과 딴산 소식을 붙들고 있던 서하는 국민청원 게시판에 청원 글을 올리겠다고 말했고, 선글라스 여자와 연락을 주고받으면서 딴산 상황을 쓰고 있었다. 서하가 쓰게 될 글이 자신은 왠지 두렵다고, 수미는 그날 그런 말도 했던 것 같다.

*

해가 바뀐 첫날에 나는 영상을 찍었다. 딴산에서 수업할 내용을 그대로 담은 영상이었다. 기본 티라이트캔들 하나와 화분 용기에 만드는 다육이캔들 하나였다. 동백오일과 올리브오일이 들어간 비누 레시피도 큰 글자 크기로 출력했다. 심지를 어떻게 붙이는지, 왁스를 어느 정도로 따뜻하게 녹이는지, 추운 겨울이니만큼 용기를 드라이어로 미리 데워놓는 게 좋다는 설명도 빼놓지 않았다. 나의 딴산 수강생들이 호기심과 집중력으로 눈을 빛내며 내 맞은편 어딘가에서 나를 보고 있었다. 나는 그들 한명 한명의 얼굴을 찾는 마음으로, 시간을 채워 영상을 찍었다.

*

1월 첫주가 시작된 월요일에 서하는 딴산마을의 코호트격리에 대한 국민청원 글을 완성해 올렸다. 딴산이 격리된 지 구일째 되는 날이었다. 학원과 교습소에 대한 집합금지가 풀리면서 중앙프라자 학원 층으로 아이들이 다시 드나들기 시작한 날이기도 했다.

그날 나는 선글라스 여자와 통화를 마치고 은채 학원이 끝날 시간에 맞춰 중앙프라자 앞으로 갔다. 저녁 여섯 시가 안 된 시간이었지만 날은 이미 어두웠다. 3주 만에 밖으로 나와 수업을 한 은채와 집까지 같이 갈 생각이었지만 수업이 끝날 시간이 지나도 은채가 내려오지 않았다. 그 시간대 중앙프라자 엘리베이터 입구는 아이들로 늘 북적였지만 다른 아이들도 보이지 않았다. 엘리베이터 두대는 모두 꼭대기층에 멈춰 있었다.

엘리베이터가 혼잡해 은채가 계단으로 다니기도 한다는 걸 알고 있었기 때문에 나는 불이 밝혀진 계단으로 조심조심 올라갔다. 하지만 계단을 오를수록 뭔가 이상하다는 느낌이 들었다. 건물 안이 지나치게 조용했다. 오랜만의 대면 수업이라 수업이 길어진다고 해도 그 건물 안의 모든 학원이 똑같이 수업을 연장할 수는 없었다. 휴대폰을 확인하며 은채 학원이 있는 층의 방화문을 열려던 참이었다.

아래쪽에서 소리가 들려왔다. 몇층 아래인지는 알 수 없었지만 계단 한참 아래쪽에서 울려오는 소리였다. 비닐봉지를 부스럭거리는 소리 같기도 했고 무언가를 뜯거나 열려고 힘을 쓰고 있는 소리 같기도 했다. 내려가볼까, 말까, 생각하는 순간 나는 이미 발소리를 죽이며 아래쪽으로 방향을 돌리고 있었다. 비상약을 안 챙겨 왔다는 생각에 심호흡을 해야 했지만 터널을 무리 없이 통과하던 감각을 떠올리면서 나는 계단 통로를 따라 계속 내려갔다.

소리가 난 곳은 지하주차장으로 이어지는 계단이 시작되고도 한층 더 내려간 곳이었다. 어둑한 층계참에 누군가 앉아 있는 것이 보였다. 나는 반 층 위 계단에 선 채로 다시 한번 심호흡을 했다. 롱패딩으로 몸을 감싼 그는 얼핏 봐도 작은 몸집이었다. 학원 수업이 지겨워 빠져나온 은채 또래의 학생일 수도 있었다.

“거기 누구 있어요?”

나는 난간을 잡고 서서 아래로 몸을 숙이며 물었다.

롱패딩을 입은 사람이 이쪽을 올려다보더니 손가락을

입에 대고 "쉿" 했다.

"작게 말해요, 작게."

목소리를 듣고서야 나는 그가 노인이라는 걸 알았다. 롱패딩 노인은 장바구니의 손잡이를 꼭 잡고 앉아서 이쪽을 살폈다. 그러더니 물었다.

"밖에 추워요?"

나는 춥다고 말했다. 그러고는 물었다.

"어르신, 장 보러 나오셨어요?"

"……"

"댁이 어디세요?"

"……"

"나가는 거 도와드릴까요?"

"정말?"

"그럼요."

내가 계단을 내려가려고 하자 노인이 손을 내저으며 오지 말라고, 거기 있으라고 했다.

"얼큰한 게 먹고 싶네."

롱패딩 노인이 혼잣말처럼 중얼거렸다.

"얼큰한 거 어떤 거요? 저도 겨울만 되면 그런데."

"새댁도 그래?"

새댁이라는 말에 혼자 웃다가 나는 말했다.

"전 추우면 장칼국수가 먹고 싶어요."

"요샌 어디가 맛있어?"

근처 맛집을 묻는 건가 싶어 나는 부근의 장칼국숫집을 하나 댔다.

"나는 어죽이 그렇게 땡기는데."

"파주에 어죽 괜찮게 하는 집 하나 있어요."

내 말에 노인이 손을 내저었다.

"파주 얘기는 하지도 마."

"왜요?"

작게 말하고 있는데도 계단 굴을 따라 목소리가 텅텅 울리는 느낌이었다. 그때 내내 조용하던 건물에서 스피커 소리가 들려왔다. 건물 전체로 방송을 내보내려는 소리인 듯했다. 노인과 나는 말을 멈추고 방송에 귀를 기울였다. 지금부터 건물 출입구는 모두 폐쇄되며 건물 안에 있는 사람은 층 이동을 하지 말아달라는 내용이었다. 이어서 이런 말이 흘러나왔다.

건물 안에 확진자가 돌아다니고 있습니다.

청록색 요양원복을 입은 환자를 발견하면 접촉하지 말고 즉시 신고 바랍니다.

곧이어 휴대폰으로 메시지들이 도착했다. 선생님들도 아이들도 모두 학원에서 못 나가고 있다는 은채의 메시지가 왔고 아이들을 안전하게 보호하고 있으니 걱정 말고 기다려달라는 학원의 웹 발신 문자가 왔다. 은채 친구 엄마들이 있는 단톡방과 수미와 별은씨 별선씨 별주씨가 있는 단톡방에서도 메시지가 속속 올라왔다.

나는 계단 난간을 잡고 앉아 숨을 죽인 채 노인을 보았다. 노인도 숨을 죽인 채 나를 보고 있었다. 계단 위쪽에서 여러 사람들이 오가는 발소리가 들려오기 시작했다.

"어르신, 걸을 수 있으시겠어요?"

나는 노인한테 물었다.

"걸을 수 있으니까 여기까지 내려왔지."

노인이 패딩을 여미며 장바구니의 손잡이를 더 당겨 잡았다.

"내가 이 건물 705호에 삼년을 있었어. 이렇게 멀리 나온 게 처음이야."

계단 저 위쪽으로 흰색 방호복을 입은 사람들이 내려오고 있는 게 보였다.

"제가 어렸을 때 충청도에 살았는데요, 저도 그때 어죽을 많이 먹었어요."

"그랬어?"

"제가 그때 동네 아줌마들을 따라서 호숫가에 가끔 천렵을 갔었는데요. 큰 솥단지에 고추장을 한대접 풀고, 메기랑 붕어 넣고 내내 끓이는 거예요. 옆집 아줌마가 거기다 수제비를 뚝뚝 떼어넣어 주셨는데 그게 진짜 맛있었어요. 국물은 걸쭉하고. 깻잎향도 좋고."

"어죽은 걸쭉한 맛이지."

"맞아요."

그러고 노인은 말이 없었다. 노인이 파묻힌 패딩 밑으로 흰색 실내화가 보였다. 은채의 학교 실내화와 똑같은, 발등에 구멍이 송송 뚫린 에바 재질의 실내화였다.

"요새도 깻잎 세묶음에 천원이고 그래?"

"네."

"요새도 초여름 되면 요 앞 중앙공원에 마늘 트럭 오고?"

"네, 와요, 어르신."

"쪽파랑 느타리 살 땐 저 아래 성당사거리에 있는 야채가게가 제일 나아."

노인이 난간을 잡고 있는 나를 올려다보며 말했다. 나는 고개를 끄덕끄덕하며 그 야채가게에 가보겠다고 했다. 자신이 다시는 마늘 트럭에도 야채가게에도 장을 보러 다닐 수 없을 거라는 걸 노인은 알고 있는 듯했다. 일상적으로 드나들던 곳을 지척에 둔 채로 이 건물에서 얼마인지 모를 시간을 살아야 하는 것이다.

나는 계단을 살핀 뒤 다시 노인을 보았다. 내가 있는 곳에서 열계단을 걸어내려가면 노인이 있었다. 내가 있는 곳에서 열계단을 올라간 곳에는 어느새 흰색 방호복을 입은 사람들이 와 있었다. 방역요원이 내게 어서 올라오라는 수신호를 보냈다. 나는 고개를 저었다.

"옛날엔 시장에서 소싸움을 시켰어."

노인이 말했다.

"소싸움 열리는 날이 진짜 장날이었지. 내가 그 소싸움판에서 라운드걸을 했었어."

"네? 진짜요? 다음은 몇 라운드입니다, 피켓 들고 한바퀴 도는 그 라운드걸이요?"

노인이 고개를 끄덕끄덕하고는 조금 웃었다.

"소가 아니라 내 겨드랑이 보려고 시장 오는 놈들이 좀 있었지."

"혹시 그중에 파주 사람도 있었나요? 파주 놈이랑 사귀다가 그놈이 배신하고, 그래서 파주 싫어하시고."

"소설 쓰지 마, 새댁."

"네, 어르신."

"파주에선 식당을 오래 했어. 메뉴가 따로 없는 식당 가봤어? 그때그때 제철 재료 사다가 생각나는 거 만들어 파는 거야. 장에 뭐가 나왔다 그러면 그거 사다 끓이고. 감자가 실하다 싶으면 그거 사와 전 부치고. 누가 쏘가리 잡아서 들르면 그걸로 매운탕 끓이고. 그 식당 하면서 돈을 신나게 벌었지."

"손맛이 좋으셨나봐요"

"손맛보단 순발력이야."

그 말을 끝으로 노인은 잠시 숨을 몰아쉬었다. 기력이 점점 떨어져가고 있는 것 같았다. 그렇게 잠깐의 시간이 지났을 때였다. 노인이 있는 층계참보다 더 아래쪽에서 인기척이 들려왔다. 누군가 지하주차장을 통해서 건물 안으로 들어온 것 같았다.

"여기 무슨 일 있어요? 불은 환한데 건물 입구가 다 잠겼어요."

그 말이 신호였다. 내 위쪽에 있던 방역요원들이 더는 못 기다리겠다는 듯 계단으로 뛰어내려오기 시작했다. 나도 반사적으로 계단을 뛰어내려갔다. 방역요원들이 계단 열개를 지나 내가 앉아 있던 곳으로 내려왔을 때 나도 계단 열개를 지나 노인이 있는 층계참으로 내려가 있었다. 정신을 차려보니 나는 노인 바로 옆에 서서 숨을 몰아쉬고 있었다. 반 층 위에선 방역요원 둘이 역시 숨을 몰아쉬며 이쪽을 보고 있었고 반 층 아래에선 놀란 얼굴을 한 사람이 오도 가도 못한 채 위를 올려다보고 있었다. 2층부터 6층까지의 학원들에선 교사와 학생들이 학원 안에 갇힌 채 대기 중이었다. 딴산에선 확진자와 중환자가 늘고 있었다.

"이러시면 정말 큰일 납니다."

방역요원 중 한명이 말했다. 하지만 아직은 큰일이 일어나지 않았다. 큰일은 노인이 중앙프라자를 나가 지역사회를 활보하기 시작하면 나는 것이다.

"엘리베이터는 타지 않았다오. 거긴 괜찮을 겁니다."

노인이 말했다. 사무적인 전달을 하는 것도 같고 고해성사를 하는 것도 같은 목소리로 노인이 말을 이었다.

"엘리베이터 지나가면 나오는 저쪽 계단 말고요, 엘리베이터 가기 전에 있는 계단 문이요, 그걸 열고 나왔어요. 열걸음 내려가고 다시 열걸음 내려가니 6층이 나오데요. 다시 스무계단을 내려가니 5층이에요. 4층까지 내려가니 무릎이 쑤십디다. 그래서 가다 쉬다 하다보니 3층까진 시간이 좀 걸렸어요."

거기까지 말하고 노인은 잠시 말을 쉬었다. 마스크 안에서 가쁘게 숨을 쉬는 소리가 아주 가까이에서 들려왔다.

"다시 계단 열개에 또 열개 내려가니 2층이고요, 1층까지 가니 책가방 멘 이쁜 애들이 우르르 엘리베이터 쪽으로 뛰어옵디다. 부딪칠까봐 피한다는 게 다시 계단을 타고 내려갔어요. 1층 지나고부터는 계단이 컴컴해지데요.

그다음부터는 몇층인지 못 셌다오. 화장실은 안 들렀어요. 거기도 괜찮을 겁니다. 계단 난간은 계속 잡으면서 내려왔어요."

노인이 방역요원과 나를 번갈아 보았다.

"아무튼 그랬다오. 그렇게 내려왔더니 여깁디다."

노인이 말을 마쳤다는 듯 숨을 골랐다.

노인이 남은 기력을 끌어올려 말한 그것이 지난 삼년간 노인의 유일한 동선이었다.

*

내가 딴산 커리큘럼으로 찍어올린 수업 영상을 서하는 자신의 인스타그램에 공유했다. 나는 서하가 올린 국민청원 글을 내가 활동하는 여러 커뮤니티와 SNS에 공유해 올렸다. 내 오랜 수강생들과 지인들, 기정로의 상가 사람들, 내게 십초를 허락했던 방송국 기자와 내가 출강을 나갔던 여러 기업의 동호회 사람들이 청원 글을 공유하고 보도하며 딴산 상황이 공론화되는데 힘을 보탰다. 서하와 선글라스 여자가 활동하고 있는 케이팝포어스 회원들도 문제의식을 공유하며 청원 글 동의를 독려했다.

딴산 환자들에 대한 병상 배정이 빨라진 건 딴산이 격

리된 지 2주 가까이 흘러 청원 글이 여론의 관심을 얻은 이후부터였다. 37명의 딴산 주민 중 29명이 확진되고 확진자 중 4명이 코로나19 감염이 원인이 된 폐렴과 폐섬유증, 급성 당뇨합병증으로 사망한 뒤였다. 확진 뒤 갑작스럽게 사망하는 친구들을 보며 지병이 악화된 노인도 있었다. 검사 결과가 음성이어도 코호트 지역에서 온 환자는 중환자실로 들어가지 못했다. 그렇게 위독한 상태가 된 노인도 2명이었다.

*

중앙프라자 비상계단에서 롱패딩 노인과 헤어진 뒤 나는 자가격리 통보를 받았다. 지난봄 수미의 확진에 이은 두번째 자가격리였다. 격리 중에 서하의 청원 글을 여러 번 읽었다. 딴산의 과거 상황과 현재 상황을 정확히 전하는 서하의 글에는 호소력이 있었다. 에돌지 않는 직관적인 문장 사이에 지난봄, 내 공방에 와 앉아 있을 때의 눈물과 꽉 쥔 주먹, 부들거리던 떨림이 그대로 서려 있었다.

그렇게 서하의 글을 읽다가 눈을 감으면 그곳이 떠올랐다. 롱패딩 노인이 장바구니를 잡고 앉아 있던 중앙프라자의 층계참이, 돌고 돌아 그가 도착한 한평도 안 될 그네모난 공간이, 그리고 딴산이, 좁아지고 좁아지던 신문지처럼 눈두덩 위에 선명한 선으로 그려졌다.

나와 만났을 때 롱패딩 노인은 확진자와 같은 공간에 있던 밀접접촉자였다. 하지만 사흘 뒤에 노인은 확진자가 되었고, 노인이 확진되고 하루 뒤에 나 또한 확진이 되었다. 기정시 67번인 수미가 기정시 1769번이 된 내게 잘 지내고 오라는 메시지를 보내왔다. 나는 출산 가방을 쌀 때처럼 생활치료센터에서 지낼 가방을 싸면서 수미와 나 사이에 있을 1,701명의 사람들을 생각했다.

고열이 심하게 올라온 이틀 정도 나는 자주 정신을 놓았던 것 같다. 꿈인지 환각인지 모를 상태 속에서 나는 여러 사람들을 만나고 다녔다. 내 홈 공방에 오던 꼬꼬마 아이들이 다 큰 직장인이 되어 있어서 보니 때는 2031년이었고 수미가 수영장에서 나오는 길이라는 메시지를 보내와서 보니 때는 2019년이었다. 내 손을 잡아주었던 구급대원이 공방 손님으로 찾아와 나는 내가 한여름의 천일홍을 말려 만든 캔들을 선물로 주었다. 어느 날은 성당사거리에서 산 미나리로 초무침을 만들어 중앙프라자 7층으로 찾아갔다. 하지만 롱패딩 노인은 나를 전혀 기억하지 못했다. 발효조의 최종 개봉일이 다가왔다는 기별이 와서 나는 사람들과 벽돌 양조장으로 가고 있기도 했다. 때는

2023년 가을이었다. 코로나19 첫해의 겨울을 넘지 못하고 폐업을 한 와인바 사장과 계속 기정로에 남은 엘사 사장도 그 가을엔 함께 여안에 가고 있었다. 2040년의 어느 봄엔 캔디버블 한다발을 사 들고 공항 입국장 앞에 서서 은채를 기다리고 있기도 했다.

그렇게 이곳과 저곳을, 이때와 저때를 돌아다니다 눈을 뜨면 베개가 푹 젖은 채 나는 한겨울의 생활치료센터 안에 있었다. 그곳에서 아무리 오랜 시간을 보내다 나가도 여전히 겨울의 한복판일 거라는 감각이 찾아오면 그때에야 내가 잃어버린 것들이, 가지 못한 한곳이 가슴에 서늘하게 감겨오며 긴 밤이 시작됐다.

*

수영을 다니던 때에 수미는 실내수영장에서 초등생 아이를 구한 적이 있었다. 눈이 마주치지 않았다면 몰랐을 거라고 수미는 말했다. 아이는 살려달라고 소리를 치거나 허우적거리지 않았다. 입과 코가 물에 잠긴 채 놀란 눈으로 눈물을 흘리고 있었다. 레일 주위엔 여러 사람들이 있었지만 아무도 아이가 죽어가고 있다는 걸 알지 못했다. 눈이 마주쳐서 알 수 있었다고 수미는 말했다.

*

생활치료센터 입소 2주차에 은채의 초등학교 졸업식이 있었다. 줌으로 하는 졸업식이어서 나는 다행히도 참석할 수가 있었다. 기정로 상가에 '얼굴 보여주세요'라는 말을 유행시킨 장본인이었던 은채의 담임은 졸업식 날도 얼굴 보여달라는 말로 아이들한테 인사를 했다. 어느 해보다도 짧은 시간을 만났던 반 아이들이었다. 다시 만날 때는 마스크 벗고 코로나19 없는 시대에서 만나자는 말이 영상 안에서 들려왔다.

졸업장을 받으러 갈 때 은채네 반은 두명씩 같은 시간에 들르도록 시간 배정을 했다. 은채는 친구 별혜와 들러 졸업장을 받은 뒤 칠판 앞에 서서 사진을 찍고 돌아왔다. 십분 뒤엔 반의 다른 아이 두명이 들러 졸업장을 받고 사진을 찍고 돌아갔다. 그렇게 찍은 아이들 사진이 영상 안에서 하나씩 지나갔다.

김상숙 엄마가 살고 있는 대전 집에도 그런 희한한 졸업사진이 하나 있었다. 나는 대부분의 시간을 보낸 여안의 학교에서가 아니라 갑자기 전학을 간 대전의 학교에서 졸업식을 했고 졸업식 날까지도 학교에 정을 붙이지 못했다. 남색 겨울코트를 입고 꽃다발 하나를 들고 학교 화단

앞에 서서 찍은 졸업식 날의 내 얼굴 속엔 여안을 갑자기 떠나게 됐을 때의 여름이 그대로 고여 있었다.

은채의 졸업식이 끝나고 나는 여안군 59번인 만조 아줌마한테 전화를 했다. 입맛은 어떤지 숨 쉬는 건 어떤지 그런 것들을 물었고 차마 딴산의 그이들에 대해 물을 말을 찾지 못해 호수에 얼음이 얼었을지 어떨지 모르겠다는 얘기를 했다. 만조 아줌마는 입맛과 호흡에 대해선 별말을 하지 않았고 호수 얘기는 했다. 얼음이 얼었다고. 여안호가 통째로 얼 만큼 겨울이 추워야 사과농사가 잘된다는 얘기도 했다.

전화를 끊기 전 만조 아줌마는 나한테 단어 하나를 대 보라고 했다. 아주 맛있는 사과를 먹었을 때 떠오르는 단어 하나. 나는 뭔가 멋진 단어를 대고 싶었지만 달콤이나 새콤 외엔 떠오르는 게 없었다. 한참 생각을 하다가 나는 아삭이라고 말했다. 아삭.

만조 아줌마와 통화를 끝내고 앉아서 나는 내가 만조 아줌마한테 언제부터 빠졌었는지를 선글라스 여자한테 아직 얘기해주지 못했다는 생각을 했다. 하지만 아무리 생각해봐도 그게 언제부터였는지 나는 특정할 수가 없었다. 내가 흐흐흑, 하고 웃게 된 순간부터였는지 똥과 간과 좆에 대해 입 밖으로 말할 수 있게 되고부터였는지 시끌

벅적하고 다 트인 곳에서 닭을 뜯어먹고 난 다음부터였는지. 하지만 이건 알았다. 14브릭스의 당도로 사과를 발효시키면 약 7도의 술이 나온다는 것.

그날 늦은 저녁에 대전의 엄마한테도 전화를 했다. 지난여름 잠복결핵인 걸 안 이래로 엄마한테 많은 걸 물어왔지만 앞으로 숱한 통화를 더 한다 해도 어떤 것은 묻지 못할 거라는 생각을 하면서, 나는 엄마한테 은채의 줌 졸업식 풍경을 전했다.

생활치료센터 안에서 나는 여안 시절의 엄마와 만조 아줌마에 대해 숱한 가정을 해보았다. 예초기가 고장 나기 한참 이전부터 엄마는 여안을 떠나기 위한 계획을 세운다. 그때부터 엄마와 만조 아줌마 간에 거래일 수도 있고 모의일 수도 있고 부탁이거나 도움일 수도 있는 무언가가 오간다. 만조 아줌마가 몇년에 걸친 엄마의 계획을 돕기로 하는 대신 제안한 것이 바로 이나리를 방학 때마다 일주일에 한번 자신에게 맡겨달라는 것이다.

내가 항아리 술을 먹은 여름, 엄마의 원이 예상치 못한 계기로 실현되었을 때 그게 엄마와 만조 아줌마 각자가 원하던 방향이었는지는 알 수 없었다. 그들은 그들이 절실해하던 장소를 찾아 움직이게 되었지만 그게 만조 아줌마한테서도 엄마한테서도 깊은 회한을 걷어가주진 못했다. 시간이 흘러 이나리의 결혼식 전날 밤에 함께 앉아 울 정도의 회한을.

대전으로 이사를 간 뒤 아빠는 단 하루도 여안에서 돌보던 나무들을, 흙을 만지던 삶을 그리워하지 않은 날이 없었다. 여안에 엄마의 자리가 없었던 것처럼 대전 어디에도 아빠의 자리가 없었다.

*

생활치료센터에서 퇴소를 했을 때 밖은 여전히 한겨울이었고 오종수와 오은채의 자가격리는 끝난 뒤였다. 딴산의 확진자들은 아직 대부분 병원에 있었고 중앙프라자에서 더 나온 추가 감염자는 없었다.

나는 공방 진열대 한쪽을 비우고 그 위에 흰 원기둥 초 네개를 올렸다. 그리고 그곳에 매일 불을 밝혔다. 초가 다 녹으면 다시 만들어 올리고 불을 켰다.

내가 격리 중인 사이 서하는 학교를 이년간 쉬겠다는 의견을 공표한 상태였다. 중학교 2학년 진학을 앞둔 상태에서 이년을 쉬겠다는 건 중학교를 자퇴하겠다는 얘기나 다름없다고 수미는 흥분한 상태로 내게 전화를 했다.

서하가 그런 결심을 한 이유나 계기를 다 알 수는 없었지만 나는 서하가 딴산의 상황을 접하면서 한번, 그리고 그것을 글로 쓰면서 한번, 자신도 미처 정리해 말할 수 없는 어떤 인식을 거쳤고 그것을 그냥 흘려보내지 않으려 하는 중이라는 생각이 들었다.

서하의 소식을 들은 날 밤 나는 오랜만에 서하의 인스타그램에 들어가보았다. 프로필 링크에 걸려 있는 영상을 열자 서하의 피드에서 보았던 해변이 나왔다. 척주해변이었다. 케이팝포어스 회원 중 척주와 가까이 사는 사람이 찍은 영상인 듯했다. 해변가에 이동보건소 차량과 선별진료소 천막이 함께 보였다. 카메라가 그곳에서 일하고 있는 보건소 사람들의 얼굴을 하나하나 담으며 지나갔다. 예방의약과 송인화 과장님이십니다,라는 소개말이 들렸을 때 영상 안에선 청록색 니트에 흰 가운을 걸친 여자가 막 이쪽을 보고 있었다. 나는 영상을 일시정지한 채로 여자의 얼굴을 잠시 쳐다보았다. 예방의약과면 지금 더할 수 없이 바쁘겠구나, 그런 생각도 잠깐 했다.

*

서하가 그 해변으로 가겠다고 했다.

케이팝포어스에서는 일주일에 2명씩 해변을 방문해 기

후 캠페인을 벌이고 있었다. 서하는 선글라스 여자와 함께 5주 뒤의 캠페인에 참가하겠다고 말했다. 수미는 반대했다. 하루 확진자가 몇백명씩인 데다 영국발 변이 바이러스도 유행 중이다, 지금은 위험하다. 하지만 지금이 아니더라도, 바이러스가 깡그리 사라진다고 해도 엄마의 시국에선 자신이 마음 놓고 갈 수 있는 곳이 없다는 걸 서하는 알고 있는 듯했다. 코로나19가 재확산된 겨울에 봄보다 더 긴 시간 집에 함께 머물면서 그 사실을 다시 한번 확인했는지도 몰랐다.

중학교 휴학 문제와 해변에 가는 일을 두고 서하와 수미는 그간 쌓여왔던 서로간의 문제를 다시 겪고 있었다. 지난 십여년간의 시간이 서로의 면전에서 차곡차곡 펼쳐지는 날들이 이어졌다. 머릿속에서 지워주고 싶었던 순간들, 어쩌면 지워졌을지도 모른다고 생각해온 순간들이 실은 전혀 지워지지 않은 채 서하에게 남아 있다는 걸 확인한 날이면 수미는 공방에 찾아왔다.

내가 그랬어, 나리야. 내가 서하한테 그랬어.

수미는 그런 말들을 했다.

아홉살, 어쩌면 열살인 서하한테 어느 날 수미는 말했다. 남편과 있었던 무슨 일인가 끝에 마음은 너덜너덜해지고 몸은 녹초가 된 밤이었다. 자리에 누운 서하를 재우려고 수미는 그 옆에 같이 누웠다.

"서하야."

모로 누워 마주 보면서 수미는 서하를 불렀다. 아홉살, 어쩌면 열살인 서하가 불안한 눈으로 수미를 보았다. 수미는 그런 서하의 눈을 똑바로 보면서 말했다.

"나는 니 아빠를 사랑하지 않아."

확인사살을 하듯 수미는 말했다.

"엄마 아빠 사이에는 아무것도 없어."

그 말을 듣자마자 서하의 눈에서 눈물이 흘러나왔다. 아홉살, 어쩌면 열살이었던 서하는 어떤 질문도, 소리도 없이 바로 눈앞에 누운 엄마의 말을 그대로 받으며 울었다.

내가 그랬어, 나리야. 내가 서하한테 그랬어.

수미가 공방에 찾아와 그런 일화들을 하나씩 쏟아놓으면 어떤 날에는 마음이 아팠고 어떤 날에는 화가 났다. 그만 좀 하라고, 자책 말고 이젠 다른 걸 좀 하라고 소리를 지르고 싶었다. 자기혐오의 연장선에서 니 딸을 혐오해왔던 시간에서 이제 벗어나라고, 너의 혐오와 자책에서 이제 니 아이를 보내주라고, 다른 아이를 구한 것처럼 너의 아이도 구하라고.

하지만 나는 수미의 그 토로들이 수미가 겪고 넘어가야 하는 시간이라는 것 또한 알고 있었다. 지난봄처럼 그 시간을 부서뜨리기만 하진 않을 거라는 것도 알고 있었다. 마음이 수없이 헤집어지더라도 나는 수미와 서하가 겨우내 서로를 충분히 겪길 바랐다. 두려움을 껴안고서라도 마주 보길 바랐다. 수미가 실감할 수만 있다면 나는 언제까지고 내 공방 문을 열어놓을 수 있었다. 서하를 보고 있는 어른이 너뿐이 아니라고, 너만이 아니라고, 가족이어서 해줄 수 없는 게 있다는 걸 받아들이라고, 가족이 아니어서 할 수 있는 게 있다는 걸 믿어보라고, 가족 아닌 그이들이 저기 있다고, 수미가 체감할 때까지 나는 언제까지고 말해줄 수 있었다.

보라고. 서하는 해변에 가려 한다고. 마음을 접어버리지 않았다고. 너한테 계속 자기 자신을 얘기하고 있다고. 너한테 순응하지 않았다고. 너를 포기하지 않았다고.

*

우리는 아이들을 기다리고 있었다.

그곳은 까마득하게 솟은 돔 천장 아래로 풍선바구니가 떠가는 곳이었다. 해적선에 탄 사람들이 다 같이 비명도 질렀다. 자유이용권 케이스를 목에 걸고, 바나나 머리띠를 하고, 아이들은 탐험 보트를 타러 갔다. 수미와 나는 커피의 얼음이 다 녹도록 앉아 있었지만 웬일인지 아이들이 돌아오지 않았다.

줄이 긴가보다고, 커피를 더 마실까 말까, 그러고 있을 때 우리 앞으로 여자 둘이 걸어왔다. 이십대 초중반쯤 되었을까. 여자들이 이쪽으로 걸어올 때마다 머리띠에 달린 바나나가 이리저리 움직였다. 여자들이 우리를 막 지나쳐 갔을 때 수미와 나는 동시에 어, 하며 자리에서 일어났다.

우리는 어느새 그 여자애들을 뒤따라 걷고 있었다. 한 명은 마르고 키가 컸고 한명은 웃을 때마다 눈꼬리가 처졌다. 둘 다 우리 아이들이 하고 있던 것과 똑같은 자유이용권 케이스를 목에 걸고 있었다. 둘은 에스컬레이터를 타고 올라갔다. 수미와 나도 에스컬레이터를 탔다.

위로 올라간 둘은 어느새 풍선 하나씩을 사들고 매직아일랜드로 나가고 있었다. 무슨 이야기인가를 하며 걷고 있는 그애들을 보는데 이상하게 마음이 아려서, 뻐근하고도 뿌듯해서, 수미와 나는 그애들을 놓칠세라 바나나 머리띠에 시선을 고정하며 걸었다.

키 큰 여자애가 풍선을 들어올렸을 때 나는 그애 손등에 고래 꼬리 타투가 있는 걸 보았다. 어, 하고 타투를 가리키려는데 인파들이 다리를 가로질렀다. 그애들은 금세 인파와 뒤섞였다. 놓치지 말자고, 그애들을 놓치지 말자고, 매직아일랜드로 이어지는 다리를 걸으면서 수미와 나는 고개를 빼들었다. 하지만 인파는 더 늘어났고 그애들과 우리 사이의 거리는 점점 더 멀어졌다. 웃음소리, 누군가의 이름을 부르는 소리, 저쪽의 공중에서 들려오는 비명을 들으면서 수미와 나는 계속 걸어갔다. 뽀로로주스를 들고 발물놀이터로 가는 그애들을 좇아서 걸어갔다. 슬라임 덩어리를 쥐고 빙수 까페로 가는 그애들을 좇아서 걸었다. 교복을 입고 마스크를 쓴 그애들을 따라서, 바나나 머리띠를 하고 매직아일랜드로 나가는 그애들을 따라서 우리는 걸어갔다. 여기라고, 여기라고 외치는 소리가 들려왔을 때 석양이 눈앞으로 쏟아져 내려 우리는 다리 한중간에서 걸음을 멈췄다. 눈을 떴을 때 내 옆에서 수미가 울먹이고 있었다. 사방을 둘러보면서, 두리번거리면서,

"갔어? 그애들이 갔어?"

수미가 물었다.

다리 저쪽 끝의 인파를 보면서 나는 말했다.

"응, 갔어. 잘 건너갔어."

6

스텐 냄비의 바닥을 오래 들여다본 적이 있다.

냄비 바닥에 어른거리는 미네랄 얼룩을 보기 위해서. 내 손님 중 한명은 그걸 무지개 얼룩이라고 불렀다. 물기가 마른 빈 냄비를 기울여보면 그 안에서 정말로 무지개가 형태를 바꾸면서 얼룩지는 게 보인다고 했다. 그 얘기를 들은 뒤로는 공방에 있을 때도 종종 스텐 비커를 창가로 가져가 빛에 이리저리 기울여보곤 했다. 무지개가 보일 때까지.

또다른 어떤 손님은 싱싱한 버섯이 품고 있는 색에 대해 얘기했다. 느타리버섯의 회청색 갓에서 푸른빛이 언뜻 비칠 때에 대해서. 비둘기색을 싫어하거나 버섯을 싫어하는 사람도 비둘기 빛깔이 나는 버섯은 싫어할 수가 없다고. 그건 어떤 식물보다도 특별한 색을 가지고 있다고.

공방이 모처럼 평일 휴무일인 날을 앞두고 나는 엘사

네일에 들렀다. 좋은 사람을 만나러 갈 예정이라는 말에 엘사 사장이 특별 선물을 주겠다고 한 참이었다. 발에는 오로라젤이 예쁘다면서 엘사 사장은 나를 패디큐어 소파에 앉혔다. 그러고는 자석을 가져왔다. 엄지발톱에 푸른색 컬러를 얹고 자석을 가까이 가져가자 발톱 위의 젤이 무늬를 만들면서 일렁였다. 나는 엘사 사장이 내 케이크 캔들을 보고 진짜 케이크 같다고 했을 때처럼 진짜 오로라 같다고, 몇번이고 감탄했다.

오로라젤이 굳기 전에 엘사 사장은 엄지발톱 끝에 나비 한마리씩을 올려주었다. 밤에 보면 더 예쁘다는 말과 함께.

발에 오로라와 나비를 얹은 채 나는 살금살금 공방으로 들어갔다. 자개모빌이 있던 자리엔 비즈 스트랩 모빌이 걸려 있어 문을 열면 이젠 자개 소리보다 좀더 조용한 소리가 울려왔다. 날이 어두워진 저녁이었지만 나는 불을 켜지 않고 공방 안으로 걸어갔다. 어두운 실내에서 오로라와 나비만이 빛을 낼 수 있도록.

오로라가 빛나던 그 저녁에 수미가 공방으로 전화를 했다.

두꺼비 소주잔에 만든 캔들을 선물받았다고 수미가 말했다.

수미가 2031년에서 전화를 걸어왔다는 걸 알 수 있었다.

“마음에 들어?”

발끝에 앉은 나비를 보면서 나는 물었다.

수미가 마음에 든다고 했다.

곧 보자고도 했다.

나는 수미를 만나러 갔다.

오로라와 나비가 생긴 발로 내가 만나러 간 사람은 2031년의 수미는 아니고 2022년의 수미였다. 2022년이 막 시작된 겨울에 수미가 내게 어떤 협곡으로 오라고 했다. 나는 수미가 일러준 협곡 입구로 가서 표를 끊었다. 그곳은 남한 최북단 마을에 있는 곳이었다. 매표소를 지나 들어서자 까마득한 암반 절벽 위로 길이 이어져 있었다. 그 길을 천천히 걸어서 나오면 자신이 일이 끝나는 시간대와 얼추 맞을 거라고 수미가 말했다.

나는 주상절리의 무늬들을 건너다보면서 절벽에 긴 선반처럼 매달려 있는 길을 걸었다. 벼랑길 밑으로 하얗게 언 강이 이어졌고 그 위를 사람들이 일렬로 걷고 있었다. 강 위를 걷던 사람들이 가끔씩 멈춰 서서 이쪽 벼랑 위를 올려다보는 것이 보였다. 절벽 위를 한시간 남짓 걷고 나서야 나는 넓은 공원이 보이는 곳으로 나갈 수 있었다.

공원 한쪽에 빨갛고 기다란 버스가 한대 서 있었다. 방한 아웃도어를 입은 사람들의 줄 끝에 서 있다가 나는 버스에 올라탔다. 운전기사의 바로 뒷좌석에 앉고 싶었지만 누군가 이미 앉아 있어 대각선 쪽 좌석에 가서 앉았다. 버스가 몇개의 정거장을 거치며 협곡 탐방객들을 내리고 태우는 동안 나는 룸미러로 버스 기사와 눈이 자주 마주쳤다. 그때마다 웃음을 참느라 마스크를 더 올려 써야 했다. 구독자가 2.01만명인 한 여행 유튜브 채널에 수미가 '친절한 기사님'으로 소개된 것이 떠올랐던 것이다. 과연 수미는 버스가 설 때마다 승객들과 웃으며 인사를 주고받았고 트레킹 코스가 엉켜 헤매는 사람들한테 막힘없이 대안을 얘기해주었다. 버스는 몇 정거장을 더 거쳐 내가 표를 끊었던 협곡 입구로 왔다.

"끝났다, 일."

그렇게 말하고 수미는 나를 강으로 데리고 갔다. 절벽 위는 걸었을 테니 얼음 위를 걷자고 하면서. 나는 수미를 따라 강으로 내려갔고 우리는 금세 얼음 트레킹 대열에 합류했다. 하지만 등산화에 아이젠을 착용한 사람들 틈에서 운동화를 신은 건 수미와 나뿐이었으므로 우리는 또 금세 대열에서 벗어났다.

그렇게 걷다보니 어느새 폭이 좁아지는 협곡에 다다라 있었다. 우리는 거기서 걸음을 멈췄다. 양옆으로 현무암 절벽이 가파르게 서 있어 마치 하늘이 보이는 동굴 속에 들어온 느낌이었다. 수미와 나는 눈이 희끗희끗하게 덮인 얼음 위를 걸어서 암벽 밑까지 갔다가, 다시 돌아나오며 좁은 협곡 안을 빙빙 돌았다. 그러다가 누가 먼저랄 것도 없이 운동화를 벗었고, 곧이어 양말도 벗었다.

맨발인 채로 얼음 위로 올라서자마자였다. 수미와 나는 뜨거운 불을 딛고 선 것처럼 비명을 지르며 양 발을 번갈아 들어올리다 신발을 벗어놓은 바위 위로 뛰어올라갔다. 참을성이 조금도 없는 서로가 웃겨서 한참을 웃다가 다시 맨발로 얼음 위를 디뎠고, 몇걸음을 걷다가 또 비명을 지르며 언 강과 바위를 뛰어다녔다.

그러다 우리는 누가 더 오래 서 있는지 내기라도 하듯 얼음 위에 맨발을 고정하고 섰다. 일초가 지나고 이초가 지나고 삼초가 지나고, 발이 얼얼해지고 얼얼해지다가 감각이 사라진다 싶은 찰나였다. 발바닥에서부터 시작된 금이 핏줄처럼 번져오르며 몸을 쪼개는 느낌이 찾아왔다. 그것은 아주 순간적으로 몸을 관통해 정수리를 터뜨리듯 사라져버렸지만 그 짧은 순간에 나는 온몸의 감각이 놀라울 정도로 깨어나는 걸 느낄 수 있었다.

발을 먼저 뗀 것은 나였다. 수미는 겨울 협곡의 주술에 걸린 듯 발바닥부터 머리끝까지 그대로 얼어붙어 있었다.

나는 수미가 깰세라 소리 없이 뒤를 돌았고, 신발을 벗어 놓은 바위로 걸어갔다. 나란히 놓인 수미와 내 신발을 내려다보다가 나는 호흡을 가다듬었고, 수미의 신발에 발을 넣어보았다. 오로라와 나비가 있는 언 발을. 고스란히.

우리가 그 협곡에서 나온 건 현무암 절벽 끝에 걸려 있던 해가 막 넘어간 뒤였다. 도로가로 나왔을 땐 날이 이미 밤처럼 어두웠다. 그제야 춥고 배가 고파져 수미와 나는 식당을 찾아 걸었다. 한참을 걸어도 지도 앱에 표시된 식당이 나오지 않아 수미와 나는 계속 걸었고, 그렇게 걷다가 도로 저편의 허허벌판에서 불을 밝히고 있는 건물 하나를 보았다.

수미와 내 앞에 식당보다 먼저 나타난 그곳은 로컬푸드 직매장이었다. 출입문을 열고 들어가자 매장 저쪽에서 신년 행사가 진행 중이었다. 타 지역 특산품을 판매하는 행사라고 했다.

"혹시 저기에도 있지 않을까?"

매대 쪽을 보면서 내가 말하자 수미가 가서 확인해보자고 했다. 우리는 곧장 행사 매대 앞으로 걸어갔고 동시에 있다,라고 외쳤다. 빨갛다고만 할 수도 없고 노랗다고만 할 수도 없는 독특한 빛깔의 사과가 여섯알씩 포장돼 매대 한쪽에 진열되어 있었다. 나는 몰래 마스크를 내리고는 포장된 사과에 얼굴을 묻고 향을 한껏 들이켰다. 그리고는 원산지와 생산자의 이름이 적힌 라벨지를 쓸어보았다.

충청남도 여안군 딴산마을.

내 손에 있는 것은 딴산 사람들이 삼십년 동안의 재배 끝에 특허 출원을 한 새로운 품종의 사과였다. 과육이 단단하면서 껍질이 두꺼웠고 달콤함 못지않은 새콤함이 특징이었다. 부사보다 수확 시기가 늦는 만생종 사과로 11월에 수확해 긴 긴 겨울을 나면서 먹는 사과였다. 품종명은 '아삭'이었다.

수미와 나는 매대 앞에 선 채로 라벨에 적힌 생산자의 이름을 몇번이고 읽어보았다. 황옥남. 송영순. 현순덕. 조정순. 최미자…… 이금화. 오순복. 김순이. 윤매순. 이정옥. 박만조.

협곡에서 돌아온 뒤 나는 수미와 내가 낯설고 추운 북쪽 소읍에서 사과를 사 먹었던 날을 자주 떠올렸다. 그날 나는 다른 사람의 신발에 발을 넣어보았다. 그것이 다른 사람의 모자를 써보거나 다른 사람의 장갑을 껴보는 것과는 전혀 다른 무게로 실감된다는 것을 나는 그 협곡에서 알게 됐지만, 내가 나를 온전히 감각해본 순간을 거치고서야 수미의 신발에 발을 넣어볼 용기를 낼 수 있었다는 것은 시간이 더 흐른 뒤에야 알게 되었다.

보고 싶은 이들이 공방으로 소식을 보내올 것 같은 예감이 들면 나는 여전히 두 손이 아닌 얼굴로 커튼을 가르고 들어간다. 커튼 안엔 내 연료들이 있다. 눈꽃 같은 왁스와 불꽃을 품은 심지가 있다. 포장 끈과 시약통. 시나몬스틱과 석고가루. 꼬질꼬질한 지우개 하나와 고릿한 호리병도 하나 있다. 까슬까슬한 광목천을 이마로 가를 때마다 나는 그게 꽤 좋다고 생각한다. 내게 필요한 것들이 내 손길을 기다리고 있는 게 좋다. 오늘도 지나가던 이들이 문을 열고 들어와보는 이곳은 나리공방, 기정로 349번길 25에 있다.

- 딴산의 기원에 대한 소설의 내용은 「광주에서 결핵환자의 요양과 자활 공동체 연구」(이용교 『사회복지역사연구』 2021)의 일부를 참고했다. 딴산이라는 지명은 충남 예산의 딴산에서 빌려왔으나 지명 외 다른 사항은 실제 딴산과 관련이 없다.
- 수미의 코로나19 역학조사 과정과 격리 병동 풍경의 일부는 김지호의 『코로나에 걸려버렸다』(더난콘텐츠 2020)를 참고했다.
- 여안의 과거 상황에 대한 설정 일부는 엄영애의 『한국여성농민운동사』(나무와숲 2007)와 윤수종의 『해남수세투쟁』(심미안 2020)을 참고했다.

작가의 말

언제부턴가 지나가는 사람들을 보거나 새 인물을 구상할 때면 그의 2020년을 먼저 생각해보는 습관이 생겼다. 그가 그해에 어떤 곳에서 잠들고 어떤 곳에서 일하고 있었는지, 누구와 가장 가까이에 있었고 무엇을 제일 두려워했는지. 지난 삼년의 시간이 어떤 무늬로 그 사람의 오늘에 남아 있을지.

『마주』는 2020년에 발표한 단편소설 「여기 우리 마주」에서 출발했다. 2021년 한해 동안 계간 『창작과비평』에 일부를 연재했고 2023년 봄까지 연재분 이후를 계속 썼다. 『마주』의 주 시간대는 「여기 우리 마주」의 2020년 봄 이후인 2020년 여름부터 겨울까지이다. 하지만 우리가 팬데믹 속에서 감각했던 타인들이 그 이전을 계속 살아온 사람들인 것처럼, 그리고 그 이후를 계속 살아갈 사람들인 것처럼, 나는 이 소설이 가능한 그 안에 긴 시간을 품고 있길 바랐다.

만조 아줌마와 사과농사에 대한 이야기를 가장 즐겁게 썼다. 양조 이야기와 마을 이야기를 기꺼이 들려준 예산의 정제민, 박봉서님께 감사를 전한다. 소설을 먼저 읽고 귀한 추천의 말을 전해준 조해진 소설가와 황인찬 시인께도 감사의 마음을 전한다. 연재 때부터 책이 나오기까지 애써준 창비의 여러 분들과 원고에 대한 애정과 지지로 작업을 이끌어준 이해인 편집자께 감사드린다.

횡단보도에서 사람들과 무심코 스쳐지나가다가 뒤를 돌아볼 때가 있다. 건물과 거리 곳곳에서 사람들과 마주칠 때면 거기 있는 모두가 2020년을 겪고 난 사람들이라는 사실에 문득문득 놀라기도 한다. 그 시간을 지나온 사람들의 오늘에, 내일과 모레에, 이 소설이 못 다한 이야기처럼 가닿을 수 있다면 좋겠다.

2023년 여름

최은미

마주

초판 1쇄 발행 • 2023년 8월 25일
초판 2쇄 발행 • 2023년 9월 20일

지은이 / 최은미
펴낸이 / 강일우
책임편집 / 이해인 한예진
조판 / 박지현
펴낸곳 / (주)창비
등록 / 1986년 8월 5일 제85호
주소 / 10881 경기도 파주시 회동길 184
전화 / 031-955-3333
팩시밀리 / 영업 031-955-3399 · 편집 031-955-3400
홈페이지 / www.changbi.com
전자우편 / lit@changbi.com

ISBN 978-89-364-3928-6 03810

* 책값은 뒤표지에 표시되어 있습니다.